六界妖后 4

張廉

插畫／Izumi

Kadokawa Fantastic Novels DX

目錄

第一章　見見老熟人

「啪！」

滅殃將一枚白玉的紅中打在牌桌的中央。今天本娘娘心情好，放帝琊御人出來溜溜，和本娘娘一起玩玩這凡人的遊戲。

帝琊和御人的神魂虛無縹緲地坐在白玉凳上，鎖鏈垂掛在他們身後，還有懸浮在他們身後的震天錘上的魂珠項鍊。滅殃坐在帝琊的上位，小竹和闕璿在一旁觀摩。

我手拿摺扇慢搖。

「碰！」帝琊開心地要去拿牌，我直接拿起化作短鞭的蛇鞭，抽在帝琊要去拿牌的手上。

「啪！」紅痕立現他微微透明的手背上。

「嘶！」他痛得收手擰眉，唇角帶起邪邪的興奮笑容。

「妳為什麼打我主人？」滅殃生氣地狠狠看我。

「滅殃——」帝琊邪邪地盯著我，沉沉喚住滅殃：「不得無禮，主人我——就喜歡被魅兒打，打是情嘛~~~是不是啊，魅兒？」

御人擰擰眉，搖搖頭，目露嫌棄與噁心。

「你閉嘴！」我冷冷挑眉：「我叫刑姬！別叫我魅兒，讓我總是想起聖陽！」

「好，好～～刑妹～～～」

我瞥眸看滅殃：「別以為我不知道你跟你主人心靈相通，你故意放牌。不想讓你主人挨打，就好好打牌！」

滅殃不甘不願地捏緊手中的白玉牌，眸光裡是強行忍下的憤怒。

「滅殃～～好好陪著魅兒，現在，你可是有身體了～～」帝琊淫邪地笑著。

「啪！」我再一抽，抽在他那張賤臭的嘴上！

帝琊痛得抽眉，伸出舌頭舔了舔被抽紅的嘴角，衝著我挑釁地獰笑：「不夠——還不夠——妳越抽我，我越興奮——」

「我沒放牌！」滅殃生氣地霍然起身，藍色的長髮顫動：「妳為什麼又打我主人！」

我懶得看他，瞥眸看帝琊：「帝琊，從我殺了你以來，有多少人記著你，念著你，想給你報仇？」

帝琊一怔，緩緩瞇起了眸光。

我邪邪而笑：「完全沒有——一個都沒有——就連你的兄弟御人都巴不得討好我，想讓我喜歡他——」

御人的雙眉立時擰緊，面色尷尬地側開輕咳：「咳。」

我挑挑眉，勾起唇：「也只有滅殃了～～你居然還叫他用身體來陪我，你真夠噁心我的。滅殃～～你確定你還要跟著這麼淫賤的主人嗎？」

帝琊瞇眸看我片刻，瞥眸看滅殃。滅殃恨恨看我一會兒，坐回原位：「不管主人是什麼樣子，不管主人叫滅殃做什麼！滅殃都願意，與妳無關！」

帝琊的眸光漸漸柔和起來。我收回眸光繼續打牌：「你們總說當年的我如何如何……哼！當年的你們，可也是相當的純潔無害呢～～少說當年的事了，大家都變了。」

「但哥哥我可是更喜歡現在的刑妹呢……」帝琊只正常了片刻，又變態起來，轉臉邪笑地看御人：「是不是～～～御人——」他幾乎是咬牙切齒地叫著御人的名字：「不為我報仇反而討好刑妹——你可真是夠愛我的啊。」

御人淡定地端坐，嘴角帶出意味複雜的冷笑：「哼。」

「哼？哼。」帝琊挑釁地看著他：「至少，我還有滅殃，你呢？你的君子呢？」

御人手中的牌登時捏緊，眸光落在了我的手中。我邪邪而笑，摺扇慢搖：「看什麼看，我的，就是我的了，滅殃就算有錯～～帝琊也不會絕情到滅了他，但是你會。御人～～君子已有人形人性，你居然要毀他，你的真神之愛呢？」

御人陰沉地看我手中摺扇一會兒，冷笑，收回眸光看自己的牌：「妳也說了，我們都變了。」

他隨手補了一張牌，拿起，唇角一勾：「胡了。」

他得意地拿起手中的八條，我沉下臉，拿起鞭子打上他的手——啪！

「啊！」他痛得抽手，牌耷拉掉在了牌桌上，生氣看我：「妳幹什麼？」

我瞥眸邪邪而笑：「嘖，准你贏了嗎？」

御人抽眉：「妳這是耍賴！」

「哥哥不就是該讓讓妹妹的嗎？」我挑眉道：「我說不准贏，就不准贏！」

御人瞇緊了眸光，帝琊壞壞笑看他：「怎麼，想回震天鍾？」

御人眉腳一抽，低下臉，臉陰沉到了極點。

「刑妹，妳那麼確定大哥死了，難道……妳已經找到了他重生之體？」帝琊試探地朝我看來。

我把廢牌打出：「知道又怎樣，不知道又怎樣？怎麼，想趁他還沒完全覺醒除掉他，好讓他別礙你們的事？哼，你們哪個不想做六界之主？但是這六界，現在我要定了！」

「啪！」我推牌，邪邪而笑，掃過他們開始陰沉的臉：「胡了。」

御人陰沉地看看我沒有一張對得上的牌，一臉忍氣吞聲的模樣：「妳這是詐胡！」

我瞥眸看他：「我說胡了，就是胡了。」

「刑姬！妳到底要把我們關到什麼時候？」御人終於忍不住朝我大喝。我一把推亂面前的牌：「你們關我多久，我就關你們多久，我是一個人，你們是六個人，我對你們已經夠好了。不想打，就回去！」眸光放冷之時，我抬手「啪！」地打響了響指。

「妳……！」御人只說了一個「妳」字，就被震天鍾收回魂珠之中，消失在原來的位子上，帝琊和滅殃呆滯地看著這一切。帝琊的嘴角僵硬地揚起，笑看我道：「刑妹，妳愛關我們多久，就關多久～～只要刑妹妳消氣～尤其是那個廣玥！他可是殺了妳心愛的麟兒～～可要記得……多關他幾萬年～～～」

我瞇起了眸光，殺氣漸漸而起，捏緊手中的玉牌，陰邪而笑：「哼……帝琊，別以為我不知道你心裡想什麼，你跟御人一樣，一旦出去就會奪回神骨與神丹，再找我算帳奪回六界！哼，我是絕不會給你們這個機會的！我要得到這個世界，找回我的麟兒！而你們……」我冷冷地睨向他，他的眸光立時陰冷起來。我與他盯視良久，轉開臉，抬起手：「滾！」

「啪！」帝琊也消失在了座位上。

我冷冷盯視面前的牌，能殺聖陽的，只有可能是廣玥！

就算我恨聖陽，他也是我曾經心愛之人。那份情，那份愛，刻骨銘心！我被麟兒看穿，被天水看穿，無愛不恨，只是我不想承認。即使再恨，那份愛也只是被我強行封印在心底！因為，我怕自己再次面對曾經摯愛之人會心軟！

聖陽更是為你們而封印我！要殺，也輪不到你廣玥！他為你，為你們這些兄弟犧牲了我，你憑什麼要殺他？你有什麼資格殺他？

我可以殺他，但是你不可以！

廣玥，你一而再、再而三殺我心愛之人，這筆帳！我刑姬一定要跟你好好算算！

「我也不打了！」滅殃生氣地推牌起身，化作長戟靠在震天錘旁，像是守護他自己的主人。

我壓下心底的殺意，恢復平靜地掃視早就躍躍欲試的闕璿和小竹：「還傻站著幹什麼？來呀。」

「謝娘娘！」小竹和闕璿開心地紛紛坐上，我收起摺扇放落御人的位置：「君子，三缺一呢。」

人形漸漸而成，君子端坐在了白玉石凳上，先是看一眼我手邊的鞭子，微微蹙眉，沉眉深思。

嘩啦啦嘩啦啦！戰局再次開始。

闕璿咬著唇，認認真真地擺放面前的玉牌，有點緊張又有點激動地打出六條。

「吃！」小竹開心地拿進。我瞥眸看看他們，繼續打牌。

再次輪到闕璿，他糾結了很久，打出了八筒。

「碰！」小竹又激動地立刻拿進，已經喜形於色。

我冷冷斜睨他們。

第三輪，闕璿摸了張牌，很不開心地扔出：「北風。」

「槓！」小竹幾乎要跳起來，我當即拿起鞭子抽在他拿牌的手上！

「啪！」

「啊！」

小竹委屈看我。我拿起鞭子打在闕璿面前的玉桌面：「啪啪啪！」

「你們兩個也跟滅殃和帝琊一樣心意相通了？一個放牌，一個吃牌，很開心啊～～～」

闕璿緊繃身體看小竹。小竹委屈地看我，大著膽子嘟囔：「娘娘，妳怎麼連我們都打……」

我冷冷一笑：「免得我對你們太好了，讓你們自作多情以為娘娘我對你們有意思，就可以做娘娘我男人了！有意思嗎？啊！一個個都想給娘娘我補身是不是？」

小竹的臉登時一紅。

「咳。」君子尷尬地側臉輕咳。

闕璿依然縮緊身體，小心翼翼看看君子，小聲問：「補身……是什麼？」

君子立刻擰眉擺手，闕璿不敢再問。

小竹更加輕聲地嗚咽：「那是……星君……」

「說給你就是說給他聽的！好好做事！本娘娘現在還不需要男人來慰藉做麟兒的替身！本娘娘不是娥嬌！」

小竹更加委屈地低下頭，嘴裡碎念：「哎……還是快來個男人吧……鳳麟主子不在，娘娘又喜怒無常了……」

「小竹～～你在嘀咕什麼～～～」我的嘴角邪邪勾起。

小竹全身一緊，立刻坐好：「娘娘，給，一萬。」

我瞇起了眸光。君子對小竹搖搖頭，闕璿莫名地看君子。

啪！鞭子直接打在小竹手上的牌上：「怎麼？小看娘娘是不是？給娘娘放牌是不是！好好打牌！娘娘我還需要你來幫胡？」

「哦……哎……」小竹大嘆一聲。

「嘆什麼氣？娘娘我還沒死呢！」

「啊……」小竹抱住了頭：「星君！還是你自己來陪娘娘打牌，給她罵吧！」

君子和闕璿一起看向小竹，小竹的身體漸漸安靜，再次抬臉時，綠眸已經被紫色覆蓋，紫垣的眼神微微閃爍，避開我的眸光，抬手打出了牌。

我也不看他，繼續打牌，玉巢內氣氛變得格外地緊繃安靜，闕璿開始顯得小心翼翼，看向君子。君子打出了一條，他看見開心地笑了笑。原以為他要吃牌，結果他找了找，也打出了個一條，還長舒一口氣。

我瞇了瞇眸光：「闕璿～～你這樣有意思嗎？做了一萬年石頭了，好不容易長了心眼還不用？」

闕瑢一下子僵在座位上，不敢看任何人。君子看他一眼，淡笑搖頭。

「娘娘，那件事紫垣知錯。」紫垣開了口，大有視死如歸的氣勢。

我微微擰眉，不想再提起：「算了。」

「不能算了！」紫垣的聲音低沉，紫眸中是深深的反省與自責：「紫垣不該讓娘娘碰別的男人的身子，紫垣應該自己來！」

我的眉腳立時抽緊，手中已經緊握短鞭。

「紫垣那時不是怕死！」紫垣說得義正辭嚴：「紫垣那時還要為娘娘繼續監視神界的動向，娘娘需要紫垣在神界……」

「你閉嘴閉嘴閉嘴！」我拿起鞭子抽向他，他毫不躲閃地坐在位置上，擰緊雙眉任我抽向他：「你根本沒有知錯！」

「發財！」忽然，君子打出了發財，我一頓，立刻放下鞭子，開心地推牌：「胡了胡了，還是發財好看～～～」我拿起發財放入我的牌中，還是一張都不連，每個花色各一樣，漂漂亮亮。

闕瑢看著我的牌愣了半天。君子微微聳起眉尾，紫垣抬眸看向他，他微微淡笑。紫垣擰了擰眉，面色複雜沉重地低落臉龐。

「大家再來吧。」君子說。他要洗牌時我揚起手：「噓！」

大家不約而同地正色看我。我閉起雙眸，神思立刻超脫空間的限制，進入清華魂魄的體內，眼前是昏暗渾濁的天空，兩旁無樹無草，空曠無垠，天地連城一線，宛如到了世界的盡頭。

前方是一條奔湧的滾滾黑河，黑河切斷了前路，流向世界的盡頭。

我邪邪地揚起嘴角，睜開眼睛：「到冥河了。」隨即抬眸掃視他們：「下次娘娘就算再虛脫，也不准你們爬上娘娘我的床為我送命！尤其是你！」我直接睨向紫垣。他怔了怔，頷首道：「是，謹遵娘娘法旨。」

我站起身，轉身背對他們，靜了片刻，微微側臉平和地再次開口：「還有，謝謝你們讓我沒有入魔，有句話我不會再說第二遍，就是你們對我都很重要，我不想失去你們……」

「娘娘……」他們三人激動地起身，我立刻拂袖不去看他們，冷語：「你們可以滾了！」

「是……」三人的聲音，帶出了一絲強忍的笑意，然後靜靜消失在我的身後。

我長舒一口氣，閉眸平靜了片刻，睜開眼緩緩坐回玉床，單手支臉斜躺，我該睡會兒了。閉眸之時，神思再次進入清華魂魄之內，眼前已是滔滔冥河黑水，無邊無垠。

選擇清華的魂魄是因為他是修仙之人，而且修為已高，即使死去，依然留有些許靈力，以在下次投胎之時，可讓他有別於常人。

而這些靈力，可以隱藏我這一縷小小的神思，但是想要有所作為，卻是很難，僅僅只能看、聽和說。

黑色布滿骷髏的冥舟在滾滾的冥河中緩緩下沉，船上的鬼魂們開始騷動驚慌。

「怕什麼？」撐船的鬼差轉身，一張蒼白的臉、黑黑的眼圈和嘴唇，像是一個骷髏，身披黑色的斗篷，讓他們更加可怖一分。他們冷酷地掃視眾人：「你們已經死了，還能再死一次？」

鬼魂們不敢再出聲，老老實實坐下。冥舟一點一點沉入冥河，但河水並沒有湧入，而是圍繞在冥舟的周圍。漆黑的冥河裡，游來一條胖鼓鼓的魚，魚身發亮，如同一盞燈籠游在了冥舟之前，給冥舟帶路。

被鬼差遺漏的亡魂無法到達冥界，是因為他們找不到冥河，即使找到，也沒有燈魚帶路，無法抵達冥界。

漆黑的冥河中，一條一條燈魚像是夜空中稀稀疏疏的星星，點點閃亮。漸漸的，河底可見更多的燈魚，燈魚圍繞在一條巨大如同宮殿的大魚旁邊。大魚身體泛著藍色的螢光，微微透明，可見魚骨，臥於河底，連綿千里，不見魚尾——是鯤。

鯤張開了大嘴，裡面法陣已現，一艘艘冥舟進入，穿過了那法陣，不見蹤影。我們的冥舟也隨之而下。鯤散發螢光的觸鬚在漆黑不見五指的冥河中飛揚，牠的身上布滿了殷剎的神紋，成為冥界的入口。

看著那熟悉的入口，絲絲回憶浮上心頭。那時六界未分，殷剎還住在神宮之中，他和廣玥是話說得最少的兩人。眾神一直以為他與廣玥關係最好，因為兩人都不愛說話，但他們不知殷剎是愛說話的，只是不知該如何開口。

在我降世的第一天，聖陽和廣玥把他、嗤霆、御人和帝琊帶到我的面前，告訴我，他們是我的哥哥。那時，他開心地看著我，可是當我看他時，他沒有血色的臉上，露出了一抹擔憂和像是怕嚇到我的憂慮。

為了讓我盡快瞭解神界，學會東西，聖陽讓我跟廣玥他們每個人學習。終於，到了我去跟殷剎認知萬物魂魄的那天，他認認真真地跟我說了很多、很多……

我走時，他還戀戀不捨地送了我很久。我笑看他：「剎哥哥你怎麼了？像是怕我不來了。」

他怔了怔，死人一樣的臉上露出了驚訝之色：「妹妹還會來？」

「當然。」我笑看他：「我還沒學完呢！而且，你是我哥哥，我找你玩，有什麼不可以嗎？」

他卻是更加驚訝地看我：「你、你不怕我？」

「為什麼要怕？」我奇怪地看他。

他看看自己渾身環繞的陰氣，那陰氣讓他身周的空氣也變得刺骨地寒冷，使靠近他的人會不由自主的膽顫心寒，毛骨悚然，陷入死亡的恐懼。

「妳……不冷嗎？」他擔心地注視我。

我笑了：「原來剎哥哥是擔心這個呀？魅兒不冷，魅兒來自於天地之陰，不覺得哥哥身上寒冷，而且……」我壞壞一笑，深深一吸：「哥哥身上的陰氣，可入我神丹，跟哥哥久了，妹妹還能補身呢，哈哈哈——」我朗朗大笑，他也不由得笑了，死氣沉沉的臉上，終於多了分真神的溫暖與生氣……

很多時候，我們都被人們認定為怎樣的人。

好比冥神怎能有生氣呢？冥神不該有生氣，因為他是死亡之神，他的身上只能死氣沉沉。

而我來自天地之陰暗，凝聚萬惡之氣，我就該是邪神，怎能有如同聖陽的大愛？

與其說我沒有愛，不如說是那些如是說的人規定我不能有愛，不能有善，因為我是邪惡的化身，是陰暗的魔神。

哼！這樣，他們才覺得不矛盾，才覺得合情合理。因為，如果我不這樣，會讓他們所有人都很沒面子！

所以，他們遠離殷剎，與其說是敬畏，不如說是疏遠。所以，那時和殷剎在一起時間最多的，除了聖陽，便是我。

而除卻聖陽的五人中，我可以肯定殷剎是最效忠他的人，同樣的，我也知道他對我的兄妹之情是真的，他對我一直那麼疼愛有加。可是，我卻沒想到，他會和聖陽一起封印我。

呵，聖陽都那麼做了，他如此忠於聖陽，怎會不聽從聖陽？

『封印對她是最好的保護，可以遠離你們所有人！』

殷剎救我時的話浮現耳邊。狗屁！我不會再相信他們任何一個人！這些曾是我哥哥的神們！

冥舟漸漸穿過鯤嘴中的界門，隱隱的結界上可見廣玥的六界通緝令。哼，這樣就想困住我？若是連這都過不去，娘娘我怎麼搶你的六界？

冥舟順利地穿過冥界之門，立時，刺骨的陰氣撲面而來，那是讓靈魂都為之一顫的寒氣，也是使靈魂深處畏懼的森寒。

陰森的往下甬道漫長不見盡頭，沉沉的死氣不斷從甬道的盡頭而來，像是不斷地墜落未知的深淵，那裡只有鬼魂的哭泣與哀號，還有受刑時的聲聲慘叫。

「啊——啊——」陰氣起伏的甬道內不斷伸出枯乾的手臂和人臉，驚恐地哀號。這些是從冥舟內想要逃脫的靈魂，結果被困在這裡，永世不得超生，除非等有緣人將其撈出，助他渡劫。

可惜，很多坐於冥舟的人不知其然，還怕被這些伸出的手揪住墜落冥舟，紛紛往舟內更躲避一分；若是知道救迷途人能積德減刑、福澤來生，必會趨之若鶩。所以，神的考驗，無處不在。

漸漸的，出口已現眼前。我邪邪一笑，殷刹，我來了……你，準備好了嗎？

❖

冥舟穿過出口之時，森然的冥界大門已在眼前。冥舟下端生出六條腿，穩穩站立在地上，緩緩朝城門前行。

昏黃的天空像是永遠看不到日落月升，宛如時間定格在死亡的這一刻，明天永遠不會到來。

我們坐在冥車中隨著它的前行而左右搖擺，冥車發出「吱嘎吱嘎」古老而陰森的聲音。長長的隊伍緩緩走過冥界大門，黑色的大門上是巨大的殷刹雕像。他神情陰沉而威嚴，高高站立俯視每一個經過他腳下的鬼魂，讓人膽顫心寒，不敢仰視。

走過界門，出現一座巨大的宮殿，宮殿有無數扇門，自左而右連綿不絕。冥車停在宮殿的台階下，每一輛冥車停在一扇門前，鬼差帶自己車上的鬼魂下車，開始朝那些門而去。

「大人、大人，這是要幹什麼呀？」有人好奇地問。

「幹什麼？」鬼差笑笑：「審判啊，你生前做過什麼要在判官這裡清點，好事做過多少，壞事做過多少，你們真以為沒人清楚？這才叫真正的秋後算帳，走吧！別浪費時間。」

鬼差一人在前領路，一人在後催促。

我排在了最後，跟其他鬼魂走上台階，朝審判之門走去。

「快點快點！」鬼差推了我一把，我立刻冷睨他。你這個死人臉算什麼東西，敢推我！

鬼差一下子僵立在原地，像是瞬間被什麼震懾住，表情定格地看我，黑黑的眼洞中浮出了絲絲的恐懼，讓他的身體開始輕顫。

我收回目光，繼續向前。本娘娘今天心情很不好，明明到了殷剎的冥界，卻不能拆他的神骨，心情鬱悶。

鬼魂在那一扇扇門前開始排隊，接受審判。

忽然間，東邊的盡頭騷動起來，只見一黑雲滾滾而來，鬼差們紛紛帶領鬼魂下跪。

「快下跪！快下跪！冥王來了！」鬼魂們和鬼差誠惶誠恐地跪下。

呿，我瞥眸看那團黑雲一眼，不疾不徐走過前方跪下的人，鬼差見狀驚得目瞪口呆！

「大膽清華還不跪下！」鬼差朝我急呼。

我立刻陰沉地俯看他：「你跪你的，別管我的閒事！」

鬼差一怔，僵硬地埋下臉，繼續跪在原地。

我提袍步入審判之門內，立於門後，陰沉地看那團黑雲從空中落下。黑雲散開，現出一輛精美奢華的黑色華車，車前兩頭黑色油亮的冥獸，威武昂首，呼呼噴吐陰寒之氣。

車輦上一眼即見殷剎，他的身邊卻是多了一個身穿黑裙的女子。從我這裡看去，女子的臉被殷剎的身形正好擋住，無法看清，但那條黑裙看在眼中格外刺眼，是我曾經穿過的款式。

忽然看見一個穿得和我一樣的女人，還坐在殷剎身邊，莫名的，胃部泛出絲絲噁心。

殷剎的華車緩緩駛過宮殿之前，他認真地看過一排又一排跪在審判門前的魂魄，宛如巡視。臉上認真的神情不由讓我想起當年他教導我時，他也是這樣的一絲不苟，專心致志。

不像帝琊和御人，那時在教我時，已經常常出神。

殷剎的華車越來越近，他身邊女子的臉，也漸漸浮出。在看到那張美豔絕倫、嫵媚動人的臉龐時，我的心已經開始興奮地跳動，血液也奔湧起來，右手不覺抓起。我說誰打扮得那麼像我？原來是妳啊～～～瑤女。

瑤女單手支頰坐在殷剎身邊，滿臉的百無聊賴和氣悶，似是極不情願地來到了冥界。殷剎非她所愛，在神界她甚至都不願靠近殷剎，她怎會來到冥界，還坐在殷剎身邊？只有一個可能，是廣玥派她到殷剎身邊，監視殷剎。

瑤女是天生媚骨，生來就是千嬌百媚，小鳥依人。聖陽在造她時，也是費了很多心思。

他常常立於我的陰巢前，自問自答：「妳說，女人是不是更應該像妳？娥嬌我總覺得有點像廣玥了，呵……她不怎麼愛說話。我們六兄弟來到這裡，也從沒見過女人，妳應該是第一個吧，可惜……我還不知道妳到底是什麼樣子，妳到底是什麼樣子呢……」他久久注視黑暗中的我，我也在黑暗中好奇地看著他。

然後，他造出了瑤女——一個至陰至柔的女神。

瑤女才是神界真正第一美豔神女，遠比清高孤傲的娥嬌更受男神們歡迎。也因此，眾神認為她不會是聖陽妻子的人選，聖陽不會選她，因為聖陽之妻，該如娥嬌般聖潔自愛。

表面上，瑤女與娥嬌情同姊妹，但私底下，瑤女是不甘的，憑什麼大家會認為娥嬌才是聖陽之妻的人選，而不是她？

車輦緩緩走過我的門前，瑤女不悅地看著別處。沒想到廣玥會派她前來，我邪邪地笑了，正好，拆了她的神骨給廣玥一個警告。

我想伸手時，恍然想起自己現在只是清華，哪來的力量拆瑤女？一時胸悶，沒關係，知道她在這兒就好～她逃不出我的手掌心。

忽的，殷剎的華車停在了我門前的台階下，他似是感覺到了什麼，遠遠朝我身邊的門看來。我單手背在身後，側立於門內，他的視線像是穿透了遮擋我的門扉，直直落在我的身上。他盯視片刻，轉回臉，沉沉地深思。

「走啦～～～」瑤女不耐煩地提醒：「冷不冷啊？」

殷剎陰陰沉沉看她一眼，收回目光低沉開口：「沒人叫妳來。」

「你以為我想？」瑤女氣鬱地甩開臉，又轉回：「誰讓你放走了那女人，我本來舒舒服服在上面的！」

殷剎冷冷看她一眼，猛地起身冷冷俯視她，瑤女瞪大嫵媚勾魂的眼睛：「你、你想幹嘛？」

忽然，殷剎直接俯身攔腰抱起了瑤女，瑤女驚呼：「殷剎！你這個死人想幹什麼？」

殷剎沒有說話，轉身之時，竟是把她直接扔下了車！

砰！瑤女落在地上，登時發了懵。殷剎立於車上，俯臉冷冷看她：「下次不要穿黑裙！走！」

黑雲登時在車下升騰纏繞，下一刻冥獸躍起，拉起華車再次飛向空中，只留下坐在地上發懵的瑤女。

瑤女愣了一會兒，豔美的面容已經下沉。她是上界神女，並未因殷剎丟棄她而失態，依然不驚不慌地起身，鎮定的動作讓她起身也顯得婀娜多姿，儀態萬方，動人心魄。但此時眾人皆趴於地面，其實也無人知道她被殷剎丟下了車。

她站起身，昂首挺胸，強壓憤怒地睇了睇眸，哼一聲拂袖飛起，消失在廣場之上。

我走出門，冷冷一笑，踢了踢門口的鬼差：「走了，可以起來了。」

鬼差一愣，抬起臉偷偷看一眼，才大著膽子起身高喊：「起來吧——」鬼差和鬼魂們紛紛起身，聲聲呼喊傳遞下去。

忽的，鬼差回過神，大聲朝我厲喝：「你算什麼東西！」

我仰起臉，冷冷俯視他，寒氣浮現全身，立時，他收住了話音，愣愣看我，半天說不出話。

「哼。」我拂袖轉身再次入內，走過陰森的通道，面前出現一扇暗暗的光門，光門上符文遊走。此門為浮生門，跨過此門後，你是何人，生前做過什麼，皆會現於判官面前的浮生鏡，判官再根據鏡上所現對你進行審判。

當我穿過浮生門時，面前現出清清冷冷的一座單獨的宮殿，宮殿的盡頭是一張黑色的案桌，桌上擺有浮生鏡，而桌後，是一個頭戴圓形黑色官帽的男子。他正埋臉書寫，淡淡說了聲：「不必害怕，走上前來。」

聽見聲音，我邪邪地笑了，今天還真是個好日子，總是遇到熟人。

我不疾不徐上前，站在判官的案桌前，悠悠道：「你不看看我是誰嗎？」清華的聲音一出，他手中的朱筆，立時頓在了空氣中。

我勾唇笑看他，真是人生如戲，清虛居然做了判官。

不過，這面癱也是合適，他一直不苟言笑，沒什麼表情。他做仙尊時處事公正，從不錯抓一隻好妖，也不放過一隻壞妖。做了判官的他倒是去了華髮，又恢復青春年華，一頭墨髮規規矩矩。

他慢慢抬起臉，看見我時目露驚訝：「師兄？你怎麼也……」他有些吃驚地立刻看向浮生鏡，目光往下之時，他臉上的驚訝，已被一絲蒼白替代。

「是不是已經看到了？是清華殺了你，為了奪你仙尊之位～～」我陰沉的話音出口之時，他的雙眸也瞇緊了眸光，轉回臉面無表情沉沉看我：「你到底是誰？你不是我的師兄清華！」

我單手背於身後，側對他站立昂首：「還沒認出本尊是誰嗎？本尊可是幫你報仇了。」

他登時大驚地從座位上站起，連呼吸也變得凝滯：「是妳！」他低低的聲音帶出一絲輕顫。

我瞥眸看他，沉下了臉：「我不能進入冥界，但我有要事找你幫忙。」

「外界的傳聞是真的嗎？妳真的弒神了？妳真的是邪神陰女大帝魅姬娘娘？」他反而問了一堆問題。我瞥眸看向別處：「那又怎樣？你怕我嗎？」

他漸漸平靜下來，坐回原位：「我是不會幫妳的，妳殺了真神！六界通緝！」他伸手摸向浮生鏡。我勾唇冷笑：「哼，你還是這樣，做事一板一眼。以前我還挺欣賞你的，你不會輕信外界傳言，會用自己的心去分辨對錯，所以，你才把麟兒交給我，是嗎？」

他的手頓住，緩緩收回。

「怎麼？不上報了？」我瞥眸看他，他擰起了眉嘆息：「麟兒……還好嗎？」

我的心立時揪痛起來，第一次，我感覺到愧對於人，無法再直面清虛。原來慚愧，是那麼地讓人難受：「對不起，我沒有守護好麟兒，來此，也是為了他……」

「麟兒死了！」他再次驚訝站起，這一次，更是激動地大步走下台階到我的面前，失控地握住我的手臂：「妳答應我的！答應我不會讓他有事的！我真是信錯妳了！如果早知妳是九天邪神，我斷不會將麟兒交給妳！」他憤怒地盯視我，我慚愧地側開了臉。

失去麟兒，我比任何人都痛，但正因為如此，我現在更要保持冷靜。

他放開我的手臂，自責而痛苦地抱住自己的頭：「是我的錯，是我不該把麟兒交給妳……是我一己之私，害了麟兒……我見他天資聰穎過人，崑崙仙術只會束縛他，我才會讓他拜妳為師，他日仙法會上，可以讓我崑崙獨占鰲頭，占盡風光！是我的錯……我的錯……」

「麟兒是被嗤霆殺死的。」我淡淡地再次開了口，清虛怔怔地抬臉。我看向他：「我們真神與你們凡人看待生死不同，在我們這裡，沒有真正的死亡，所以，我會找回麟兒。現在，我想知道麟兒的母親在哪裡？」

清虛心緒不寧地目光閃爍，久久無法平靜。

見他還在猶豫，我淡淡道：「麟兒已經灰飛煙滅，只有我才能救他！」

他驚愕地趔趄一步，呆呆看我：「灰飛……煙滅……」他的目光瞬間空洞，如同失去自己最愛的孩子般無法接受。

我擰擰眉，上前一步揚起手，直接打在他的臉上，啪！我厲喝：「清虛！振作點！要找回麟兒、讓他重生，我還需要你幫忙！」

清虛無神的目光落在我的臉上：「我憑什麼……相信妳？妳被六界通緝，自身不保……」

「哼。」我好笑地瞥眸看他：「六界通緝，才說明他們怕了我，你以為阿貓阿狗都會被六界通緝嗎？」

他渙散的黑眸猛地閃過一絲眸光。

我邪邪勾起唇角：「憑我拆了那麼多神骨，殺了那麼多神！御人和帝琊的神魂還在我的手上，嗤霆的神丹也被我挖出！創世之神只剩下……兩個半了……」我咧開嘴角，陰森地笑了。清虛看著我瘋癲的笑容，並未恐懼害怕。因為在曾經的那段日子裡，他常常看著我這樣瘋瘋癲癲、陰陰森森地笑。

他的眸光反而越來越堅定，神情也越來越鎮定。他看了看周圍，恢復以往的平靜，沒有神情的臉上多了分果決：「好！妳說，讓我做什麼？只要是為了救麟兒！」

我邪邪地笑了：「果然是麟兒的好仙尊爺爺，你放心～我不會讓你後悔信錯娘娘我的～～哈哈哈哈——」

清虛的黑眸裡映入我陰邪的神情，他站在我的面前，眸中只有堅定，再無游移。

有一件事，我一直很在意，便是麟兒體內的守護法陣。我需要找到麟兒的母親弄清楚這樣的守護法陣，這個法陣若是能守住麟兒一部分靈魂，也對我讓麟兒重生有大大的幫助。

我看向清虛：「我要找到麟兒的母親。」

卻未想，清虛的眸光顫了顫，神情蒼白而晦澀：「妳以為我沒找過嗎……」

他低落絕望的神情讓我心中生出不祥。

「師妹她……」他哽咽地側開臉，淚水已從他眼角滾落：「灰飛煙滅了……」

「什麼？」我吃驚看他。他深吸一口氣，仰起臉，嘴唇開始打顫：「我也是做了判官才知道，那時師妹的死是湮滅咒，我真的不明白她為什麼要選擇這樣！她為什麼要這麼做……」清虛痛苦地哽咽起來。

巨大的震驚讓我也僵立在了原地，我忽然明白麟兒體內的守護神咒何以如此厲害！那不僅僅是他母親的愛，更是他母親的精魂在親自守護著他！不，應該還有父親！

人的精魂具有強大的力量，故而有人會用精魂煉劍，鍛造神器。而若是將精魂加諸咒術之中，力量會更加強大，所形成的符咒也會更加牢固！

是什麼理由，讓麟兒的父母做出了這樣的選擇？

麟兒的身上，到底蘊藏了怎樣巨大的祕密？

我立時看清華：「你確定是湮滅咒？」

清虛哽咽地點點頭：「是！」

我低眉深思：「麟兒身上有一個巨大的祕密，他的母親為守護這個祕密，不惜用了湮滅咒，說明她知道即使死了，也有人會在冥界審問她，有這樣許可權的，只有神族！」

「神族……」清虛驚訝地低喃：「師妹怎麼會跟神族扯上關係……」

難道麟兒是神族的骨血？

可是不像，如果他是神族的骨血，他身上會帶有神族的氣味。那是神血的氣息，無法用神咒隱藏，比如焜翃，我是聞得出的。

我邪邪地笑了，有意思……到底是誰容不下一個嬰兒的出世？這三千年來，到底有什麼事是我不知道的……

「娘娘，那現在該做什麼？」清虛終於恢復了平靜，或者該說是為救麟兒而急切：「娘娘若是能救回麟兒，是否也可能救回師妹？」

我瞥眸看他一眼：「當然，只要在這個世界存在過，就不會消失。而且……我覺得只要能救回麟兒，你的師妹也必能救回。」

「太好了！」清虛有些激動得難抑喜悅之情，祈禱般的緊握雙手。

在崑崙這三千年，我也看了不少崑崙仙尊，但仙尊到底還是男人。哼，男人……但不乏有痴情之人，清虛便是其一。他也算是一直壓抑自己對師妹的愛，只是默默地做她的師兄。

事實證明，男人的默默守護往往會失去心愛的女人。他的師妹愛上別人了，雖然不知道她師妹愛的是誰，但若無所愛，麟兒又是從何而來？

而麟兒的父親是誰，隨著麟兒母親的死，也成了永遠的祕密。但我有感覺，他應該和麟兒的母親一起湮滅，化作了守護神咒中的一條連線，和她一起纏繞，用他們的愛來守護麟兒。

忽然，我的心開始劇烈地跳動起來。我有預感，麟兒沒有灰飛煙滅！

天地之間，有太多太多神祕的力量，連我們真神也無法超越，我即使沒有感覺到麟兒的存在，但我相信自己此時此刻的預感，麟兒沒有完全消失在這個世界上。

或許，他正存在於世界的某個夾縫之中，等我救他。

這個預感讓我欣喜，讓我激動，讓我再次充滿希望！

第二章　麟兒的父母

「清虛，我要看冥界的大命盤。」我沉沉而語時，清虛吃驚看我，沒有什麼表情的臉上也多了分難色。但是很快的，他目露堅定：「好！娘娘請隨我來。」他揮手拂過面前空氣，現出一個門型法陣，另一個判官從裡面走出，也是一個面癱。

清虛面無表情看他：「我要離開一會兒。」

「好。」另一個人同樣面無表情，只是看我一眼，便走上案桌，不發一言。

「跟我走吧。」清虛面無表情地說。我隨他踏入法陣之內，立時，眼前已是冥府出口，一輛四腿冥車正等在台階之下。

冥車見清虛出來，高興地扭動全身，在原地跳躍。

「娘娘請。」他請我上車，冥車乖乖趴下，前腿成為台階。我走上冥車，車門已經打開，裡面的布置很是簡單簡潔，如清虛一樣。

他隨即進入：「去冥宮。」

車門立時關起，冥車一躍而起。這真是一輛活潑的冥車。

冥車的車窗打開，可以俯瞰整個冥府。經過審判後的鬼魂生前若是還清罪孽的，可入籍成為冥界百姓，暫居冥界，等待投胎。

冥界的一切如同人間，故可以尋找尚未投胎的親人投靠；若是無親無故，冥府會安排，之後與人間的生活大同小異，也可在冥界成婚，找尋一個伴侶度過在冥界的日子。

而在人間罪孽尚未還清的，就會被打入冥獄，接受懲罰與酷刑！

因為冥界未分六界，所以人妖仙怪通通混居在其中，遠遠可見地面上半人半妖的妖族和人類一起走動，像極了當年的世界。

我喜歡那個世界，簡單而純粹。

「娘娘，妳……真是邪神？」清虛坐在我的對面，謹慎地問。

我單手支臉靠在窗邊，瞥眸看他：「我有勾引過你嗎？」

他一愣，面無表情地低下臉，搖搖頭：「那娘娘當年為何被眾神封印在崑崙山下？」

「喜歡我的人太多～～～分不過來～～～就把我封印了，誰也得不到，多公平？」我調笑地答，清虛嚴肅謹慎的臉上多了分尷尬。哈，他居然信了？

我再次俯看人來人往的冥城：「世界最初形成時……就是這個樣子，人妖精怪住在同一個世界裡，和平共處，互相幫助，那時大家的臉上……只有笑容……」我淡淡的話音悠悠飄在冥車之內。

「可是後來，一些神族閒得發慌，訂出一大堆的規矩～～～要以神為尊～～～」世界是在有了尊卑後，發生了翻天覆地的改變：「而人以神之外貌所造，自詡為尊，看不起其他種族，各族才打了起來，聖陽於是分了六界……其實外表不過是一張皮囊，可是種族之間總是不能和平相處。哼！看，現在大家都死了，多安分。」冥城裡人來人往，沒有人再因為別人頭上長對犄角指指點點，也沒有看見青面獠牙的人嚇得飛奔。

清虛久久看我，眸中也帶出絲絲感慨。

「看我這麼久……是不是還是無法接受清華的改變？」我轉回眸光看他看我的臉。他擰擰眉，輕嘆一聲低下了頭：「師兄若想要這仙尊之位，我給他便是，也不會傷及崑崙其他無辜弟子。」

「哼。」我輕笑一聲：「這是劫，是你的，也是崑崙的，躲不過的。若無此劫，你也做不成現在的判官，拋開生死這世俗觀念，清虛，你是因禍得福呀～～」

清虛變得沉默，久久不言。

我打量他：「怎麼？」

清虛雙手微微握緊，透出絲絲的無奈與痛苦：「即使做了判官又如何？還不是一樣救不了自己心愛的女人。」

我的心中微微一顫，生出一絲與他惺惺相惜之感。麟兒曾說過，他覺得聖陽很可憐，是天地真神，卻連自己最心愛的女人也無法守護。

而今天，我又何嘗不是這樣呢？我瞥開目光嘆道：「雖然本尊是真神，卻在麟兒死的時候，什麼也無法阻止……」

清虛的身體微微一怔。

「你不必再耿耿於懷了……娘娘我可是很少會安慰人的……」我看向窗外，黑色的冥宮已經映入眼簾。

天地悠悠，卻無我刑姬容身之處。我乃真神，卻不可任意妄為，一旦任性，便被人列為邪神之列。在神界為了不讓聖陽失望，成為人人傳說中的邪神，我一直循規蹈矩，努力做一個大家可以認可的善良女神。

可是，最後呢……

這個世界對你不公，你只能用自己的雙手討回屬於你的公理。很多事，凡人無法向神吶喊，但是，我是神！我刑姬可以！

我的眸光漸漸瞇起，盯視那座巍峨的黑色宮殿。

森羅的冥宮散發絲絲寒氣，莊嚴肅穆的黑色如同深夜，純黑的玄色如同黑曜石般閃亮，反而現出無比的雄偉與奢華。

清虛的冥車緩緩降落在冥宮外，我在車內盯著那巍峨的冥宮。冥宮初建之時我還來過呢，那時我很喜歡這座宮殿，因為，它是黑色的。

「娘娘，請莫再說話。」清虛小聲提醒。

我點點頭。

冥車開始跑向宮門，然後在侍衛的攔阻下停下。清虛拿出權杖伸出窗戶，侍衛看了一眼便放行，冥車再次駛動。

冥宮並沒有太多變化，只是樹木更高了一些，花草更妖冶了一些。

我還記得大命盤是放在冥宮的北冥殿裡。大命盤記錄了殷刹所造的每一個魂魄，即使魂魄灰飛煙滅，也能找出它最初的形態，用大命盤即可追蹤它灰飛煙滅之後碎片掉落何方。

冥車忽的停下，清虛下車看了看左右，讓我下車：「娘娘，請莫再說話。」他又一次小聲提醒我。

我點點頭。

他是判官，入宮彙報是很正常的事，所以，他在宮中走動，不會惹人懷疑。若是遇到的魂魄特殊，他需帶入宮，讓冥王親自裁定。所以，我跟在他身後，也是正常。

冥宮裡，身穿白衣的宮女從我們身邊輕輕飄過，蒼白的臉如同刷了層白漆。宮女一個個不苟言笑，死氣沉沉，從身旁飄忽而過，如一縷青煙白霧，轉瞬即逝。

他們在這座靜得鴉雀無聲的冥宮裡忽隱忽現，飄忽不見，備感陰森詭異。

清虛一路低頭前行，不左顧右盼，幽靜的宮中宛如只有我們兩人的身影。

漸漸的，越走越深，景物也越來越熟悉，我抬臉時，已見北冥殿。陰沉沉的寒氣圍繞這座玄色的宮殿，隱隱的黑色法陣籠罩在北冥殿的上方。

「娘娘，裡面就是大命盤了。」清虛看看左右，上前推開了殿門，立時一個巨大的、在空中旋轉的光碟現於眼前。

大命盤無需人看守，因為只有殷剎和真神可以操控。

我抬步入內，清虛在我身後關上了門：「若有情況，我再叫妳。」

「嗯。」他合上殿門，站在了門外。

我立於大命盤之前，大命盤在四根黑色石柱之間緩慢旋轉，上面是上古符文，無人能懂。

我抬手摸上大命盤，神思從清華體內而出，飄浮在大命盤之前。

撲通！清華的身體倒落在地。

我無形無態地立於大命盤前，光符在巨大的光碟中飄浮，光碟的中央是反向旋轉的另一個光陣，光陣裡光點無數，像是蘊藏了一個無窮的世界。

我準備進入之時，感覺到了殷剎的氣息。

「是想找鳳麟嗎？」他的聲音從身後而起。我轉過身，他平靜又面無表情地看著我。

我往下再次回到清華的身體，慢慢起身瞥眸看他：「你招人是按你的模子嗎？一個個全是面癱。」

他看我片刻，從我身前走上台階，站在大命盤前，抬頭看命盤：「我知道妳遲早會來，所以幫妳找過了。」

我微微一驚，殷剎……幫我找過麟兒。

他微微蹙眉，黑色圓帽下的黑色紗簾微微遮蓋他泛著一絲死氣的臉：「對不起，我沒找到。」

「你騙人！我不信！」我怒然拂袖：「你們的話，我是不會相信的！」

他微微低臉：「不信妳可以進去看。」

「我當然要自己看！」我直接走向命盤。

「魅兒，妳知道妳的神思一旦進去，便無法出來。」他沒有阻止我，只是在一旁淡淡開口。

我轉身冷睨他：「我當然知道！不過一縷神思而已！」

「妳何不親自來？」他忽的抬臉看我。我不由一怔，邪邪而笑：「原來……有人想見我嗎？」

他的神情依然沒有什麼變化，可是那雙陰寒的眸中浮出絲絲歉疚，以及更多更多複雜的、糾葛在一起的情愫。

「魅兒……」他慢慢地又張了口，卻是看著我許久，那深深的目光裡像是有太多太多的話想對我訴說，但已經不知如何開口。他抿了抿青黑色的唇，才繼續說了下去：「妳既然好不容易讓一縷神思進入冥界，就不要浪費了，我幫妳進來。」他真摯地注視我，有那麼一刻，我真的相信他那誠然的目光是發自內心而出。可惜，我現在不會相信任何一個神族了，除非讓我進入他們的神魂，看個透透徹徹！

我勾唇邪邪地笑了：「好啊～～若早知你有此心，在審判門我就該找你。」

他目光微垂，面色認真：「那時不妥，瑤女在，你應該明白廣玥派瑤女在我身邊的目的。」

我側眸深思片刻，瞥眸看他：「那時你已經知道我在了？」

他微微點頭，青白的臉上多出了一抹柔和：「冥界是我地界，冥界萬物是我耳目。魅兒，妳那時應該已經知道我在看妳了。」

他抬眸深深看我，裡面是無盡的深沉。

我淡淡勾唇，這些男人為奪我神丹，真是一個個居心叵測，連以前最老實的殷剎，也不老實了。

正好～～我想進來，他想見我，就賜他一面，再拆他神骨～～～哈哈哈哈——

我轉臉看他：「好，那就有勞你了。」

他死氣沉沉的臉上多了分淡淡的喜色。殷剎抬起手，在空氣中開始畫出神印，我在玉巢中也抬起手畫出相同的神印。

我看向那閃閃發光的神印，邪邪而笑：「我們走！」

「是！」闕璿、君子、小竹已浮現身後！

當我和殷剎的掌心隔空相對時，立時，空間在我們的面前緩緩打開，玉巢瞬間化作白玉在我腰間，我打開手中摺扇慢搖，小竹懷抱滅殃恭敬站在我的身旁。

面前的空間漸漸穩定，如同一面水鏡，映出殷剎平靜中變得柔和的臉龐。他朝我伸出了手，穿透了面前的水簾。

我看看他蒼白無色的手，邪邪勾唇，伸手放入他冰涼的手中。他輕輕執起，拉我進入了他的冥界。

我緩緩走過面前的水鏡，寒氣立時撲面而來，隨著寒氣一起吸入鼻息的，還有冥界無處不在的陰氣。

我邪邪地笑了，這就是冥界是我最愛的原因。

「殷剎！你瘋了！」刺耳的聲音傳來之時，殷剎在我身前已經沉下了臉。空間在我的身後緩緩合起，小竹戒備地看向門口。

我瞥眸看去，正是瑤女吃驚的臉龐，北冥殿殿門大開，門外是被時間凍結的清虛。

瑤女在看見我的那一刻徹底失控，連連搖頭，急急看向殷剎：「你瘋了！殷剎你真的瘋了！你怎麼可以讓這個女人進入冥界？你這不是在幫她恢復力量嗎？我要去告訴廣玥！」她轉身想走。

我收回目光，從殷剎的手中抽回手。他微微一怔，擰眉之時，寒意浮現全身，黑色的袍袖甩起，登時北冥殿殿門全部緊閉，一層結界也隨之浮現於殿門之上，無人再能離開。

瑤女頓住了腳步，後背開始漸漸僵硬。

殷剎轉臉看我，面色陰鬱：「她是妳的了。」他沒有任何感情地說道。

我邪邪地笑了：「這份禮～～可真大啊～～～那我……就不客氣了。」

殷剎退開了身形。我揚揚手，小竹也退到遠處，我朝僵硬的瑤女緩步走去，她的呼吸開始急促，猛地轉身瞇起眸光：「魅姬，我是絕對不會怕妳的！」她口中說不怕我，嘴唇卻輕輕顫抖了起來。

我停下了腳步，黑裙開始像黑霧般飄揚。我緩緩離地，張開雙臂，深深吸入地府裡美味的陰氣，邪邪而笑，俯臉看臉色已經蒼白的瑤女：「其實～～～相對於娥嬌，我還是比較欣賞妳的。至少妳敢做敢當，跟男人上床就是上床了，從不掩藏裝作自己是清純女子，不像娥嬌那樣還要故作清高……」

瑤女昂首挺胸，強行壓下自己眸中的恐懼：「不錯！我瑤女做了就敢承認！我就愛妳的男人怎麼了？我就是想搶走妳的男人！我把喜歡妳的男人都睡了，就差聖陽大人了，憑什麼那些男人對妳神魂顛倒？妳好看嗎？哼，妳沒有娥嬌清麗，沒有我美豔！不就一雙眼睛會勾人嗎？我也會啊！我哪裡比妳差了？我真的很討厭妳，我恨妳！我每天都在祈禱希望妳消失！但是祈禱有用嗎？妳跟聖陽恩恩愛愛讓我真的好恨！我就是要害死妳！我每次害妳心裡都很爽！很爽——」

「哈哈哈——」我仰天大笑，殺氣升騰全身，陰沉地狠狠看她：「討厭我的人多了去！妳算老幾？」

「魅姬，妳居然不把我放在眼裡！我會讓妳後悔的——」瑤女瞇起眸光，忽然嫵媚地笑了：

「如果妳的鳳麟沒死，我就不信他不會跟我睡！」

登時，陰氣纏繞我的全身，我陰沉地俯視她，空氣開始在我周圍凍結，房門上一點一點開出霜花。

找死！

「哈哈哈——如果今天我瑤女沒死，我馬上了睡了妳的小天水！還有妳身邊的每個男人，包括妳的男侍！」瑤女甩手指向我身後的小竹，睇睥嫵媚而笑：「好好慶祝！」

「娘娘！她太噁心了，我不要跟她睡，妳快殺了她！」小竹受不了地喊。

我的神力開始纏繞右手，瑤女黑色的衣裙也飛揚起來，神力開始纏繞她的全身：「魅姬！妳殺得了花神，殺得了嫦嬌！未必殺得了我！」她朝我撲來。

我抬起右手，不疾不徐地「啪！」打了一個響指，登時，周圍的陰氣化作一條條黑蛇朝瑤女撲去，在瑤女要抓到我時，綁住了她的全身，像是一張骯髒齷齪黏滯的網，將她漸漸吞沒。

「魅姬——魅姬——」她被黑色的陰氣漸漸吞沒。我再打了個響指，啪！黑色粗壯的陰氣如同一條碩大黑亮的蚯蚓鑽入她的口中，直入她的深處。

殺她，我都不想用自己的手！讓我噁心！髒了我的指甲！

真是笑話！這裡可是冥界，陰魂之氣無處不在，更別說在冥域裡受刑的萬萬怨魂。到了這裡，本娘娘還不捏死妳！

這才是廣玥派瑤女到殷剎身邊的真正目的，他不想讓我人冥界，不想讓殷剎幫我，因為他知道，一旦我進入冥界，六界不保！

「唔！唔！」她全身掙扎扭動，卻無法逃脫陰氣的纏繞。

我冷冷蔑視她：「蠢！在上面，我未必能殺妳，但在這裡！哼！」我邪邪地咧開嘴角：「殺妳易如反掌！瑤女，如果妳能活著，聖陽可以給妳，那個男人我用過了，我不要了，但是我的人，妳別想碰他們一根手指！就算是天水也不行！可惜……哈哈哈——妳沒這個機會了！」

「啪！」第三個響指打響，黑色巨大的蚯蚓在她的口中扭動，她痛苦地瞪大了眼睛，下一刻，黑色的蚯蚓從她口中抽出了身體，啣著她的神骨和神丹。

「魅姬……魅姬……」瑤女在陰氣中孱弱地繼續叫我。我不看她一眼，伸手接過神骨和神丹端詳：「她交給你了，剎，魂魄歸你管。嗯……這麼喜歡睡男人，你盡量成全她。」

「廣玥會知道的……他一定會知道的……」

我邪邪地笑了，看著手中晶瑩剔透的神骨：「我殺妳的時候，他就該知道了，但妳覺得他現在會來嗎？哈哈哈哈——他不敢——」我回眸看他：「現在一切都晚了，他不敢——」

瑤女的眼睛睜了睜，絕望徹底浮出她的臉龐，她雙目空洞而迷茫地看著一個方向，有如被我拆掉神骨的娥嬌。

我收回所有的陰氣，吞入神丹。她懸浮在空中，成為一縷再普通不過的幽魂。

我瞥眸看她：「妳那麼喜歡男人～～～要我成全妳嗎？」

她愣了愣，看向我：「妳不讓我灰飛煙滅嗎？我睡了所有喜歡妳的男人！」

我不在乎地輕觸神骨：「喜歡我還跟妳睡，那怎麼能是喜歡呢？嘖嘖嘖。到最後，妳居然還不知道愛一個人和被人所愛，是怎麼一回事，實在太可憐了～～～」我瞥眸看看她，她的神情更加茫然起來：「不，他們說喜歡我的！他們說喜歡我的！」

「帝琊嗎？還是御人？」

瑤女呆呆地看我。

我邪邪而笑：「他們不僅跟妳睡，也跟娥嬌睡了。妳倒不必難過，妳畢竟也是睡了他們～～神界裡有哪個女人及妳，可以睡了真神？」

她空洞的目光閃爍起來，臉上的笑容變得扭曲：「對，她們都不及我，我睡了神族無數的男人，我還睡了真神！哈哈哈——我不僅睡了帝琊、御人，還睡了嗤霆！我比妳厲害！比妳厲害！」

「是～～～妳比我厲害～～～」我轉開臉，表情漸漸陰沉：「我看妳還是從人做起，好好學學怎麼去愛人、怎麼被人愛吧。剎，讓她走。」

「殷剎，你喜不喜歡我？你喜不喜歡我？」瑤女在我身後像瘋了一樣地問殷剎：「我知道你是喜歡我的，是不是？是不是？只是因為我不想跟你雙修，所以你沒機會是不是？現在我給你這個機會好不好！我還有你和廣玥沒睡！我要跟你嗎……」瑤女的話音戛然而止，我微微側臉，看到殷剎異常陰沉的臉，手中是一顆封住靈魂的魂珠。

他本就沒有神情的臉此刻更加陰鬱，寒意和殺意一起籠罩他的全身，他捏緊了手中的魂珠，像是要把她捏碎！

我轉身落地，伸手扣住了他的手腕，他微微一怔，看向我。我對他搖搖頭：「我滿足了，你若是讓她灰飛煙滅，會讓我墮入魔道，我只剩心底這點理智去愛他們了。」

殷剎怔怔看我。我勾唇邪邪地笑了：「我今天心情很好，想吃肉。」

殷剎看著我的笑臉，神情開始柔和下來，沒有任何神情的青白臉上浮出了一絲暖色。他緩緩收好魂珠，點點頭：「好。」

我咧開嘴笑了，瞥眸看小竹，手中的神骨正在閃耀。我心中微微吃驚，再看小竹，小竹也是面無表情。

「小竹，這根神骨給你了。」

小竹一愣，卻是嫌棄地看了一眼：「我不要，如果我裝上也變成欲求不滿，整天找人睡覺怎麼辦？」

小竹提醒了我，我再看神骨：「你說得有理。聖陽造瑤女時，用的是至陰至柔，陰用多了，才讓女人更渴望陽的溫暖。瑤女變成這個樣子，聖陽也有責任。」我想了想，拿起這根神骨，深深地一吸，神骨上的陰氣開始從神骨內剝離，吸入我的體內，神骨在我的手中火熱了一分，陽氣壓下了剩餘的陰氣。我不能把陰氣全部剝離，因為神骨也是陰陽生成。

「好了，小竹，現在這根神骨不再至陰至柔。」我托起霞光異彩的神骨。小竹呆呆看我：「真、真的屬於我？」他還是不可置信地看我。

我揚唇而笑：「怎麼？不要？」

「要要要。」他急急懷抱滅殃跑到我的身前，我伸手輕輕拂過他額前綠色的髮絲：「你一直忠心耿耿，捨命相護，娘娘我是不會虧待你的。」

小竹綠色的瞳仁開始閃爍，激動而緊張地看我一眼，低下了臉，抱緊懷中的滅殃呼吸紊亂。

我瞥眸看一旁面無表情的殷剎：「你不阻止我嗎？你不怕……我稍後拆了你的神骨嗎？」

他久久沒有說話，同時依然用那種複雜的眼神看著我。忽然，他的嘴角帶出一絲淡淡的、柔和的微笑：「妳一定餓了，先吃飯吧，我還要開啟冥界的大結界。妳放心，我不會讓廣玥傷害妳。」說罷，他緩緩消失在北冥大殿之中。

我看著他消失的地方，失了神。他的笑容恰似三千年前，那時，他像哥哥一樣愛著我，護著我，不讓最討厭我的嗤霆靠近我半分……

或許……我真的誤會他了？

不！我不能被表象所惑！

我邪邪勾唇，這是他自己放棄阻止我的機會，我不會客氣！也不會留情！

我拿起瑤女的神骨，一把埋入小竹的天頂，登時神光炸開小竹綠色的短髮，他在神光中緩緩浮起，眼睛閉起，短髮開始在神光生長、飛揚。

包裹小竹的神光越來越閃亮，神丹已浮現我的手中。吸走陰氣的同時，一部分陽氣也隨之而出，是瑤女與其他男神雙修時所得，尚未煉入她的內丹，應是她來冥界前不久吸的。

我的腦中劃過無數與她纏綿過的男神，還看見了嗤霆的臉，登時噁心得想捏碎她的神丹。我強忍住噁心與憤怒，把陰氣也給吐了，將神丹徹底還原成最初的形態，神力或許減少，但恢復它原本的純淨。

抬手將神丹埋入飄浮的小竹體內，霎時，神光變成了小竹的綠色！神丹與他的妖丹融在一起，他的身體在綠色的神光開始拔長。

我揚唇邪邪地笑了。小竹，從此以後，誰也不能傷你半分了！

所有的神光開始聚攏在他的身後，形成飄搖的光翅，他的手腳長出了袖口與褲管，身上素潔的衣衫變小，少年的面容更加成熟一分，雌雄莫辨之中帶出了他的冷豔，長髮散落他如蛇般精巧的臉龐，蓋住了飛挑纖細的眉梢和同樣上挑的眉腳。眼角妖冶的眼影淡淡消失，除卻了他蛇妖的妖媚，多了分神君的威嚴。

身形修長挺拔，但依然帶著蛇族的柔骨，讓他拔長的身體腰身纖細，線條凹凸纖柔。

他緩緩落地，身後的神光收回體內，緩緩睜開了眼睛，針形的瞳仁劃過一抹綠光後緩緩化作原形。他眨了眨眼睛，帶出了他平日呆呆的神情，奇怪看我：「娘娘怎麼矮了？」清朗悅耳的聲音帶著一種蛇鳴時特有的沙啞，讓他的聲音從少年徹底蛻變，變得格外性感。

他一驚，摸上自己的喉嚨：「我聲音怎麼變了……」

我挑眉斜睨他，他登時察覺了什麼，匆匆低下臉，卻吃驚地抬起雙手，拉起褲管：「原來是我變高了！」他又抓起自己的長髮，摸上自己的臉，緊張看我：「娘娘，我會不會看起來很妖？」

我看他一眼，走向大命盤：「你不會自己看嗎！」

「我再怎麼看也覺得自己好看……」他跟在我身後諾諾地說。

「哼，你可真夠不要臉的。」我伸手摸上大命盤。小竹懷抱滅殃到我身旁：「我就不信君子大人和闕璿大人不會覺得自己好看。」

我瞥眸看他，他眨眨眼睛，淡綠色的睫毛顫了顫，低下臉：「我也是怕自己太妖，娘娘不喜歡……」

「我喜不喜歡關你什麼事？」我瞥回目光看大命盤，殷剎沒有騙我，裡面沒有麟兒。

這就奇了。大命盤裡沒有的，只有我們真神七人，即使是聖陽所造的二代神，他們的神魂也是殷剎所造，會記錄在這大命盤中。

天地萬物，即便一花一草、一蟲一魚，都逃不出這大命盤。難道……

「娘娘那麼任性，萬一嫌我不好看，把我拋棄了怎麼辦？」身邊傳來小竹有點委屈和低落的聲音。

我立時瞇起眸光，收回手時拿出了摺扇，冷冷斜睨他雌雄莫辨的精巧臉龐：「你成神了，翅膀硬了，是不是？」

小竹全身一怔，身上縮小的衣服讓他看起來有些可憐。

「居然敢說娘娘我任性了！」

他全身縮緊，下巴更加收緊。

我拿起摺扇就打在他身上，啪！啪！啪！

「你現在真是話越來越多！膽子越來越大了！」

「啊！啊！」小竹抬手擋：「娘娘別打了，娘娘！」他忽然伸手接住了我的扇子，我登時斜睨他，他從上往下俯看我，綠眸中劃過一抹驚慌，呆呆看我片刻，突然放落身體挽住我的手臂，黏黏地靠上我的肩膀：「我只是不想離開娘娘，大家都不想，但是看娘娘一下子就棄了天水，所以大家心裡都惶惶的。」

他撒嬌般地抱緊我的手臂，像曾經那個小竹一樣靠在我的肩膀上，綠髮滑落我的身前，散發神族清新的香味與迷人的神光。

「你們……都這麼擔心嗎？」我側臉看他靠在我肩膀上的頭頂。

「嗯！」小竹用力點點頭。

我擰了擰眉，轉開臉：「站起來，你現在長大了，這樣像什麼樣子！」

「是。」小竹慢慢離開了我的肩膀，目光之中是深深的留戀。

「你們真的那麼介懷我棄天水之事？」我抬眸看他。他眨眨眼睛，諾諾地低下臉，反是不敢說了，抱緊懷中的滅殃，用自己綠色的長髮藏起那張憂慮的臉。

「你們覺得我為何捨棄天水？」我淡淡地問。

他從長髮間小心翼翼看我一眼，咬了咬下唇，低如蚊蠅地開了口：「因為……娘娘……寵幸了……他……」

我登時眉腳抽起，抬手就打！

啪！啪！啪！

「啊！啊！啊！娘娘我說錯了！是天水沒用！沒用！」他急急地喊。

我收回摺扇沉下臉：「我知道你們是怎麼想的，覺得我無情，拋棄了天水。天水助我恢復神元，卻還被我冷酷丟棄，如同破鞋，是不是？」

小竹縮緊身體後退一步，諾諾看我：「是妳讓我說的……」

「哼。」我邪邪勾唇：「這樣想也好，以後誰敢上娘娘我的床，娘娘我睡了就棄！」

小竹驚然抬臉：「娘娘！小竹知道聖陽大人背叛了您，鳳麟主子也死了，您不能這樣自暴自棄啊！」

我真是忍不住又想抽他了！

舉手拿起摺扇時，他慌忙擋住頭大喊：「娘娘！小竹才發現妳從上往下看更好看！」

我一愣，立刻收回摺扇「啪！」一聲打開，高高舉過頭頂，邪邪而笑：「是嗎～～～」

扇面上現出我的臉，我見時心中一悅，還真的是這樣，從上往下看，臉更小了，眼睛也沒那麼勾人。我一直很討厭聖陽說的勾人眼神。嗯～～我下次盡量不要瞥眼看人，會好很多。

君子的臉漸漸浮現在扇面上：「君子認為，娘娘怎麼看都好看。」

我沉臉白他：「你可是君子，什麼時候也學會拍馬屁了？滾回去！」

君子淡淡而笑：「因為娘娘是心美，娘娘讓天水離開，是不想讓天水陷入危險吧？」

我眸光瞇了瞇：「少自作聰明！」

君子的笑容在臉上如同百合般綻放，他微笑地注視我，眸光更加篤定。

我被君子看穿心思，一時尷尬，一直被人誤會，早就習慣了，忽然被人知心，反是彆扭。我邪邪勾唇瞥眸看他：「忽然覺得……你笑起來，很好看。」

立時，薄薄的墨色浮上君子的臉頰，可愛的紅暈再現，他眼神閃爍了一下，消失在了扇面上。

可是那一刻，我看著扇面失了神……

我因得麟兒之愛，始終沒有看見身邊其他人的效忠與真情，直到麟兒死去，他們依然無怨無悔地陪伴在我身邊，誓死守護，冒著被灰飛煙滅的危險與我一起逆天。我得闕璿、君子、小竹和紫垣之忠心，是我之幸。

麟兒，你用你的生讓我重拾心中之愛，用你的死，讓我看到自己並不孤獨。我愧為真神，是你教會了我珍惜與珍愛。

我在神界時，只為聖陽而活，為他修身修心，為他去大愛眾生，為他讓自己完美，為他去原諒任何傷害我的人。

我被封印後，只為恨而活，為恨而瘋，為恨而拋棄愛，為恨而恨所有人，為恨而折磨天水。

若是這算兩世，這兩世我都不快樂，為神何用？

我很想重新回到那個最初的、快樂的我，麟兒，我想讓你看看，當初的我究竟是怎樣的，但是……我還回得去嗎……

「娘娘，有鳳麟主子的消息了嗎？」面前傳來小竹的話音，我放下摺扇，收拾心情轉眸看大命盤：「沒有！」

「沒有？」小竹急了起來：「那、那怎麼辦？怎麼會連大命盤都沒有？鳳麟主子到底在哪兒？」

我邪邪地笑了：「沒有，反倒是件好事。」內心已是滿心喜悅，我不急著找麟兒了，等我一統六界，給他一個太平天下！

「反倒是好事……」小竹呆呆看我：「娘娘說過，大命盤裡，只有真神沒有。真神加上妳只有七個人，御人和帝琊被妳收了，廣玥、嗤霆和殷剎大人還活著，難道是聖陽大人？」

「不是他。」我揚唇而笑：「不是才好，不然，我又要噁心許久了，三千年後好不容易自由，我又愛上他一次，豈非我自作踐嗎？哼……麟兒，如果你聽得見我說話，等著我，我很快會來找你——」我張開雙臂，衣袖飛揚，神力的光翅在身後撐開，仰天大喊。

我知道我們的聯繫一定沒有斷，只是，你或許在一個連我都不知道的地方。這個世界那麼大，成長了那麼久，很有可能孕育出了屬於它自己的、連我們真神也不知道的地方。

我緩緩收起雙臂。或許，我可以看看麟兒的母親，從她的身上找到麟兒的線索。

我再次飛回大命盤，抬手放落命盤中心，字符開始旋轉翻滾。閉眸之時，神識已入命盤中心，周圍的世界開始天旋地轉，字符飛旋化作金色的龍捲風，漸漸，藍天白雲開始從上方浮出，金色的字符緩緩降落消失，崑崙已浮現眼前。

而清虛和鳳麟的母親，就站在我的面前。鳳麟的母親名為暮雪，是清虛的師妹，是當年崑崙七子之一。

「師妹，這次出去也請小心。」清虛認認真真囑咐。

暮雪微笑看清虛：「師兄放心。」

我抬起手，世界在我面前定格。我看到了清虛眸中隱藏的深情，暮雪的笑容映入他的眸底，格外清麗純淨。

我開始撫過面前的空氣，暮雪的生平在我眼前快速劃過。忽然，一個男人劃過我的眼前，我頓住了手，再往回一點一點尋找，終於找到了他和她，第一次相見的那一刻……

她被妖蛇咬傷，他落在她面前，黑色的長髮飛揚，身姿修長英挺偉岸，大喝一聲「孽畜」，抽劍斬殺了妖蛇，救下了她，從此情愫暗生……

暮雪被救後因為中了蛇毒而昏迷，醒來時他在身旁，溫柔照顧，體貼備至，他臉上溫和的微笑讓暮雪心跳如鹿。

溫柔對於女人來說，是毒藥。

暮雪羞澀得垂下臉：「請問這位師兄高姓大名？」

他看著暮雪羞澀的神情，微微出了神：「在下是蜀山弟子……夫桀。」

暮雪垂眸笑了，夫桀的眸光在跳躍的火光中染上了鮮紅的顏色。

我看得出，夫桀絕非蜀山弟子，甚至不是凡人。

我一手頓住面前的畫面，另一隻手拉落另一個世界，與暮雪的拼接在了一起，竟是現出了黑暗混沌的魔界，並且看到了老熟人：嗤霆！

嗤霆正坐在他魔宮的紫晶神座上，面前跪有一人，額頭微微凸起一支小小的犄角，容貌邪魅冷峻，但從眉宇間可以看出正是夫桀！

「化蛇逃入人間，你去把牠捉回來，別讓牠為禍人間，給本尊招惹麻煩。」嗤霆沉沉命令。

「是！」夫桀起身，一身俐落緊身的皮甲，一頭黑紫的短髮，魔性十足。

我開始加快夫桀的畫面，在他救下暮雪後，他挖出了化蛇的魔丹，納入體內，化蛇的屍身隨即化作一灘黑水，被吸入地面。

他本想走，但看到暮雪身中化蛇之毒，還是動了惻隱之心。

有意思……暮雪愛上的，竟是一個魔族。

我開始加快兩邊的畫面，夫桀為暮雪逗留人間，漸生情愫，明月當空，兩人漫步在柳梢之下。

「暮雪師妹，如果……我不是妳看見的樣子，妳還會……像現在一樣與我漫步湖邊嗎？」夫桀停下了腳步，微微緊張地深深俯視暮雪。

暮雪在他深深的注視中羞澀地垂下臉，紅暈染紅白皙的面頰，份外讓人臉紅心跳：「師兄何出此言，與人為友，豈在容貌……」

夫桀的視線越發深邃，他輕輕地執起暮雪的雙手，暮雪的臉越發漲紅，有些慌張地眨起眼睛，夫桀緩緩地俯下臉，吻上了她的唇，暮雪的睫毛在月光中輕顫……

「對不起，暮雪，我真的愛上妳了，所以我要把妳帶走。」夫桀霸道地把暮雪抱入了懷中，可是暮雪沒想到，夫桀把她帶回的——是魔界！

正邪不兩立，暮雪陷入久久的痛苦當中……

✣

「妳還是介意的，是嗎？」夫桀痛苦地看著茶飯不思的暮雪：「妳說過，不會在意我任何模樣，妳到底愛不愛我？」

暮雪痛苦地抬起臉，已經淚濕雙眼：「可是……可是正邪不兩立……」

「正邪不兩立？呵……」夫桀痛苦地搖頭後退：「原來……我在妳眼裡，從來都不是一個好人？」

「不……你不要逼我……」暮雪痛苦地抱住了頭。

夫桀苦澀地笑：「我生於魔族，我沒得選擇，但我從未做過傷天害理之事！在你們人類眼中，妖和魔都是邪物，是嗎？」夫桀失控地扣住了暮雪的肩膀，暮雪哭泣搖頭，夫桀失控大吼：「看著我，妳好好看著我！妳愛的是我這張皮，還是我的心？」

暮雪淚眼婆娑地看著夫桀，夫桀的紅眸中是深深的痛苦：「但是，我是用心在愛妳……我可以把我的心都給妳！」夫桀說罷，伸手挖向自己的心臟，鮮血立刻溢出皮衣，驚得暮雪立刻扣住他染上鮮血的手，緊緊抱住了他：「桀，對不起……我錯了……我錯了……你不能死……不要離開我……」

「雪兒……」夫桀輕顫地捧起暮雪的臉，深深吻落，暮雪輕顫地回應他的吻，兩人緩緩倒落在軟床之上，喘息而出，玉體交纏……

我快速拂過，看到了暮雪幸福地撫摸自己的小腹，夫桀也幸福地環抱她的身體：「雪兒，我知道妳還是想回到人間，我去請求魔王陛下，讓我可以陪妳回到人間如何？」

暮雪驚喜地轉身看他。他溫柔地注視她的臉：「魔界不適合孩子居住，我也希望孩子能在人間成長，那是個美麗的地方。但我是魔族，又是魔王陛下的右將，所以我……」

暮雪按上夫桀的唇：「我懂，不必勉強，你為我已經做了很多了。若是魔王陛下應允，那是最好；若他不願，我願隨夫君長居魔界。」

我的心，在他們的恩愛中漸漸融化。人類和魔族或許不完美，但他們總是能演出世間最完美和感人的愛情……

夫桀帶著暮雪來到了魔宮，暮雪緊張地候在殿外。渾濁的天空飄起了血色的飄雪，魔界魔氣纏繞，世界的陰暗之氣也收入魔界之中，成為他們呼吸的氧氣，所以魔界對人來說，是不易生存的。

嗤霆端坐在神座上，看著夫桀目露惱怒：「你居然為一個凡間女子要離開魔界！」

「尊上，夫人已有身孕，魔界不宜她和孩子生活，所以請尊上成全！」

啪！嗤霆重重拍落扶手，轉開臉：「念你立下不少汗馬功勞，你走吧。凡人不過百年壽命，等你凡事了了再回來！」

我微微一怔，沒想到嗤霆對自己的部下倒是寵愛。

「謝尊上！」夫桀感激萬分。

「慢著！」嗤霆滿臉陰鬱：「我要看看這個把我右將迷住的凡間女子是什麼樣子！讓她進來！」

「是！」夫桀匆匆起身，接入了暮雪。在暮雪出現的那一刻，嗤霆的目光卻是直直盯視她微微隆起的小腹，隨即，他的眸中竟浮出了大大的驚訝。

「你們不能走！」忽然，嗤霆大聲厲喝。夫桀吃驚地看嗤霆，暮雪也有些驚嚇地拉緊夫桀的手。

嗤霆冷冷盯視暮雪的小腹，陰沉而語：「要走，也要留下肚子裡的孩子！」

我立刻定格面前的畫面，看嗤霆格外陰沉的雙眸，他到底看到了什麼？神族的確可以看穿人的身體，看透她體內的一切，也可以看到孕婦腹中的胎兒。但即使這個胎兒是人與魔族的混種，也不至於讓嗤霆如此震驚，那陰寒的目光像是看到了一個威脅的存在！

是麟兒。

難道這就是麟兒父母要保護他的原因？

麟兒不存在大命盤中，但是，他現在真的存在了，因為……他有了肉身！

我恍然大悟，是暮雪和夫桀給了他肉身！

我快速劃過畫面。果然，嗤霆要追殺暮雪腹中的孩子，夫桀一路殺出魔界。

暮雪已經大腹便便，身上是夫桀的斑斑血跡。

夫桀把她推向魔界之門：「快走！保護好我們的孩子！我不會讓他傷害你們的！快走！」

「不……不——」

「走——」夫桀一把推在暮雪的身上，暮雪跌入界門之中。

夫桀面對追殺而來的九嬰，倒握利劍：「我是絕對不會讓你傷害他們的，你別想找到他們！啊——」他一劍貫穿了自己的身體，魔劍瞬間將他灰飛煙滅，化作紅色星光被吸入界門之中，成為一道守護封印，印入通道中暮雪的體內。暮雪摸上心口，慟哭不止……

我的心深深而痛，我的心很久沒為眾生痛過了。嗤霆，我之前還覺得你對部下不錯，但這次，我絕對要把你拆了，為麟兒的父母報仇——

我深深吸入一口氣，壓下潤濕眼眶的眼淚。我想，我大概已經知道麟兒是什麼了，但他的心性又是從何而來？

暮雪是在魔界孕育出麟兒的，所以，我有一種預感，麟兒死後應該回到了魔界。因為，那裡是孕育他的地方。

我退出了大命盤，久久不能平靜。

我自以為我與聖陽愛得已經刻骨銘心，痛徹心扉，與麟兒也愛得驚天動地，生死相許；可是跟麟兒的父母比，跟他們對麟兒的愛相比，算什麼？

我們神族真是太自以為是了，真是太讓人噁心了！我們神族根本不懂愛！

因為人類的不完美，各種怨恨仇殺，才醞釀出了真正的愛，無恨不會愛，是啊，無恨不會愛！

「娘娘，找到什麼了嗎？」小竹焦急地問。

我拂袖轉身，不想讓小竹看到我被人感動的神情。我直接離開大命盤，冷冷道：「把清華帶上，我們走了。」

「是。」

我打開了門，冥界的寒氣吹乾了我的眼角，讓我也慢慢恢復平靜，陰沉再次浮上我的臉龐。

嗤霆，你等著！

你殺了麟兒的父母！又殺了我的麟兒！

你還摧毀了那麼美好的愛情！人與人相愛已不易，更何況是人與魔？

這次，我絕不只是拆掉你的神骨而已！

第三章　掀起六界之戰

殿門外的時間依然凍結，清虛神情凝固地站在殿外。我抬手，啪的一聲響指，時間再次運轉，清虛眨了眨眼睛。

小竹直接把清華扔向他：「接著。」

清虛還沒回過神，一時沒接住清華，清華撲通掉在地上。清虛大驚地扶起他驚呼：「娘娘！娘娘！」

「我在這兒。」我站到了他的身前，他僵住了身體，慢慢地抬起臉。我看著前方：「清華給你帶走。」說罷，我向前走去。

「娘娘！」他急急叫住了我，我微微側身。他跑到我身前跪下：「娘娘可找到師妹？」

我複雜地看他一會兒，放冷面容：「找到了。但是你要知道，即使她重生，愛的依然不會是你，你還要她重生嗎？」

「要！」清虛毫不猶豫地答：「我只想師妹重生，其他別無所求！」他低下臉，虔誠地叩拜在我的裙前：「求娘娘救師妹。」

淡淡的微笑浮上我的心頭，我點了點頭：「好。」

「多謝娘娘！」他一直伏在地上沒有起身。我從他身前緩步走過，身後傳來他的擔心：「娘娘，妳……不會忘記吧。」他小心翼翼地低聲說出了他的憂慮。

「娘娘答應的事一定會做到！你放心吧。」小竹的語氣微微不悅，成熟的聲音帶出了一絲威嚴。

我看向上方天空，啪地打開摺扇慢搖，流光在天空流轉，那是冥界的大結界。別人是看不見的，沒想到他真的開啟了大結界。我拂袖飛起，朝殷剎的宮殿飛去，小竹懷抱滅殃緊跟而來。

我們飛過陰沉陰森的冥宮，落在一片清澈的湖水邊，不遠處應該是冥宮的冥王議事大殿。湖水清澈但泛不起一絲波光，昏暗的天空永遠沒有日夜。我朝大殿走去。

「娘娘。」小竹跑到我的身邊：「這個瑤女有沒有神器？」他有些期待地看我。

我瞥眸看他：「瑤女忙著跟眾神滾床，沒工夫打仗，所以沒有神器。」以神族的角度看，瑤女活得很滋潤，神族中的男人不是隨隨便便能睡到的，因為他們也是傲然視物，非他們所欣賞的女神，是不會接受對方的美意，在宮內歡愛一番的。

所以，瑤女能睡了那麼多喜歡我的、不喜歡我的男人，也算是她厲害。她睡了那麼多男人，在神界是一種炫耀，向神族的女人炫耀，妳們喜歡的男人被我睡了，不僅僅是在向我報復，也是在挑釁神界其她女神。所以她睡男人，在神界也算是一種戰績了。

可惜，她沒睡到廣玥，若她能睡到廣玥，那我真的會打心底佩服她，甚至說不準不會拆了她的神骨，還為她叫好！

小竹在一旁變得有些失望，他在之前就沒有一把順手的兵器，現在成神，他也想要一把。這很正常，畢竟連不是神的天水也有了冰影。

他俯看懷中的滅殃：「那能不能把滅殃給我？」

「不能。」

他更失落地低下臉：「是因為鳳麟主子嗎……」

「不。」我轉身認真看他，從他懷中取出滅殃輕輕撫上：「神器不能經常易主，會讓他們自己覺得不純潔，就像跟許多自己不喜歡的人睡了一樣不再貞潔。所以，滅殃不能給你。即使給你，他也必會一直沮喪，無法發揮神力。」

滅殃在我的手心劃過一抹流光。我輕輕摸了摸他，他化作一支長長的髮簪，我抬手將他插入髮髻。小竹吃驚地看我：「這麼嚴重……」

我淡笑看他：「我既讓你成神，你放心，我會給你神器。」

「謝娘娘！」他激動地朝我撲來，我擰眉一把推上他的胸膛：「你長大了！不要動不動像狗一樣趴在我身上！」

他輕嘆一聲退回身形，身上的衣服又短又小，露出他的手臂和小腿：「哎……還不如別長大呢，吃不飽大人撲娘娘，娘娘不也沒把他趕開。」

「他真的是狗！你是嗎？」

小竹一驚，瞪圓了綠色的眼睛：「娘娘！你這樣說，吃不飽大人一定會傷心死的！」

我也拂袖撇開臉：「沒辦法，我把他從一顆蛋養到大，一下子很難接受他是人了。嗯……看看他那裡怎樣。」我閉眸心語而出：「吃不飽，廣玥在哪兒？」

「呼——呼——砸吧砸吧……呼——嗯～討厭～～呼——呼——」

我的眉腳開始抽搐。算了！我拂袖大步朝大殿走去！

「娘娘，娘娘！吃不飽大人怎麼說？」小竹目露期待，他一直很崇拜吃不飽。

我陰沉瞥眸：「你喜歡他自己去問！」

小竹驚得停下腳步，呆滯看我，我不看他直接走人。指望吃不飽好好監視廣玥，真是母豬都上樹了！讓吃不飽找廣玥，還不如我自己找！

雙腳離地，直入大殿，門口臉色蒼白的侍衛立時攔住我，我看都不看他們，直接拂袖，他們頓時定格在了原處。入殿之時，我看到了殷剎正手拿瑤女的魂珠，站在大殿中央的冥泉前。

冥王殿中央有一處方形的冥泉，冥泉通六道，可直接將魂魄丟入六道輪迴。殷剎正準備將瑤女的魂珠扔入。

「等等！」我飛落他身邊。他站在台階上微微吃驚，但是臉上的神情並無太大的變化：「魅兒？」

「你要把她扔到哪裡去？」

他面無表情，目光冷酷：「扔到人間做妓。」

「給我。」我從他手中拿過魂珠，邪邪一笑：「我還有用。」說罷，我看了殷剎一眼，走向他的案桌，小竹匆匆跑入。

殷剎看見小竹，目光劃過淡淡驚訝：「妳又造了個神？」

我拿起他案桌上的浮生鏡：「瑤女的神骨丟了也可惜，我當然給我的人。你有沒有仙衣給他一件？他身上的已經不合身了。」

小竹呆呆看殷剎。殷剎淡淡看他一眼，轉身向我：「我會安排。」他盯著我手中的浮生鏡：「妳要做什麼？」

我掂了掂魂珠：「我想看看自己有沒有忘記怎麼造神器。」說罷，神力纏繞指尖。我眯眸看浮生鏡，將瑤女的魂珠慢慢埋了進去。

「不！不──我寧可去做妓女，也不要做一面鏡子！不──」她淒厲的呼喊漸漸淹沒在浮生鏡中。

神力化作符文，一點一點烙在鏡面上，將瑤女的魂魄煉入浮生鏡中，鏡面開始在我神力中扭曲、旋轉、塌陷，陷入一片混沌的黑暗，再漸漸歸於平靜。黑色的鏡面照出了我的臉，我邪邪勾唇，在鏡子的周圍點落，五彩的寶石立刻一顆顆點綴在鏡邊，最後，烙上我的神印，非常完美。

「呼──」我收回神力，長舒一口氣。造一件神器耗費我不少神力，幸好冥界陰氣多。

我伸手在鏡面上彈了一下：「好好贖罪，還妳自由。」

一圈漣漪在鏡面上蕩開，露出瑤女憤恨的臉：「再給妳個主人。」我將鏡面轉向小竹，邪邪勾唇在鏡邊低語：「怎樣──喜歡嗎──哼哼哼──」我收回鏡子，鏡面上的瑤女陰鬱地側開臉，漸漸消失在鏡面之中。我揚唇邪邪而笑，輕輕抛起鏡子，鏡子落地之時，化作人高的橢圓形。鏡面依然漆黑一片，映出我的人影。

鏡面上，同樣映出了殷剎的身影。他細細打量我所做的鏡子，側臉看我：「這是什麼？」

「這算是我專為廣玥而造的，你看著。廣玥──」呼喚出口之時，鏡面開始蕩起層層漣漪。廣玥派瑤女下來，所以他與瑤女之間必有聯繫，我用這絲聯繫，可找廣玥。

黑色開始從鏡面的中心退開，神光從鏡中而出，籠罩在我身上。我入鏡之時，鏡中已映出熟悉的廣玥神宮。

白色的神玉宮殿看似清冷，但格外聖潔，讓人心馳神往。我的面前浮出了廣玥的背影，他正立於瑤台上，似是俯看瑤台下芸芸眾生。

他的背影微微一怔，慢慢轉過了身，冷漠寡淡的月牙色瞳眸中浮出了一絲驚訝。他看著我，朝我走來，走到我的身前，伸出手緩緩摸過我的臉，從我虛無的體內穿過，目露恍然：「原來如此。」這面鏡子可以把我的影像傳到他的面前，也可以把他的影像傳到我的面前。

我邪邪而笑，雙手背在身後：「不是只有你能造神器的，廣玥。」

他目光冷淡下來，單手在前，單手背於身後：「妳是為我而造的？」

「不錯，找你方便點。」我的唇角邪邪揚起，伸出右手，黑色的神紋開始爬上手臂，纏繞指尖：「我覺得～～有些事還是直接問你比較好。」

他冷淡地俯看我：「妳殺了瑤女。」

「你殺了聖陽。」我瞥眸冷冷看他。他神色不動：「妳汙蔑我。」

「哼。」我冷笑轉身：「是不是汙蔑你，很快就會知道了。」

他也移步到我身前側對我：「妳現在還可以收手，不然……」

「不然怎樣？」我走到他身前，抬起臉貼近他的下巴：「你說……不然你會怎樣？」

他微微蹙眉，但依然不動神色地冷冷盯視我的眼睛：「魅兒，妳這是在掀起神戰！」他陰冷的話音已經帶出了一絲警告。

「哈哈哈——」我仰天而笑，轉身離開他的身前：「好～我等你～～要快哦～～不然我會拆了殷剎和嗤霆的神骨，還是……」我停下腳步轉身，瞥眸邪氣纏繞地看他：「你想讓我拆完他們再通知你呢？六界主神——廣玥？」

他月牙色的眸光中劃過了一絲寒氣。他眨了眨眼睛，垂下眼瞼高冷地俯看我：「妳說錯了，六界主神是我的哥哥，聖陽。」

「是嗎？哼……我看……現在應該是你了吧，哈哈哈——」我往後退了一步，陰暗立刻再次籠罩鏡中的世界。我退出鏡中，鏡子頓時縮小落入我的手中。我陰沉俯看它片刻，隨手拋給了小竹。小竹接在手中，有些發懵地看我。

我昂首立於殿內，瞥眸看他：「這鏡子給你了。它可以照出任何東西的原形，照出他們的本性，將他們吸入鏡中，面對他們心底最恐懼的東西，用他們自己打敗他們。」

「這是……！」小竹漸漸激動起來。

我收回目光邪邪而笑：「這是給你用的神器，你可以給它取個名字。從此，你就是它第一個主人了。」

「謝娘娘！娘娘對我真好！」他激動地又要撲上來，殷剎擰了擰眉，橫在了我和小竹之間，陰寒的氣息瞬間從他身上散發。小竹不開心地看他：「你擋著我幹什麼？」

殷剎沒有說話，只是沉著臉，像一塊黑色的門板擋在我身前。

「哼。」我輕蔑一笑：「小竹是我的人，你算什麼？」

「對！」小竹也冷冷淡淡白他一眼：「我是娘娘的人，讓開！」小竹上前推殷剎，殷剎陰陰沉沉看著前方，巋然不動。

小竹眨眨眼，對著殷剎做了個鬼臉，從他身邊繞開，到我身旁挽住我的手臂，彎腰在我耳邊小聲低語：「娘娘，咱們離他遠點，別讓他凍到。」說完還把我往遠離殷剎的方向拽。

殷剎轉臉陰陰沉沉看向小竹，青白死氣的臉讓他本身就看起來有些可怖，現在更使他陰森一分。小竹在他威嚴陰寒的目光中不由一怔。害怕殷剎是正常的，即便在神界，也少有不怕他之人，因為他是死亡的代表，無人不畏懼死亡。

「不是說給我準備了肉嗎？肉呢？」我不悅地看殷剎。

殷剎瞇了瞇眸光，轉過身，低低沉沉說了句：「跟我來。」

他的腳下生起滾滾陰氣，我隨在他的身後，轉眼間，我們已站在了冥宮高高的露台之上。露台上擺有宴席，整個冥界陰寒無比，只剩下這裡桌上熱騰騰的烤肉散發絲絲熱氣與饞人的香氣。

宮女上前到小竹身旁：「公子請隨奴婢前去更衣。」

小竹看看我，我點點頭，他面無表情地轉身隨冥婢走了，腰間鏡子隨他的腳步輕輕搖擺。

我走向宴席，滿意地跪坐而下。殷剎沉沉看小竹離開的背影，直到他消失，他才陰著臉入席，坐在我的右手側，我看了看，發現只有兩席：「小竹的呢？」

「沒有準備。」他冷冷地說，沒有看我，死氣沉沉的臉上寫滿了不悅。

「哼。」我輕聲一笑，拿起烤羊腿：「小竹是我的人，而你，現在是我的敵人。」

他神情凝滯在空氣之中，儘管他本就沒什麼神情，視線卻久久停落，漸漸黯淡。

「妳還在恨我，是嗎？」他低落地問，黑色圓帽下的黑紗微微遮住他青白失落的臉龐。

我勾唇邪邪冷笑：「現在不殺你，是因為你上次救我，我給你一個機會好好準備準備。」

他不說話了，一直靜靜地坐在一旁，宛若茶飯不思。只有我一人吃得有滋有味。

「不用準備了。」他忽然開了口，我瞥眸看他。他轉身朝向我，拉開了他本就微微打開的衣領：「拆吧。」

我的目光開始轉冷：「什麼意思？」

他的雙眉開始擰起，眸中浮出了痛苦與苦澀：「如果唯有這樣，妳才會原諒我，那就來吧！」他忽然伸手抓起我的手，立時，腰間玉佩和摺扇神光閃現，君子和闕璿同時閃現我的身邊。君子一把扣住了殷剎的手，沉沉看他：「殷剎大人，請放開娘娘！」

殷剎沒有看他們一眼，冷冷的沉語卻脫口而出：「滾！這是我和她的事，輪不到你們來管！」寒氣從他身上散開。我伸手拉開君子的手，君子看了我一眼，和闕璿退到一旁。神力開始纏繞手指，我陰邪地看他：「既然這是你讓我拆的，別以為我會心軟！你現在後悔來不及了！」我伸手直接朝他赤裸的胸膛挖去。他扣住我的手猛地一緊，雙眉立時收緊。

我的手毫不猶豫地挖入他的體內，他一手抓緊了我的手腕，極大的痛苦讓他死氣沉沉的臉部也開始不由繃緊，但是，他依然擰緊雙眉咬緊牙關，沒有發出一聲痛呼。

啪！他另一隻手痛得捏碎了桌角，陰寒的他竟是冷汗冒出額頭。

我吃驚地看著他，指尖已經碰觸到他的神骨，陰寒冰冷，宛如是世上最冰寒的冰柱，可是他依然毫不抵抗，任由我拆去他的神骨……我不信，我不信！我不信他和御人他們不同，對我還懷有真情！

我收回手起身，從他捏緊的手中抽離了自己的手，他痛苦地跌落矮几，黑色的頭紗和灰黑相間的長髮緩緩飄落，蓋落在他更加蒼白一分的臉上。他痛到完全脫力地喘息，吹拂蓋落在嘴邊的黑紗，全身輕輕顫抖。

「你一定是苦肉計！」我狠狠看他。

黑紗下的嘴角露出一抹苦澀的笑，無力地吐出話語：「對不起……魅兒……我真的以為……那樣……可以……保護妳……」

「我不信！」我心亂如麻地看他，從重獲自由到現在，我拆神骨拆得心安理得、問心無愧！可是，他的毫不抵抗，讓我開始心亂，開始猶豫，和他曾經一起的點點滴滴不斷湧出心頭，更加擾亂我的心神。

「既然不信，妳就拆了我吧！」他用力撐起我的身體，抬起臉灼灼看我。第一次，我從他冰寒的眼中看到了如同火焰一般的火熱。他長髮凌亂，衣衫打開，胸口神紋開始褪去，像是向我徹底打開身體，讓我任意進入，拆除他的神骨神丹甚至是他的靈魂！

我擰緊了眉，狠狠看他，捏緊了雙手：「我會自己看的！」大喝出口時，我伸手揪住他的衣領，抵上了他冰涼陰冷的額頭，神識瞬間進入。他微微一怔，本能地阻擋了一下，卻在下一刻撤去了所有的防禦，讓我進入他的神識。

冰寒陰暗的世界裡，是一朵一朵冰晶的雪花，身上的黑裙漸漸加厚，黑色的羽毛浮現在領口和袖口上。我黑色的裙襬落在白雪皚皚的地面上，身上漸漸沾上片片雪花。

昏暗的天空中飄浮著碩大的美麗雪花，我緩緩飛離地面，飛向那些雪花。它們中央浮現出一幅又一幅畫面，很多畫面像是複製過去一般，幾乎一模一樣，皆是殷剎坐在冥王殿裡處理公務，不停地不停地處理公務。殷剎的生活是那麼枯燥，甚至，在他的身邊都看不到女人。

難得看到的，是瑤女來了。

瑤女趾高氣揚地進入冥界，他沒有去迎接，只在浮生鏡裡看了一眼，然後派了輛冥車去接。片刻之後，瑤女踏入他的冥王殿，沉著臉，直嚷：「凍死了，凍死了。」

殷剎不看她一眼：「這裡沒男人可以給妳暖床。」

冷冷淡淡的話讓瑤女立時變了臉色，冷笑：「殷剎大人，你別嫌棄我～～我們……還要在一起很長一段時間呢。」

「哼。」殷剎冷冷一笑，不再說話。

瑤女在殷剎身邊的生活也像是複製一般，日復一日的相同。因為殷剎不是處理公務，便是巡視冥城，這讓瑤女無聊得快要發瘋。

這是殷剎最近的記憶。我往高處飛去，忽然間，一抹黑色的身影路過一片雪花，我以為是瑤女停落觀看，卻看見是我……

雪花中，只有我的身影，不見殷剎，說明他站在原處，沒有到我身邊。雪花中，我正在神宮的花海中採摘花瓣。

我想起來了，那天是我拉殷剎出去玩的……

在神界，他總是被人疏遠。有他的地方，方圓五公尺之內不會有人。大家會紛紛散去，離他遠去，致使他不再怎麼出宮。人們的畏懼和疏遠，其實深深傷到了他的心，只是他沒有表露在臉上罷了。

即使是他的兄弟帝琊、御人和嗤霆，也不怎麼找他，他們三人常常一起下界遊玩。而廣玥本就清高自傲，不與他人多言，所以他和廣玥的來往也並不多，只有聖陽會來常常看他……

雪花中，我把鮮豔的花瓣放到他的面前，然後，看著它們觸及他的陰氣漸漸褪色、枯萎，我驚奇地玩得不亦樂乎……

那天，他笑了……雖然，笑容很淡，但是，看著我的目光，像大哥般溫柔……

我的哥哥們，曾經護我愛我的哥哥們，卻在最後無情地封印了我。我不想再看當年他們對我是如何地寵愛，那只會讓我更加心痛，更加地恨他們！

我要證明殷剎是苦肉計！是以退為進！是不想讓我拆他神骨！

可是，曾經深深瞭解他的我其實明白，殷剎沒有必要用苦肉計，沒有必要怕我拆他神骨，因為他根本不是一個貪生怕死之人！他比我更想得到關愛與溫暖，希望每個看見他的人，都能給他一個微笑……他那麼渴求溫暖，又怎會對我無情冷酷？

我急速向上飛去，我要用事實來說服自己，讓自己的心獲得寧靜。

在哪兒？在哪兒？他和聖陽的記憶在哪兒？

忽然前方一片雪花綻放出耀眼得如同太陽的光芒，緩緩落在了我的面前，刺目的光芒將我籠罩。我被那熟悉的聖光吞沒，心也開始因為那熟悉的聖光而顫。

眼前的景象漸漸清晰，我已立在聖陽的神宮中，眼前的每一處都是那麼地熟悉，一桌一椅，一瓶一杯。霞光琉璃的珊瑚，精美翠玉的屏風都深深觸動我封印在最深處的記憶，讓我頭痛欲裂，心痛如炸。

我沒有想到再看見這一切時，自己是那麼的無法接受，它徹底喚醒了那三千年來每一天折磨著我的恨。為了擺脫它，不讓它把我折磨到瘋狂，我只有強行把對聖陽的回憶壓在心底，好讓自己獲得片刻的平靜和喘息。這個曾經我最愛的男人，這個我只是聽著他溫柔的聲音便深深愛上和信賴的男人，卻徹徹底底地傷害了我！

天水問我是不是還愛著聖陽，我很憤怒，憤怒到想殺了他，讓他不能再多嘴！因為，我恨的不是他多嘴，而是自己！恨自己心裡還愛著他，還無法忘記他和我的一切！

「只有這個方法嗎？」身後傳來殷剎的話音。我深深呼吸，努力讓自己恢復平靜，但是，我始終無法轉身。因為我知道只要轉身，便會因為再次看見他——聖陽，而失控。

「剎，我沒得選擇。」當他溫柔清晰的聲音傳來時，我心痛得如同撕裂，痛讓我失去了力氣站立，而隨著痛而來的，是深深的恨。極度的恨讓我渾身輕顫，大腦開始嗡鳴，好想、好想殺了他……殺了他！

黑暗漸漸吞沒我的視野、我的心，它們像是黑色長滿倒鉤的荊棘深深纏繞我的身體，那些毒刺一根一根扎入我的身體，讓我的鮮血不斷從傷口溢出，流過那些毒藤，淌滿我腳下的地面。我雙腳赤裸地站在自己的鮮血中，那些鮮血，都是聖陽把他的劍插入我心口流出的鮮血！

「真的沒得選擇嗎？你可是主神聖陽！」忽然殷剎憤怒的話音闖入我痛苦的世界，讓我從黑暗中漸漸清醒。

我深深呼吸，壓下心底如同魔障的恨。我知道，這些恨如果不控制，會讓我墮入魔道，但是，我暫時還不能拋棄它們，因為沒有它們，我不能走到今天。

很久，神宮裡只有安靜。殷剎說話一直沒什麼語氣，可這一次，他的語氣裡充滿了再明顯不過的……憤怒。

「剎……」他再次開了口，聲音是那麼地熟悉溫暖，一如昨日在我耳邊輕語。這是我在陰巢甦醒時，聽到的第一個聲音，那個聲音溫柔得像是一雙溫暖的手，將我輕輕地呵護在他的掌心，讓黑暗中的我備感心安。

從那時，我便已經住在他的神宮中，他每天會來陪伴我，溫柔地透過黑暗注視我，等待我的降生。

「我看到了未來……」聖陽的話音變得低落：「我看到魅兒殺死了你們，我很心痛。」

「你愛魅兒，你當真下得了手？」殷剎的話音變得平靜，是一種死一般的平靜，宛如已經接受未來，並不在乎他日是否死在我的手中。

「剎，知道我為何獨獨叫你來嗎？因為，你對魅兒沒有欲念。」

「陽……」

我的心中微微一顫。緩緩地，我轉過身，直到眼角看到他們的身影，看到殷剎怔怔地站立，看著前方。

「我愛魅兒，她是我心愛之人，我一點都不想看到她成為六界之戰、禍亂蒼生的禍根，也不想看到御人他們為爭奪她的神丹而兄弟相殘。剎，封印魅兒將是我做的最錯的一件事，但這樣可以讓她遠離我們所有人，遠離這裡的是是非非和戰爭，直到……有一天，我們能夠找到真正救她的方法……」

「讓她……遠離御人他們是嗎？」殷剎沒有神情的臉上浮出絲絲痛苦。

「是的，讓她遠離他們。也讓他們的心可以平靜下來，不再惦念魅兒的神丹。」

「你覺得他們會平靜下來嗎？」

「會。因為魅兒被封印了，他們任何人再也碰觸不到魅兒。」

「好，我知道了。」殷剎面無表情地注視前方，聖陽的神光淡淡地籠罩在他的臉上，他的神情開始變得平淡，淡到宛若自己封印了所有感情：「封印魅兒，御人他們的心也不會再浮躁，欲念會漸漸淡去，不會引發六界之戰禍亂蒼生，是這樣嗎？陽？」

「是……」聖陽的這個「是」說得異常艱難、痛苦。哼！他就是這樣，我不會再因他任何痛苦而心軟。

「哼。」殷剎忽的冷笑一聲：「陽，我早就看出來了，你之所以封印魅兒，歸根究柢，還是為了蒼生……」

殷剎的對面，是一陣窒息的沉默。

殷剎冷冷注視他片刻，面無表情地再次開了口：「但我封印魅兒，是為讓她遠離御人、帝琊、嗤霆，還有你。因為在你心裡，蒼生比魅兒更重要，你已經不配愛她了！」

「剎！」聖陽的話音變得吃驚。

殷剎陰陰沉沉看著對面：「將來，魅兒若是自由，她要恨我、殺我都無所謂。至少，我讓她遠離了你們，更遠離了你！陽，不要再在我面前擺出那副痛苦抉擇的神情，在我殷剎的世界裡，只有死亡，眾生生死關我殷剎何事？只有小妹魅兒，一直愛我這個哥哥，對我從不嫌棄，她才是我的全部！」殷剎青白的臉上帶出了絲絲激動，那份似是憤怒的激動，讓他的語氣也微微輕顫。

他有些失控地在身前捏緊右手，深吸一口氣，強行克制住激動，臉上再次恢復死一般的寂靜：「你放心，我會封印她，是為了讓她知道，她愛錯了人！」淡漠的話音從殷剎口中而出，他轉身離去。

「剎！」我的眼角餘光瞥到疾步追上殷剎的那個暖黃色的身影，銀色和金色交織的長髮，如同陽光一般絲絲掠過我的眼角，淚水瞬間湧出眼角，我撇開臉閉上了眼睛。

「封印魅兒之後，我不會再踏入神界一步，也不想……再見你！」殷剎決絕的話出口之時，他大步離去，也讓這片記憶，在我的淚水中變得模糊……

我退回了殷剎寒冷的、滿是雪花的世界。

他……還是他。

那個不會笑，渾身死氣，但始終默默站在我的身邊，守護我的剎哥哥。

曾經，我也愛著我的哥哥們，因為我和剎一樣，渴望溫暖與溫情。我降世最高興的事，不是終於看到了聖陽，而是終於有了一個家。這個家裡，有不愛說話的廣玥哥哥，有渾身死氣沉沉的殷剎哥哥，有喜歡開玩笑、調皮搗蛋的帝琊哥哥，有滿腹智慧、神機妙算的御人哥哥，還有一個雖然不怎麼喜歡我，但還是努力教導我的嗤霆哥哥。

可是，漸漸的，這些哥哥變了。帝琊開始喜歡靠近我，喜歡做什麼事都黏在我的身邊；殷剎哥哥像是看出了什麼，從此跟隨在我身旁，不讓其他哥哥們貼近我半分。

他很努力地保護，甚至，不願解釋這些變化，只為了不讓我知道男人心底那骯髒齷齪的欲念。

我久久站在片片飄飛的巨大雪花之間，凝視那些雪花中我與殷剎的回憶，他所有不像是複製的記憶，幾乎全是我的，跟我在一起的每一天，不會像他後面的日子那樣，每天每天地重複。

即使他沒有變，即使他封印我的初衷是保護我，但是，這也改變不了他封印我的事實。哼，聖陽說封印我是他做得最錯的一件事，沒有錯！所以，封印我，也是殷剎做得最錯的事！因為，我不是沒有感覺的死物，他不知道這樣給我帶來了多大的痛苦！

錯，就是錯。

做錯了，就要接受懲罰。

對不起，殷剎，在我自由時，就已經把神族所謂的大愛拋棄了。所以，我理解你封印我的目的，卻不會原諒你封印了我的事實。

我退出了他的神識，眼前是他死氣沉沉的，似是已經接受任何結果和未來的眼睛。

我緩緩放開了他，君子和闕璿到我身邊，擔憂地看我：「娘娘……」

「我今天沒心情拆你神骨了。」我冷冷推開殷剎起身，殷剎死氣沉沉地坐在原位。我淡淡看著前方：「剎，記住你自己曾經說過的話，他日我自由之時，恨你、殺你，都無所謂。」

殷剎怔了怔，絲絲痛苦浮出他青白而沒有絲毫血色的臉，宛如這分痛苦，是來自我對他的不原諒。

我冷冷勾起嘴角：「我想，三千年了，你心裡應該做好足夠的準備了，是嗎？」我邪笑地瞥眸俯看坐在宴席後的他，他無聲無息地點了點頭，擰緊的雙拳一點一點放開，纖長青白的手指無力地滑落矮几的邊緣。

「我的宮殿還在吧。」我淡漠地問。

「在。」他低落地答。

「好。我休息一天，再來找你。」說完，我冷冷離去，君子和闕璿跟隨我的身旁。獨留殷剎一人在這高高露台之上，空氣之中，是孤寂的絲絲涼意。

「娘娘！」小竹從露台一邊跑上，身上已經換上一件合身的長袍，看似白色，但隱隱浮出一絲銀綠色，大大的翻領上，是翠綠色如同翡翠般的華麗花紋，收腰修身，襯出他柔美的腰線，又修出他修長的體型，人要衣裝，讓他少了分陰柔，多了分英氣。

他開心地跑向我，可見這件仙衣他很喜歡。在他跑近時，君子向他擺了擺手，他立刻頓住腳步，小心翼翼地看我的臉色一眼，匆匆收起笑容到我身邊，挽住我的手臂：「娘娘，我扶妳。」

「嗯。」我沉沉應了一聲，起飛之時，我看了一眼露台。空空蕩蕩的露台上，只有殷剎孤單的黑色身影，就像千萬年前，他的身邊，也沒有一個人，直到有了我……

可是，你保護我的方法錯了，當你把我深深埋入地下的時候，我開始在血水中腐爛，開始在恨中墮入黑暗。你和聖陽一樣，都沒有嘗試把這一切告訴我，問問我如何想，問問我該怎麼做。

而是就那麼直接地，你們幾個男人做出了決定，把我打入崑崙山下。

你們為什麼不問我？

是不相信我有思考的能力，能想出更好的方法？

還是不相信我會敢於面對這個問題，而化作邪神讓看到的未來變成現實？

你們沒有更好的方法，因為你們從沒把我當作真正的女神看。在你們眼裡，我只是一個女人，跟你們造出的女神一樣，不會有你們的決斷力，因為你們才是真神！

所以，你們在眾生與我之間選擇，還顯得那麼痛苦、掙扎。最後，你們為了蒼生放棄了我還顯得你們格外地偉大！

哼，自大的男人，當初若是他們願意聽我說一句，今天也不會如此了。

這是他們自作自受，這才是真正的神罰！

冥宮的東部，有一座屬於我的宮殿。在我還是殷剎口中的小妹時，他們每個人的宮殿裡，都會有我的房間，以便在我學習時可以居住。

我帶小竹他們落下時，冥婢正從宮內出來，飄忽的身影漸漸消失在陰森的空氣中。我大步進入屬於我的宮殿，裡面的擺設沒有一絲一毫的變化。

我沒有停步去懷念這裡的一切，而是直入寢殿，看見那張依然沒有變化、整潔如昨日的圓床時，我直接斜躺了上去。黑色絲滑的絲綢是我的最愛，躺在上面格外親膚，讓人不想離開。

我單手支臉，雙腿自然微曲相疊，貼在那絲滑的絲綢上，瞬間整個人被慵懶俘虜。我朝君子伸出手：「來。」

君子看我一眼，轉瞬已化作黑色的綢扇入我手中。我看著手中的綢扇，微微揚起唇角：「君子你真是有心了，不錯，我很喜歡。」

「娘娘喜歡就好。」綢扇裡現出他平穩的聲音。

「哼，你跟著御人久了，連話也說得一樣了。」

君子不再開口，我捏著他的身體自然而然感覺到他心裡的擔憂，似是懊悔自己說錯了話，讓我想起了御人，怕我不悅。君子之心理應淡如水，卻也會為此而介懷。

我邪邪勾唇：「不必在意，神器跟主人久了，有些像主人也很正常。」吃不飽愛吃也是隨我。

「娘娘，我來給妳扇吧。」忽的，小竹匆匆甩了鞋子躍起，輕輕落於我身後的軟床上，從我手中取過扇子給我賣力地扇風，像是深怕君子的心思又被我看透。

「哼，你們倒是團結。」我笑。

闕璿看看小竹，再看看扇動的扇子，側臉想了想，低下臉時靦腆地笑了起來，不知他又在想什麼。只見他伸出手時，手心浮現一只精美可愛的白玉塤，我揚唇笑了。他拿起玉塤放在了他同樣如玉般光亮的唇下，接著，清幽縹緲的曲聲開始在這座幽靜的宮殿裡飄蕩。

我閉眸在這優美動聽的曲聲中假寐。我喜歡他們，他們是真心對我好。

對娘娘我好之人，娘娘我必善待。對娘娘我惡之人，娘娘我必奉還！

朦朦朧朧間，我再次站在了意識的盡頭，御人和帝琊被鎖鏈纏繞懸浮於半空。御人看見我後沉沉側開臉，被囚禁之後，他倒是擺出他真神的尊嚴，不屈不撓。

「刑妹，妳可終於來啦——」帝琊還是老樣子，咧開嘴，瞪大眼睛興奮地看著我：「我好想妳呢……妳什麼時候要拆殷剎啊？」

我瞇了瞇眸側開臉：「殷剎跟你們不同。」

「不同？哪裡不同？哈哈哈哈哈——」帝琊嘶啞地笑著：「我怎麼感覺他跟我們一樣呢？就因為他上次救了妳？那是為了博取妳的信任～～～妳難道連這點都看不出來嗎？」

「你閉嘴！」我手中蛇鞭落下，轉身直接甩出，啪！抽在他身上的鎖鏈上叮噹作響。我冷冷斜睨他：「我自會判斷，不用你多嘴！」

帝琊的身體激動地在空中晃動起來：「不夠——不夠——刑妹最近手軟了——是不是捨不得抽我了～～～～～」

我揚手要抽時，御人沉沉看我：「沒想到妳對殷剎會心軟？」他深沉俯視我，我側開臉：「因為，我看到了真相。」

「真相？哼。」御人冷冷一笑：「真相是他無論做什麼，都是為了得到妳的神丹！」

「你也給我閉嘴！」我揚鞭抽上他，他閉緊眼睛準備承受時，帝琊忽然撲到他身前，蛇鞭直直抽在了帝琊的後背上。他誇張地後仰，藍髮甩起，仰天長嘆：「啊……舒服……」

「滾開！」御人受不了地一腳踹開他，帝琊帶著鎖鏈又轉回原處。御人臉色發白地看他：「一想到還要跟你關在一起，我就覺得噁心！」

「噁心～～？」帝琊的眸光裡浮出絲絲寒意，可是臉上卻掛著風流不羈的笑容：「我怎麼記得以前你跟我一起玩的時候很開心？你、我，還有瑤女，咱們共戲浴池，風流快活，你……不記得了嗎～～？」

御人擰緊了雙眉，臉上懊悔地已經發青。

「上次在你的神宮，我們可是叫了不少女神。還有上上次在我的神宮，你說想換換味道，我可是替你找了不少妖女……」

「你閉嘴！」我和御人竟是異口同聲，只見御人的眼睛已經通紅。我冷冷看帝琊：「我對你們的淫樂不感興趣！所以，剎跟你們不同。」我收回目光，滿心的噁心。他們真的是活得太無聊了！無聊到只能在女人身上尋求刺激！真是可悲。

「不同～～～哈哈哈哈哈——哈哈哈哈哈——咳咳咳！」帝琊竟是笑岔了氣：「他是跟我們不同～～～就算他想，也沒有一個女神願意靠近他。哈哈哈哈——是女神們不想靠近他，我看～～也只有女鬼願意了～～～」

「你真是夠了！」御人忽然受不了地憤怒大喝：「你我都已如此，你還不知收斂！我們應該提醒剎，讓他不要心存僥倖，又被這女人拆了神骨！」

「呿。」帝琊白了御人一眼，撇開臉。

我擰眉看向周圍，發現天水的神識已經很久未現，果然是只有他在，才會與聖陽發生感應。看不到他，也讓我心底平靜。

「我會拆了殷剎的神骨。」我沉沉開了口。在他們安靜之時，我冷冷瞥眸看向他們：「但我不會讓他跟你們兩個神渣在一起！」

「刑妹，妳這是什麼意思？」帝琊眯起了眸光，絲絲寒意帶出他極度的不滿：「妳是要特別對待剎嗎？別被他迷惑了！他跟我們是一樣的！是一樣的———」帝琊的嘶吼像是無法承認他們兄弟之中會有人是真心守護我，不為我的神丹。

「哼。」我冷冷一笑：「他跟不跟你們一樣，你們很快就知道了。」我拂袖轉身，邪邪而笑。

我微微睜開眼睛，正好看到闕璿已經伏在桌上安睡，手中是那只白色的玉塤。他滿頭如同玉絲的長髮在桌面上散開，垂掛在桌沿旁，如同一根根筆直的白玉珠絲掛落，讓人心生喜愛卻又不敢碰觸，深怕那纖細的玉絲在輕微的碰觸中會斷裂破碎。

我看著安靜的闕璿，若有所思。帝琊雖瘋，但瘋得剛剛好，他要把所有兄弟拖下水陪他一起受辱，而御人還心存一絲期待，希望其他兄弟可以救他，即使他心裡也在懷疑廣玥，但他更加相信廣玥不是我說的那樣，而會救他。

哼，我微闔雙眼。這兩個人都好幼稚。

「娘娘。」忽然間，身後小竹的語氣帶出了紫垣的低沉與輕柔：「妳醒了嗎？」

我依然閉著眼睛，懶懶地說：「說。」

「娘娘，廣玥已經開始集結眾神，要攻打冥界，妳得盡快離開！」紫垣說到最後，失去了冷靜，變得焦急。他情不自禁地傾身輕握我的手臂，小竹淡綠的長髮也隨之滑落我肩膀。

我微微擰眉，睜開眼睛起身。他匆匆放開我的手臂，退回身形，跪坐在床上擔憂地看我。

我側臉看他一眼，轉身下床漫步到闕璿趴伏的桌邊，低臉看闕璿掛落桌面的長髮：「廣玥……要攻打冥界？」隨手撈起那絲絲髮絲，果然冰涼如玉，在這滿是陰氣的冥界中又陰涼一分。

「是。」紫垣沉沉地答。

我抬起臉，一邊揉搓闕璿的髮絲一邊深思，大結界雖然可以不讓神族進入，在戰爭時又可以阻擋神族，但真若發生戰事，大結界也無法一直支撐下去，如同矛與盾一般矛盾。再強大的結界也有被攻破的一天，尤其是廣玥與眾神一起，而冥界現在只有殷剎和我幾人。

「娘娘，妳不能再留在冥界了。」紫垣再次認真提醒。

「哼。」我勾唇邪邪一笑，掬起闕璿的髮絲，看著它們絲絲滑落我的手心，髮絲碰撞，發出了輕微但動聽悅耳的玉器撞擊聲：「躲躲藏藏可不是娘娘我的性格。」

「但是娘娘，現在情況危急！」紫垣情急匆匆下床，讓伏在桌面上的闕璿微微一動，他其實早醒了，只因我在玩他的長髮而不敢輕動。

「娘娘。」君子也在床上化出人形，向我跪坐：「還是聽紫垣大人的吧。」

紫垣焦急地站到我的身邊。我不疾不徐地開始給闕璿編織長髮：「六界現在是廣玥的，我無論藏到哪裡，都會引來他……哼，這不是給別的界找麻煩？你們不必擔心，我自有打算。」玉有一個本能，能吸收陰氣，儲存陰氣，故而凡間有玉能通靈一說。闕璿這每一綹髮絲在冥界裡可謂是吸飽陰氣了。

「今晚大家好好歇息，小紫，你也不必過於擔心，娘娘我是不會輸的。」我抬起臉微笑看他，他怔住了神情，紫眸之中捲起深深的情愫，宛若我的微笑喚起了他遙遠的回憶。

我再次低下臉，給闕璿編完長髮，淡淡說了聲：「睡吧，明天我還要拆殷剎的神骨。」說罷，我回到床邊，再次側臥。

君子看看紫垣，無聲無息地再次化作綢扇，躺在我的枕邊。紫垣憂心忡忡地輕嘆一聲，輕輕坐回床沿：「娘娘，請容紫垣給娘娘扇扇。」

「嗯。」我閉上了眼睛。

紫垣輕輕拿起綢扇，開始輕柔地扇風。冥界不僅陰氣重，死氣更重，君子可以帶來和煦的春風，讓人在陰森的冥界中變得舒適。

第一次，我不希望隔天那麼快到來。但是該來的，始終會來。

第四章　許你一世緣

殷剎站在我殿外的時候，我已經醒了，可是，我沒有起來。我依然閉著眼睛，不是在猶豫和糾結，而是不知該如何下手。

殷剎贖罪般的不反抗，讓我反是無從下手。我從自由以來，一直選擇堂堂正正對決的方式，即便我沒有勝算，即便我會傷痕累累，但是當我拆掉他們神骨的那一刻，我所感覺到的，只有一個字：爽！

可是殷剎這樣，讓我很不爽！

我慢慢起身。闕璿已經手端玉盆站在床邊，滿頭的長髮被我簡簡單單編了一根辮子垂在胸前：「娘娘，妳醒了。」

「嗯。」我拿起玉盆中的布巾，想起了什麼轉身看了看，小竹已經睡著了，手中還是那把扇子。他像是給我扇的時候睡著的，因為還是跪坐的姿勢，只是整個人倒落在一邊，那奇怪的姿勢也只有身為蛇的他才能做到。

我擦了擦臉，轉身從小竹手中抽走了君子。小竹一下子驚醒，整個人瞬間像是一條軟趴趴的蛇直起了身體，呆呆看我：「娘娘！」

我站起身，看他們：「走，幹活了。」

闕璿一怔，小竹也呆坐在床上：「娘娘……當真要拆殷剎大人的神骨？」

我瞥眸看他們：「怎麼了？」

小竹和闕璿對視一眼低下臉，似是不敢多言。

「娘娘，闕璿感覺殷剎大人說的應該是實話。」闕璿篤定地點頭：「闕璿是石頭，真話假話一眼便知！」

「啪！」一聲，我甩開了綢扇，立時，闕璿繃緊了臉，低下頭不敢出聲。

在我身邊久了～這幾個學聰明了，連石頭都變得機靈了！

我冷冷掃視他們二人：「怎麼？你們是在給他求情？」

兩個人都緊閉嘴唇，不說半句。

「娘娘，若得殷剎大人，無疑如虎添翼！」綢扇之中，浮現君子的臉龐。我看看他，他的神情格外認真和嚴肅，他是認真的，他想讓我收殷剎在身邊。殷剎畢竟是真神，留著他，比拆了他更有用。

我沉沉看他們一眼，一言不發地往外就走。小竹和闕璿相視一眼，匆匆跟上。

打開殿門時，入眼已是殷剎獨自的身形。

我淡淡看他：「都交代好了嗎？」

他抿唇點頭，死氣沉沉的臉上是坦然的神情，青白的嘴唇因為緊抿更薄一分。

我邪邪地笑了，微微張開雙臂，雙腳開始離地，緩緩飄飛向他，黑色的衣袖像是黑色的疊翅，在空氣中詭異地展開。我飄落他的面前，邪邪俯看他：「你還有什麼心願未了嗎？我可以幫你完成。」

他微微一怔，似是有些吃驚，他緩緩抬起臉直直看我：「魅兒會完成我的心願嗎？」

「會～」我邪邪而笑，懸浮在他面前與他死灰色的眼睛對視：「我只對你特別，報你護我之恩。但我有一個要求。」

他深深看我：「魅兒請說。」

我邪邪勾唇瞥眸看他：「我完成你一個心願之後，你我三千年前的恩情兩清，然後，我要你認認真真地跟我打一場，報我這三千年之仇！你……」我眯起了眸光，眼中是他死氣沉沉，但似是已有決定的臉：「可願意？」

「好！一言為定！」他竟是不假思索地答，看來這個心願對他很重要。

我久久看他。他貴為真神，無所不能，無所不能得到，他還會有何心願？

「什麼心願都可以嗎？」他的目光中竟是帶出一絲焦灼，若不是他那張天生面癱的臉，此刻應該會看出他的緊張。

我眨了眨眼睛，面無表情、冷冷淡淡地看他：「你說說，我聽聽，能不能做到，還要看我高不高興！」

「娘娘！」小竹忽然緊張起來，拉住我的衣袖，眼神閃爍地偷偷看殷剎一眼，焦急看我：「萬一他的心願是想跟娘娘……」他一時尷尬得無法繼續說下去。

「跟娘娘什麼？」呆呆的闕璿好奇地繼續追問。

「我的心願。」殷剎再次開了口，也吸引了小竹和闕璿的目光。他眸光半垂，但神情卻格外地認真：「是想跟魅兒做一世凡人！」真摯的話音落下時，他揚起臉灼灼地凝視我的臉龐。

我怔立在空氣中，心猛地一滯。因為他的心願，和我的……竟是如此地……相似……

在一切結束後，我也想拋開前世的所有，拋棄神族的身分，徹底放空自己，做一個凡人，重新開始，去擁有嶄新的人生，和自己相愛的人，平平淡淡地攜手到老。

「我們做一世凡人，我們重新相遇……」殷剎的目光開始變得遙遠，話音開始變得悠遠，似是他渴望已久的人生：「我想知道，當我們不是神族，當妳的身邊再也沒有聖陽和其他人，我和妳的命運會是怎樣的？我們會不會變成仇人？變成兄妹？還是……夫妻……」他的目光從遠處收回，再次落到我的臉上：「魅兒，妳……能完成我的心願嗎？」

我看他許久，從自己心底深處湧出一股說不清道不明的情愫，像是當初與他的惺惺相惜被他一點一點喚醒。

「好。我答應你。」我答應他時，他臉上的神情變得平靜，這份平靜像是祥和的安寧。

「娘娘！」小竹急急喚我。我抬起手，阻止小竹的話音，右手攤開，綢扇離手，漸漸變大，化作一把巨大的摺扇，裡面水墨世界已現。

我看向殷剎：「我許你扇中一世，外界一天。一世之後，我取你神骨。」

殷剎亦是贊同點頭。

「可是娘娘……」小竹急急看我：「廣玥就要打來了！」

小竹焦急的話並未讓我和殷剎改變主意。他依然只是看著我，即便軍臨城下，也泰然自若。

我轉臉看小竹，小竹焦急看我。

我淡淡說道：「小竹，我與冥王入扇後，你要成為我們相遇的機緣，時間到時，你來結束我與他這一世。這段期間，你們任何一人……」我頓了頓話音，掃過小竹、闕璿和君子的扇子，再深深看入小竹體內的紫垣，沉沉而語：「都不得干涉！」

小竹焦急地看著我，卻又顯得無可奈何。闕璿看向我：「娘娘放心，若是廣玥攻來，闕璿會保護君子扇！」

嗯，這才是一個沉穩的神族該有的態度。

「冥界的大結界不會那麼輕易被攻破。」殷剎抬臉冷冷凝視天空。

我瞥眸看他：「若是這一世我不慎殺了你，也是一世，你可認？」

他緩緩俯下臉，深深看我：「認！」

我勾唇笑了，神力開始纏繞指尖：「現在，我們開始封存記憶，你看……是我先封存你，還是你先封存我？」

他的臉上雖然面無表情，深深的眸光卻格外真摯：「妳封印我吧，我信妳。」

我信妳……

他誠然的話音在我的腦中久久迴盪……

這三個字我足足等了三千年，為這三個字，我足足恨了三千年。

為什麼？為什麼當初你和聖陽不願信我？

過了三千年，讓我痛苦了三千年，才對我說出這三個字，真的晚了！

我瞇起眸光，壓下心底那絲絲浮出的柔軟，冷冷抬手打落他天靈之時，神印落下，他毫不抵抗，任由我封存他神族所有的一切，身分、神力、記憶，全部封印起來，他的眸光在我的神光籠罩下漸漸空白……

剎，我們扇裡見……

❖

山清水秀之間，一縷硝煙緩緩飄起。

我背著藥簍站在山崗遙望了許久。山下最近兵荒馬亂，百姓一定又要受苦了。

不知道為什麼，我國突然和鄰國蜀國打起仗來。這裡是邊界，一打仗，準遭殃。

忽然，我看見一隊兵往山上而來，像是在搜尋什麼。我趕緊往回跑，這裡是待不下去了，可如果我走了，山下的百姓就沒人能給他們看病了。

跑了一會兒，我再次停下腳步，往山下張望了一下，發現敵兵走了，鬆了口氣。敵兵攻入小鎮了，還不知道山下百姓怎樣了。

我開始大著膽子往下走，忽然，我聽到了蛇的嘶鳴。

「嘶，嘶！嘶——」

我趕緊停住腳步，站在原地一動不動。能聽到蛇的聲音，說明牠離我不遠，而且聽這聲音，好像有不少的蛇。

山間有蛇，蛇有靈性，村中老人說過，萬萬不能殺蛇，會有報應的。所以我雖然行醫，但從不殺蛇取膽，看見牠們也是遠遠繞開，牠們不犯我，我也不犯牠們。

嘶——

嘶——

這一聲又一聲的蛇鳴簡直像是蛇在開集會似的。我伸長脖子順著牠們的聲音找去，終於看到就在我左前方不遠處是一個深坎，坎裡盤踞著數條大黑蛇！其中有一條更是全身綠色，足足有三尺長。

不知為何，看到牠時我不覺得毛骨悚然，反而覺得牠很漂亮可愛，忽然產生一種奇奇怪怪的、想把牠捉回去當寵物養的感覺。

我疑惑地撓撓頭，再看清時，不禁驚呼：「天哪！」只見牠們身下，居然是個血淋淋的人！就在我驚呼出口時，那些蛇受到了驚嚇，齊齊昂起頭朝我看來，我趕緊一動不動，連眼睛也不敢眨一下。

牠們的首領似乎是那條綠蛇，因為牠們一起看向那條綠蛇。綠蛇可愛的眸子盯視我片刻，扭頭走了，其餘的蛇頓時也一起隨牠離去，從那個血淋淋的人身上爬開。

等聽不到牠們爬行的聲音，我才趕緊跑向那個人。那個人身上穿的是我國的兵服，看他身上的鎧甲，似乎還是個位階不小的將士。

但是他身上到處是傷，細細一看，脖子裡和手上，只要是沒有被鎧甲遮蔽的身體，皆布滿了無數蛇的牙印，觸目驚心！

「哇……你是上輩子得罪了蛇嗎？」很少看見蛇會組團咬一個人的。

我再檢查了一下，他身上的劍傷倒不致命，看起來是被蛇活活咬死的，更別說那條綠蛇明顯是毒蛇。

我可憐地看向他的臉，他的臉被硝煙染成了烏黑，上面也滿是泥濘。我伸出手探了探鼻息，氣息微弱……還活著！

我從懷裡掏出藥瓶。嘿嘿，山間蛇多，村民時常被咬傷，所以解毒藥是我的常備藥，也防著自己採藥時被蛇咬傷。

解蛇毒的丹丸塞入他嘴中：「先保命吧。」

我塞了進去，發現他牙關緊閉，真麻煩。

我隨手在地上撿了根樹枝，撬開了他的嘴，把藥丸塞了進去，順便再搗了兩下，確定把藥丸捅進他的喉嚨。我隨手扔了樹枝起身，雙手扠腰看他的身體，這麼大，該怎麼拖回去？

「你們去那邊找找！」話音又從身後傳來。我立刻閃到一旁的大樹旁往下張望，是敵軍！

「記住抓活的！死了將軍會問罪！」

「是！」

「我們去那邊找！抓活的！」

我看看身後，這個人我搬不回去，放在這裡也遲早會被敵軍發現，不如……我壞壞一笑，走出大樹朝敵軍揮手，壓低聲音喊：「喂——喂——你們要找的人在這兒——」邊境小鎮，一直兵荒馬亂，我又要採藥，所以我身上的衣服雌雄莫辨，再加上我灰頭土臉的，也不易看出男女。

敵軍紛紛朝我看來。我朝他們使勁揮手：「軍爺——我發現你們要找的人了——你們能不能給我點賞錢——」

他們當中一個看似首領的人立刻帶人上來：「在哪兒？」他朝我大喝，我隨手一指。他重重推開我上前，卻登時臉白了一下，轉身就吐：「嘔！」士兵們紛紛好奇地探頭看來，接著一個個目露噁心，一個被蛇咬得千瘡百孔的人在視覺上還是非常壯觀的！不對，他們應該是覺得噁心，因為那個人被蛇咬的地方已經流出黑血。

嘿嘿，我笑著上前：「軍爺軍爺，這人被蛇快咬死了，我聽說你們要捉活的，不然會被你們的將軍罵，我我我——」我推著他的手臂直指自己。那軍爺抹抹嘴唇，轉臉上上下下打量我，似是看出了什麼：「你是採藥的？」

「是是是。」我點頭：「我不懂採藥，還會醫治蛇毒。你讓我和你們回去，我把他治好，你們給我點賞錢就行。」

「賞錢？」軍爺扯了扯嘴角，忽然揚起手：「你敢跟本大爺要錢！」

我擋住頭，指向坎裡的那個人：「沒有我，他準死！」

軍爺的手頓在半空，臉抽搐了一下放回，身邊士兵小聲提醒：「錢伍長，將軍要活的！」

「可我們有軍醫啊。」另一個士兵說。

「呿。」我不屑地揚起臉：「一方水土養一方人，你們的軍醫會治此山的毒蛇嗎？」

他們面面相覷：「好像說得有點道理。」

「先帶回去！」錢伍長沒了耐性：「全都帶回去給將軍定奪！」

「是！」

但是，每一個士兵下坑，都看著覺得噁心。這些戰場上的殺人狂魔，居然此刻會被一個遭亂蛇咬傷的人噁心到，也是滑稽。

「還不快給老子下去！」錢伍長連踢帶踹，把自己的兵踹下了坑，他們開始搬那個人。

「啊──」忽然，那些士兵又驚叫得慌亂地爬了上來。我好奇看去……我的天！難怪那個人要被群蛇咬了，只見他的身下壓了不少小蛇！那些小蛇密密麻麻地蠕動，噁心得像一地大蚯蚓。小蛇還沒被壓死，因為壓在牠們身上的人被搬動，牠們得以逃出。

小蛇們四散遊開，嚇得這些士兵又連聲尖叫。

「我的媽呀！」錢伍長嚇得拿刀就砍。我立刻大喊：「不能砍！蛇有靈性的！牠們會復仇的！別砍！別砍！」我上去阻止，被他們推開，他們已經驚慌失措，見蛇就砍，立時滿地斷裂的小蛇。

我呆呆地看著：「完了完了完了……你們這是在找死啊……」

他們砍完臉色還是發白，收起沾滿蛇血的刀：「人我們都砍，別說蛇了！都帶走！」

士兵們再次搬起那個人，推起我一起下了山。我連連搖頭，這下他們死定了。

敵軍果然已經占領邊關，小鎮裡到處都是巡邏的敵軍。中心的廣場圍出了一個大大的柵欄，裡面是鎮上的百姓，他們驚恐不安地坐在裡面，父母抱緊自己的孩子。

鎮子小，大家都認識我，我是鎮上唯一的大夫。他們有人站起來，走到了柵欄邊擔心地看我，但被守在柵欄邊的士兵趕回。

錢伍長帶著我們往關外走，出了關門，全是被俘虜的士兵，他們都被吊綁在城牆上，看上去好可憐，也好壯觀。就像過年掛臘肉一樣，很多士兵受了重傷，掛在上面奄奄一息，血還一滴一滴掉下來，還有一滴掉在我頭上，我摸了摸，滑膩膩的。

很久很久沒有發生像這樣有規模的戰事了，以前雖然也和別的鄰國有小小摩擦，但朝廷一派兵過來，很快就能夠擊退敵軍，接著便會有使館出使，解決邊境危機。

可這一次，是鄰國中最大的蜀國，而且，他們是動真格的！

他們突襲這裡，這裡所有的官兵沒有心理準備，來不及上京求救，只點起了狼煙，希望後方能夠救援。

援兵也來了，可能他們也以為是小國滋擾或是馬賊，所以和以前一樣，只派了一千人。結果就變成現在這樣，全軍覆沒還丟了邊關。

印象中蜀國真正攻打我們國家已經是五十年前的事了，後來兩國聯姻，和平了很久。再之前的算也算不清了，國與國之間總是打打和和，像鎮上的夫妻一樣，三天一小吵，七天打翻天……嘿嘿，想想也覺得有意思。

我們一路往外，很快看到了一個大規模的營地，訓練有素的士兵正在營地裡巡邏，營寨的一邊正有人忙著給馬餵草。他們這是……準備乘勝追擊，繼續打入關！

錢伍長把我們領到一個大營帳前：「快送進去！」他催促士兵，士兵們把那個人送進營帳，也把我推進了營帳。

營帳裡，幾個大將圍在桌邊正在討論。

士兵們把那人放於地面前，隨即跪下。錢伍長大聲道：「稟報將軍！找到殷剎了！」

殷剎？難道是我國傳說中的名將殷剎？

傳聞他能以一敵千，智謀過人！是國內少有的既能打又能動腦的將軍！

居然被蛇給咬到快死了！

我心情忽然複雜起來，怎麼覺得……傳聞總是虛的呢？那麼厲害的人居然躲上山？還不小心掉進蛇窩，最後還被蛇咬到快死。

嘖嘖嘖，我都不想去看他了。

還名將呢！吹牛的吧？

大將們散開，出現一個白鬍子威武的老頭，他的鬍子已經因為硝煙變得花白，蒙上了灰。那些將士看上去也是英氣逼人，卻是個個灰頭土臉，和我一樣，看不清容貌。

「怎麼回事？老夫要活的！」白鬍子老頭看見死人一樣的殷剎就怒了！

錢伍長登時嚇壞了，連連說道：「活著活著，還活著！你快說話啊！」他匆匆扯我褲腿。

「別扯我褲腿！」我討厭地把他踢開。

「你又是誰？」老將軍厲喝，聲音如同洪鐘。

我笑嘻嘻看他：「我是個採藥的，這個人是我發現的！是我帶錢伍長去捉人的，您是他們的頭，我只想要賞錢。」

「賞錢？」老將軍立時萬分鄙夷地看我。

「哈哈哈——他們崑崙國果然小人多，居然為了錢出賣自己的大將！這要在我們蜀國，早砍頭了！哈哈哈——」將士們開始大聲嘲笑。

我不悅地看他們：「現在兵荒馬亂，人人只顧自己有什麼錯？我就想要賞錢，我就想活命，如果有人要你們的頭，而且還有豐厚的賞金，我也會那麼做的。」

「噗！哈哈哈哈——」他們笑得更厲害了。

「你還能取了我們的頭？哈哈哈——」

「哈哈哈——」

「你們笑夠沒？到底要不要這個人活著。」我雙手拉了拉背簍的繩子，昂起下巴看他們正中的老頭，老頭瞇著眼睛看我：「小兄弟你何意？」

「這人是被我們山上翠竹蛇咬的，翠竹蛇的毒性只有我會解，你們給我賞錢，我給你們活人！」我乾脆俐落地說。

「哼。」老將軍冷冷一笑：「你給我活人，我留你一命！」

啊！

果然薑還是老的辣。

我不服氣地斜睨他，他勝券在握地沉沉笑看我。我鼓鼓臉：「行！但我要好吃的好住的！這總行了吧？」我看他，這已經是我最低的要求了。

老頭看看我，冷冷一笑：「好，帶他們下去！」

「太好了！終於有好吃的了！」我笑著說，迎來一圈鄙夷的目光，宛若我為一頓美味食物便可出賣國家。

錢伍長和士兵們把我和殷剎領到了一個乾淨整潔的營帳內，他們把殷剎放上帳內的一張床，然後派人送來酒菜和肉，還有乾淨的水。

「哇……還有肉吃！」我驚嘆地看那盤紅燒肉。

錢伍長羨慕嫉妒恨地看我：「這肉可是只有將軍們才能吃的，便宜你了！」

我挑挑眉，立刻拿起一塊塞入他嘴中，像是塞銀子一樣：「錢伍長辛苦！」

錢伍長的眉毛立刻跳起舞來：「算你這小子會做人！」

「還有這酒！」我把酒也給他：「我不會喝酒，給你和兄弟們了。」

「哼哼哼哼。」他笑得如同花兒一樣，一邊揣起酒一邊點我：「懂事，真懂事。」他滿心歡喜地出了營帳，掀起帳簾時，我看到門外有士兵守衛。帳簾掉落，我迅速放下藥簍，到殷剎床邊，搬來小凳，放上清水，取下腰包打開，露出一排小小的、閃亮精巧的刀具和針線。

我先費力地脫下殷剎的鎧甲，忽然有小蛇遊了出來。我嚇了一跳，輕輕捧起牠，牠害怕地緊緊纏緊我的手。我到營帳邊，將牠放落地面：「快回去吧，別給人看見了。」小蛇從我手上鬆開，匆匆跑了。

我回到床邊。殷剎身上是黑色的戰衣，我挽起衣袖，取出剪刀開始剪開他的袖子。

就在這時，有人進來了，是一個老軍醫，他向我一禮：「將軍派老夫來相助。」

我也向他一禮，國家有界，我們醫界無界，所以他看起來很尊重我，我也尊重他。

「謝謝老先生了，幫我處理傷口吧。」

「好。」他放落藥箱在一旁，看到了我擺在床邊的刀具，不由讚嘆：「好精巧的刀具啊，小兄弟醫術不俗。」

「嘿嘿。」我笑了：「謝老先生誇獎，麻煩老先生了。」

老軍醫不再說話，開始幫我一起處理傷口。打開殷剎的上衣時，看到肩膀上有箭傷，腰後有劍傷，而腿也折了。

我看著看著，腦間浮出了畫面。殷剎當時是背對敵人的，他的腰後被人刺了一劍，然後肩膀被箭射中，滾下了山坡，掉進了蛇窩裡，壓到了小蛇，於是被大蛇率眾圍攻！

如果他真像傳聞中那般精明睿智，怎會背對敵人？看來只有一個可能——有內奸！

有意思，看來這場戰事有更大的伏筆。

我拿出針線開始縫他腰間的傷，老軍醫洗了洗手去幫我換水。

老軍醫出營帳後，我開始給殷剎接骨。

先把突出來的骨頭摁進去，我用力一摁：「給我進去！」

「啊！」一痛呼傳出，殷剎痛得轉身，我立刻按住他的身體：「別動！骨頭會移位的！」

他痛得渾身是汗，氣喘吁吁，昏昏沉沉地看我：「你、你是誰……」

我咧開嘴笑了，來到他面前，滿手鮮血地指向自己：「我是誰？你可要好好記住我的臉，我的聲音，因為你的命是我救的，我不管你是什麼大將軍，以後你的命就是我刑妹的了。」

他的目光眩暈了一下，再次昏死過去。我笑著拍拍他滿是血跡的臉：「小剎啊，以後你就是我的人了～～嘿嘿，我有個大將軍做僕人，真拉風。哼～～哼～～～」我笑嘻嘻地走回他的腿邊，開始固定他的骨頭，嘴裡哼著小曲：「哼～～哼～～哼～～～」

「呵呵，你倒是悠閒。」老軍醫又回來了，手裡是清水：「小兄弟，你膽識過人，很多像你那麼年輕的，看到血還會暈，你怎會如此悠閒，還哼小曲？」

我笑了：「這算什麼，我為了研究人的身體是怎麼樣的，還挖過屍體呢！反正這兒經常打仗，屍體挺多的。」

不知為何，明明我是笑著的，老軍醫的臉卻白了，像是看到什麼可怖陰森的鬼一樣，僵硬地看著我，半天不幫忙，也不說話。

「哼～～哼～～」我自若地拿起針線把殷剎的傷口縫了起來。

「好像……差不多了。」老軍醫面色蒼白地說，不敢看我：「我、我去跟將軍稟報了。」

「老先生請便。」我一嘴白牙笑看他：「你可要常來唷，我一個人怪悶的。」

老軍醫一邊乾笑一邊後退。我拿起我閃亮亮的工具刀：「如果你想研究一下人體裡到底是怎樣的，可以來找我，我看到今天又有不少掛牆上了。」

「不用！」老軍醫嚇得連連後退：「不用！」他跑出營帳時還絆了一跤，我壞壞地笑了：「白痴。」

我拿起布巾給殷剎染血的大腿清洗了一下，擦掉一層血後露出了格外素白的肌膚，白得甚至有些發了青。血跡一直到他腿根，是從他後腰的傷流下來的，現在他後腰的傷，老軍醫已經包紮好了。

我一邊哼小曲，一邊順著血跡擦上他的腿根，一不小心擦出了褲頭下的半抹密區。我全身一滯，僵硬地移開目光，收回手，擰眉轉身，怪自己處理太多屍體了，對男人的身體太過淡定。

老軍醫真好玩，我除了是鎮上唯一的大夫，還是仵作，經常會處理屍體。鎮子小，人不多，衙門也請不起那麼多人，就讓我給兼了。邊境小鎮也沒那麼多朝廷的大規矩，比如女子不能為官之類的。這種事男人都不肯做，既然我肯，大人就讓我做了。

除了這些，我還幫死去的人收拾收拾儀容，比如胳膊斷的接回去，眼睛沒的按一個豬眼睛，或是化個妝，擦擦乾淨之類的。

所以，我給不少男人收拾過，但是現在我忘了，殷剎是個活人，忽然有點不習慣了。

我心煩地撓撓頭……哎！麻煩，不過既然救了，就負責到底吧。

我轉回身，這才發現他的臉已經擦乾淨了。雖然看著很是蒼白，但絲毫不影響他英俊的容貌。

我眨了眨眼，傳聞中智勇雙全的名將殷剎，原來更有張俊美英容？

不錯啊！

我細細端詳他的容貌，開始摸下巴，嗯～～留著做僕人非常完美。

他的睫毛顫了顫，眼皮跳動了一下，緩緩睜開了眼睛。我隨手捂上他的嘴，他的雙眸立時戒備地睜到最大。

「噓，外面有人。」我輕輕地說。

他一怔，眸光閃了閃，手心下的嘴唇微微閉起，擦過我的掌心帶出一絲輕癢。

我放開他的嘴，輕聲說：「有什麼話，輕輕說。」

他先是動了動，似是發現自己重傷，隨即放棄，帶著戒備地冷冷看我：「為什麼要救我？」

我拖過凳子坐在床邊，雙手支臉笑看他：「因為你是我們的大將軍啊！你為我們崑崙百姓打仗，我當然要救你。」

他微微一驚，掃視整個營帳，目露困惑：「可是……這裡像是敵軍的營帳。」

「不錯。」我聳聳肩，他轉臉不解地看我，我瞇眼笑看他：「我發現你的時候在山上，因為你太重了，我搬不動，正好敵軍來找你，我就讓他們幫我把你搬下來了！」

「你！」他登時驚詫瞪我，似是氣結又完全無法理解。他瞪視我許久，像是恍然想通般憤怒看我：「你出賣我！」

我眼珠轉了轉：「不能算出賣，一。」我豎起一根手指：「我搬不動你，你再耽擱的話，肯定會死。二。」我豎起兩根手指：「他們說要活的，說明他們不想你死，所以我告訴他們你的位置，他們就會幫我把你搬下山，我也可以好好醫治你。所以我不是出賣你，只是借他們的地方醫治你！」

「你到底在說什麼？」他像是還沒理解我的話。我笑了，從懷中拿出藥瓶，在布巾上一邊撒上粉末一邊說道：「看來你還沒想通，還是先睡著吧。他們要你活著，但你要是真活了，可就麻煩了。」說完，我把布巾捂上了他的鼻子，他登時瞪大眼睛，似想掙扎，卻因為重傷而無法掙扎。他的眼睛漸漸地閉起，臉無力地垂落。

我拿開布巾笑了，趴在他耳邊輕聲道：「傳說你很聰明，但你怎麼那麼笨呢？喂……我給你下的藥可以讓你一直看上去像是昏迷的狀態，但周圍的一切你都能聽見，我們進了敵營不一定是被俘虜的……有時，也可以是內應……難道你不覺得進入敵方的內部，真正危險的是他們嗎？現在，我們想幹什麼，就能幹什麼了。你真蠢，難怪會被內奸陷害……不過你放心……我有預感他們熬不過今天晚上，明天……準撤……」

我退回身形，看著他輕顫的睫毛，壞壞地笑了，伸手點上他的睫毛：「好好跟我學著點，笨僕人，笨僕人。」他的睫毛在我的指尖輕顫，我單手托腮在他臉邊玩得不亦樂乎。

老將軍沒有食言，果然晚上又給我送好吃的來。錢伍長像是專門伺候我一樣，但我看，他是主動想留在我身邊。

他給我送來酒菜時，毫不生分地就直接坐下，喝酒吃菜了。

我給他倒酒：「錢伍長，既然他是我們崑崙國的將軍，為什麼不直接殺了他，而要活的呢？」

錢伍長一手拿酒杯，一手笑著點我：「我怎麼覺得你反而像是我們蜀國人？怎麼一點都不愛國？」

我笑看他：「我只求過安穩日子，誰做國王都無所謂，你說別人當王，我是有錢拿還是有地拿啊？日子還不是跟以前一樣。」

錢伍長端著酒杯想了想，點點頭：「嘿！我怎麼覺得你小子說這話有點道理呢？」

「就是啊，你看你們當兵的，還豁出命去呢。」

「哎！你說得對啊！打什麼破仗，我家裡剛抱兒子，忽然，打仗了！哎……我兒子才剛滿月啊……」錢伍長說著說著，居然哭起來了。

我趕緊給他倒酒：「那你們王為什麼突然打仗啊？」

「還不是那個倒楣公主，我說她幹嘛嫁給你們的王啊！結果，死在你們宮裡了，說是你們王殺的！所以打起來了。」

我想了想，轉身看看殷剎，轉回身繼續問他：「那老將軍為什麼留著殷剎？多危險啊。」

「老將軍不是惜才嗎？想招降～～」錢伍長苦悶地繼續喝酒，臉已經微微發紅。

喲！被發現了！

我趕緊把弓箭扔樹上，然後爬下樹，士兵已經朝我這裡飛快跑來！

我肯定跑不掉。沒關係，山裡人常遇猛獸，人哪跑得過猛獸？所以，學會了各種裝死。

我鎮定自若地拿起最後一支箭，抓著佯裝插在自己心口上，然後躺在地上，士兵們跑近了，看見我頓時大驚上前。我痛苦地一手拿著箭，一手指向樹林深處，奄奄一息地說：「那兒……那兒……」然後頭一歪，死了過去，整隊士兵跑過我身邊就往樹林裡追！

我睜開眼看了看，火光沖天！

我平躺著身體，一點一點挪到樹林黑暗處，然後站起身就跑，沒一會我就跑回營地，營地裡大家正忙著救火呢！我也隨手拿一個空桶拚命地跑，像是要趕快救火！

趁亂的時候，我又順手點著幾個營帳，瞬間整個營地一團亂，大家跑來跑去忙著救火。

「救火——快救火——」我一邊喊，一邊跑，跑出營地的時候還順手偷了一把刀，接著跑回小鎮大喊：「快回去支援——有敵軍偷襲——」我換了詞：「快——敵軍往那裡跑了——快去支援——」

在小鎮守關的敵軍見遠處火光沖天，二話不說，扛起槍就出了鎮子，帶頭的校尉還拉住我：「敵軍往哪兒跑了？」

「那兒！北邊的山上，離你們最近！」

「好！走！」他們呼啦啦從我身邊跑了。我咧嘴壞壞一笑，直直跑入無人的小鎮，一口氣跑到廣場，趴在柵欄上找我們鎮的鎮長：「大人！大人！是我，小妹！」

鎮長大人從人堆中匆匆跑出，看見我又驚又喜：「小妹啊！」

「大人，時間不多，你可要聽清楚了！一，帶上有力氣的漢子去救俘虜；二，你還記得我山上的小屋嗎？」

「記得記得，我們記得。」劉叔王姨們都圍了上來。

「你們趕緊上去，那兒最安全。大人，救了俘虜關城門，趕緊上山！」

「知道了！那妳呢？」鎮長擔心看我。

我笑看他：「我沒事，我還要回去救殷剎將軍。你們千萬別往後方跑，對方十幾萬軍，還有戰馬，你們根本跑不過他們，他們要準備屠鎮呢！」

「什麼？」

「太可怕了！」

大家的臉瞬間白了，紛紛緊緊抱住自己的孩子。

我沒有第一時間開柵欄，也是怕他們亂跑，那時就沒力氣一個個說明了。

「大家別怕，往山上跑，他們不會知道的。石頭！石頭！」我朝石頭喊，他特別忠厚老實，而且有力氣。

「來了！小妹！」石頭緊張地看我：「有什麼吩咐？」

「你帶幾個跑得快的，拿幾雙破鞋子、包袱之類的往後方一路丟過去，讓敵軍以為大家往後方跑了，知道了嗎？」

「知道了！」他認真點頭。

我看向大家：「大家都清楚了就快跑！別亂！」說完，我拉開了柵欄，大家蜂擁而出，往山上跑的往山上跑，鎮長帶人立刻跑出城門，石頭帶鎮裡跑得快的，隨手撿起鞋子就往後方跑。

我也趕緊跑出城門再往營寨裡跑，火光之中，我們邊關的門開始慢慢關上。我笑了笑，扭頭就跑回自己的營帳。

營子裡還在滅火，晚上起風了，所以又燒了周圍幾個營帳，甚是壯觀。邊境小鎮很久沒看到如此宏偉絢麗的畫面。嘿嘿！

但因為他們就紮營在大公河邊，所以火勢很快得到了控制，只剩遠處還在冒火光。

我回到自己營帳後邊的時候，看守我的兵還趴著呢。我把衣服脫下給他再穿上，然後給他聞了聞解藥，他暈暈乎乎起來，我就扶著暈暈乎乎的他繞過營帳後面到一旁看熱鬧，一邊看一邊故意大聲對他說：「哇！有敵軍偷襲！你看到了嗎？」

他還是暈暈乎乎的。

我繼續說：「我跟你看了很久熱鬧了，我們過會再回營帳！」

他還是暈暈乎乎的。

我壞笑看他：「快看！將軍回來了！」我伸手在他面前打了個響指，順便加了點解藥，啪的一聲，他徹底清醒了。呆滯了一會兒，完全沉浸在驚訝中：「敵軍居然偷襲！我他娘！還把糧草點著了！他們到底多少人啊！死了死了死定了！」

我側開臉偷偷地笑了一會兒，轉回臉說：「別怕！敵軍已經被打跑了。」

傻大兵才緩緩安心下來，長長舒氣。

老將軍和他的副將們一個個陰沉著臉回來，看見了我們，老將軍身邊那個指出我位置的副將立刻露出懷疑的神色，沉沉看我：「你們在這裡做什麼？」

「看熱鬧啊！」我看看他。這些個副將把臉洗乾淨了，年紀不等，但是他尤其年輕，而且長得很是好看，溫文爾雅，如同謙謙君子，卻又因為戰爭的洗練，讓他帶上了將士的英氣。

因為他長得好看，我忍不住多看兩眼。我們山裡人，很少看見長得俊的男人，全都灰頭土臉的。

「你！」他有些生氣，老將軍沉著臉攔住他：「捉拿偷襲者要緊，回大帳！」

「是！」那個副將和其他副將隨老將軍風風火火地走了。

我好奇地看看他的背影：「那個是誰？」

「哦，他啊，他是我們老將軍的孫子，君子君將軍。」

「就叫君子？」我好玩地追問。

「是啊，就叫君子。」士兵撓撓頭：「有什麼不對嗎？」

「沒什麼？」我笑了，想了想：「哎呀！我有件重要的事要跟老將軍說！」說完，我跑向他們：「老將軍！老將軍！」我追上他們，他們停下腳步，老將軍轉身沒好臉色看我：「何事快說！」老將軍性子好急啊。

我立刻說道：「老將軍，白天我跟你說了，殷剎是掉蛇窩了，驚擾了山中的蛇，然後錢伍長他們就來了，然後……」

「不知所謂！哼！」老將軍拂袖就走！

副將們奇怪看看我，也紛紛轉身大步回營，一個個腳步如風。

「老將軍！」我追上去，他們一個個腳步大，我只能在一旁小跑：「這件事真的很重要！我們這座山叫蛇山，上面盤踞了百萬的蛇，而且我們這兒的老人說了，山中蛇王有靈性，如果屠殺牠的蛇子蛇孫，牠會報復的。今天錢伍長殺了牠不少小蛇，牠今晚沒準會下山，老將軍，您還是快撤……兵……」

老將軍根本不理睬我地直接進入了大帳，完全不聽我半句勸告。

「走開走開！」其中一個副將驅趕我：「我們要商議軍機大事，你去看好殷剎，他如果死了，你也死定了！」

另一個副將走過我身前，好笑看我：「哼，真是好笑，我們十萬大軍難道還因為幾條蛇撤軍？閃開！」他也推了我一把。

我大嘆一口氣，那個好看的君將軍擰眉看看我，揮揮手：「快回去吧，再停留就當作細作論處。」

「細作！」我摸摸脖子：「我這就走！」我轉身跑了幾步，回頭對正準備進營的君子喊：「君將軍——如果蛇來了記住別動——蛇山上的蛇都帶毒，咬一口死定了～～～」

君將軍遠遠看我，搖搖頭，轉身入營，看來他也不信。

我聳聳肩：「你們不信算了，雖然你們是敵軍但很多人也是不想打仗的，哎，不聽山裡人言，自找死路我不管～～～」我看著人影晃動的大營連連搖頭，不知道我的解藥帶得夠不夠。

回到營帳裡，只見錢伍長喝醉了。喲喲喲，這是要死的節奏啊！軍紀嚴明，我是特殊待遇才有酒喝，偷偷給他喝酒已是死罪了，現在還把自己喝醉了！這得虧沒人看見呢。

「錢伍長？錢伍長？」我推推他，他醉醺醺轉頭。「錢伍長！」我大喝一聲，直接一個巴掌下去。

啪！

「啊！」他登時驚醒，捂住臉怒瞪我：「你小子找死啊！」

「我看你才找死呢！」我也大聲說：「敵軍偷襲，糧草都燒著了！我給你喝酒你怎麼就喝醉了？如果被人看見你死不要緊，別連累我啊！」

錢伍長聽我說完，登時臉白了。

我小聲提醒：「快去偷偷把酒味洗了，別給人發現。」

錢伍長大夢初醒般連連點頭，趕緊溜了，營帳裡只剩下我和殷剎兩個人。我壞壞地笑了，晃到殷剎身邊：「現在～只有我們兩個人了～～我們～～不如～～嘿嘿嘿……」我趴到他耳邊，伸手點上他的太陽穴：「聊聊天吧。」

他的睫毛顫了顫，我雙手托腮戳他：「你就是傳說中那個很厲害的將軍？怎麼那麼蠢啊，被人暗算還差點死了……哎，你運氣也差，掉哪兒不好，掉蛇窩裡。一代殷剎將軍，不戰死沙場反而被亂蛇咬死，嘖嘖嘖，丟人呀～～你上輩子一定跟蛇有仇。」

啪啪啪啪！外面是忙碌的跑步聲。我看向外面，吹熄了燈，外面的火光立刻把忙碌的人影照在我們的帳篷上：「看見沒看見沒？這個老將軍也和你一樣蠢，小看我們山裡人，把我這條狼給引進窩了都還不知道呢。嘿嘿，還想屠鎮？明天我讓他什麼都殺不著，只能撿撿破鞋。哼！」我揚唇壞壞地笑了。這還只是開始，既然把我請進來了，沒那麼容易把我趕回去，不把你們玩哭，我是不會走的！

「對了，不知道他能不能熬到明天？萬一蛇王下山復仇，別說他這十萬大軍，就算是三十萬，都能讓他有來無回！啊～～～」我犯睏地伸伸懶腰：「不說了，我要睡了，今晚累死我了，你們這些將軍都是被蠢死的。對了，你要不要尿尿？我給你解藥，你醒了可別弄出動靜，萬一讓老將軍知道你活了，拷打你什麼的可就是你自己犯賤了。」說完，我拿出藥瓶，在他鼻尖放了放。

昏暗之中，他睫毛顫了顫，緩緩打開，長長的睫毛染上跳躍的火光，像美麗的晨光。我笑了笑，準備去睡覺。

起身時，啪！手臂忽然被人握住。我轉身疑惑看他：「你幹嘛？」

他轉過臉看我，氣色好了一些：「妳是女孩兒？」他平靜地看我。

「哈！這不廢話嗎？我跟你說話的聲音再女孩不過了，知道我是女孩兒你還不放開，別想讓我伺候你尿尿啊！」我白他一眼，他鬆開了手。我指向一邊：「那裡還有吃的，你趕緊吃點，等力氣回來了，我們還要逃出去呢。」我轉身準備去睡覺，沒想到又被他拉住了，正好拉住我的手。他匆匆收回，我愣了愣，他的手好涼，應該是重傷元氣還沒恢復。

「姑娘叫刑妹？」他躺在床上有氣無力地問，喉嚨似是因為乾渴而乾啞。

「是，我叫刑妹，大家都叫我小妹。」

「能不能……」他吃力地抿了抿唇：「扶我起來……」

我瞪大眼睛看他：「你還起不來？傳聞中不是像你這樣的將軍殺不死，打不死，就算重傷還能爬起來繼續打仗，說得跟神一樣，原來是假的啊。」

「呵……」他哭笑不得地扯出了輕笑。

「你等著。」我到送來的飯菜前拿起水罐，然後費力扶起他，男人的身體可真重！我扶起他後坐到他身後，讓他好靠在我背上，伸長手臂把水罐給他：「快喝吧。」

「嗯。」他接過水罐，然後就聽見他咕咚咕咚喝水的聲音，他真的渴壞了。

「啊……」他長舒一口氣，靜了一會兒，低低說：「能扶我起來嗎？我……在下真是難以啟齒，在下想……想……」

「有話快說！我還想睡覺呢！」我不耐煩地白他，事情怎麼那麼多？

他忽然不說話了，變得異常安靜。我等了半天，見他不說我不耐煩起來：「你怎麼忽然不說話了？到底想做什麼？爽快點嘛，還是個將軍呢，煩不煩呀？」

他的後背僵硬起來，忽然感覺他的後背也挺涼。

「在下想小解！」他像是豁出去地說了出來。

「呿，我以為多大事兒呢。」我嫌棄地搖搖頭：「水罐裡的水不是喝完了嗎？用水罐，用完放床下，可別叫我拿。」

「知道了。」他悶悶地說，手臂在我身後輕動，使他靠在我後背上的後背也在動，我能感覺到他後背肌肉的結實與有力。

「等等。」我伸手撐住他後背：「你能坐穩了嗎？」

「嗯。」

「好。那我出去。」我一點一點離開他的後背，我可不想在帳篷裡聽男人噓噓的聲音。

我下床走到門簾前，掀開一點看了看，外面漸漸安靜下來。我轉身看殷剎，他坐在床上，雖然帳內昏暗，但是他的眸光格外閃亮，甚至有一種像是野狼的森然寒意。

我指指外面，掀簾走了出去，簾外兩個士兵還在看守。

「你怎麼出來了？」他們看我。

我遙望遠處：「還是不放心啊，晚上風大，怕燒到這兒。」

「不會的不會的。已經控制住了，正派人搜山呢。」

我和兩個看守開始有一搭沒一搭地聊。

「你說這奇不奇怪，敵軍像是消失了一樣，怎麼就找不到了？」

「就是。奇怪，像憑空消失了一樣。」

我看看他們，估計時間差不多了：「晚上辛苦你們了，我回去睡了。」我轉身，後背被他們拍了一下：「你倒是舒服，還有吃有喝有睡的。」

「就是就是。」

我掀簾入帳，殷剎坐在床上像一隻野狼一樣靜靜地盯視我，陰寒的目光讓人不自覺地毛骨悚然，感覺整個帳篷的溫度都開始下降。

「你好了嗎？」我輕聲問。

他看我一眼，側開目光：「拿一只碗碟來。」

「好。」我隨手把菜倒在一起，給他一只空碗碟，他接過碗碟往另一側床邊彎腰，似是用這個碟子蓋什麼東西。

我看了看，明白了。他是蓋他的水罐……不，現在算是他的尿壺了。

「謝謝。」他坐回時忽然說。我立刻壞壞地笑了，馬上坐回床邊，雙眼發亮地盯著他看：「我不要你謝謝。」

他轉眸看我，冰寒的眸子裡多出了一分戒備：「妳想要什麼？錢？」

我咧開嘴壞笑看他：「我不要錢，山裡什麼都沒有，要錢也沒用。」

「那妳要什麼？」他不看我一眼地冷冷問道。

看他那張冰冷的死人臉，傻子都看得出他在嫌棄我。我白了他一眼：「呿，你們這些大將軍怎麼都嫌棄我們這些山裡人，哼！我沒心情說了，給，吃藥睡覺。」我把藥丸放到他面前。

他面無表情，只是低垂眼瞼，像是萬般施捨般看著我的藥丸：「妳怎麼知道我是被暗算的？」

「所以才說你們蠢啊，你身上的傷說明一切了。你還將軍呢，殺了那麼多人，難道還不知道可以從傷口判斷這個人是怎麼受傷的？」

他的眸光閃了閃，側臉朝我看來，而且不是正眼看我，居然是用眼角……我說你是神啊！不正眼看人的嗎？

「請賜教。」他忽然說。

我雙手環胸斜睨他，冷冷一笑：「喲呵，這是不信任我啊，我救了你的命，居然不信我？好，既然你不信，本大夫也懶得跟你說～～哼！」我把藥丸往他身上一扔，藥丸砸中他已經擦乾淨的、白皙結實的胸膛，滾落他手中：「愛吃不吃隨你，不准再煩我！」我狠狠指指他，轉身到帳篷另一邊的地毯躺下，上眼皮直發沉，打了個大大哈欠，上眼皮沉落時已經不想再打開。

整個營帳變得異常安靜，似是因為外面靜了，也似是從他身上而來的靜。

山上的野狼就給人這種感覺，牠在暗處緊緊盯視你，你卻絲毫察覺不到牠的存在。只有牠的雙眸在黑暗中閃爍著森然的綠光，像是兩抹鬼火在荊棘中幽幽燃燒。

「你剛才出去做……」

「閉嘴！」我閉著眼睛心煩地直接打斷他：「再廢話下次毒啞你。」最煩別人吵我睡覺了。

營帳終於安靜下來，只聽見他緩緩躺下的聲音。

「嘶！」似是躺下牽扯了他全身的傷，他微微抽氣，然後再無聲音。

嗯，終於可以安安靜靜地睡個覺了。

第五章 一群屠夫

第二天，被混亂的聲音吵醒，馬蹄聲，跑步聲，喊聲。

「快快快！拔營進軍——」

我猛地驚醒，一下子拔營了！

我蹦起來，殷剎還睡著。我跑到營帳門口，掀開簾子正看見老將軍帶著他的副將又風風火火而來。

我趕緊跑回殷剎耳邊：「老將軍來了，有尿憋著。」說完，我站起身，老將軍正好進來。他和他身邊的副將殺氣騰騰進來，老將軍一眼就看床上的殷剎，滿臉的陰沉：「他醒過嗎？」

老將軍的語氣像是要殺了殷剎。

「沒啊。」我自然而然地答。

老將軍冷眼看我：「你確定？」

「當然，他都傷成那樣了，怎麼起來？」

「我不信！」忽然，老將軍抽出了腰間的劍就刺向殷剎，讓他身邊的副將也大吃一驚。

我一時間沒反應過來，看著老將軍的劍刺落殷剎的脖子，他是真的刺，登時見血。老將軍瞇著眼睛，見殷剎沒動，緩緩收回了劍，整個營帳因為這突發的情況鴉雀無聲。

「你幹什麼呀～～老將軍！」我立刻到殷剎身邊，趕緊給他處理傷口：「要他活的是你，要他死也是你。老將軍，你到底是要他活還是要他死啊？」

副將們看著老將軍，不敢說話。老將軍一臉陰沉，眸中既懊悔又惱火：「讓他活！」他沒好氣地說了一聲，然後板著臉看我：「你怎麼還沒讓他活？」

我無語地翻了個白眼，轉身看老將軍：「殷剎後腰一處劍傷，胸口一處弓箭傷，從山坡上滾下來又把腿摔折了，渾身被蛇咬傷，不但中了蛇毒，還流血過多。他這樣現在能喘口氣就不錯了，不信您去問老軍醫啊！」

老將軍更加沉臉，似是昨晚老軍醫已經跟他彙報過了。

我奇怪看他：「您怎麼就覺得他能起來？難道……！」我故作驚訝看他：「您覺得昨晚有人偷襲軍營，是他做的嗎？」我指向殷剎，老將軍的眸光立時發緊：「有此謀略之人，你們崑崙國也只有他了！」

我眨眨眼：「原來我們崑崙國那麼差勁。你們有那麼多聰明的將軍，我們只有一個殷剎？」我指過老將軍和副將們，他們一個個被我誇聰明誇得美滋滋的，只有君子在一旁繼續擰眉深思。

「而且，昨晚那麼大動靜，怎麼可能只有一個人……」

「只有一個人！」君子忽然開了口，顯得非常確定：「此人箭法很好，燒糧草是為救鎮裡百姓，此人很有可能還在營中！」他忽的頓住口，眸中劃過一抹懊悔。

「君兒，你說多了！」他身邊一個中年副將沉臉看他，君子立刻低頭，不再多言。

老將軍沉沉掃視營帳，忽然，看到了殷剎床下的水罐，水罐上還蓋著碟子，立時眸光眯緊：「那個水罐為什麼放在床下？來人！查看那個罐子！」

「是！」錢伍長立刻上前，揭開碟子的時候登時被熏得噁心：「他娘的，將軍，是尿！」

老將軍再次眯眸盯視殷剎，我立刻說道：「我接的。」

老將軍立刻看向我，將信將疑：「他不是昏迷了嗎？」

「昏迷也有尿啊。」我說：「現在他就像那種小嬰兒，我會定時給他催個尿，有時有，有時沒有，但如果不接，他就會尿褲子上，到時麻煩的還不是我？」

「催尿？怎麼催？」老將軍還在懷疑。

我的心登時一陣鬱悶，但是，我不能說是我的，這不合常理。他們現在當我男人，我要尿，出了營帳就是，那個水罐算怎麼回事？

而且一看就知道這老頭疑心病特別重，如果我說是我，他還未必信，我也拿不出像樣的理由來搪塞。

我心一橫，牙一咬：「我催給你看。哎呀，你們家裡人真命好，不像我們普通老百姓，很多年紀大的最後都癱瘓昏迷不起的，我經常幫著催尿。先說好了，萬一我催的時候你們想尿尿可不關我事啊。」

老將軍還是如虎一般盯視我。

我到殷剎身邊，拿起水罐，從被子一邊塞進去，放到他腿間，更挑戰的事來了！我伸手拉下了他的褲頭，臉登時紅了。

這跟死人不一樣，他是活的！

他吃了我的藥只是看著像昏迷，而且就算老軍醫來也診不出破綻，脈象會顯示腦部血脈不通暢，但是他的感覺是清晰的，他能清晰地感覺到我拉開他的褲頭，清晰地感覺到我對他的每次碰觸。

一些毛髮開始擦過我的手背，像是螞蟻爬過我的手背，有些搔癢。我的心跳得快要停滯，幸好我灰頭土臉，沒人能察覺我的臉紅，在艱難得往更深處前進後，我一把抓起了冰冰涼、軟綿綿的小小殷……嗚，我必須要給它取個名字，想像成蛇頭，不然真的要崩潰了！

我一個十八歲黃花大閨女，只碰過死男人，沒被活男人碰過一下，雖然我也治男人陽萎不舉，不孕不育，各種性病，但是，我是真沒碰過啊！

今天卻那麼直接地下了手，全是被逼的！乾不乾淨啊……哎！算了算了！活命要緊。

雖然我的內心已經成了一團亂麻，但臉上依然淡定自若。我開始佯裝悠閒地吹口哨：「噓～～～噓～～～噓噓噓噓……」催尿的口哨可不簡單，要時長時短，時而氣息短促。

「對不起……我也要出去方便一下。」

「我也是。」

幾個副將尷尬地跑出去了。

老將軍鬱悶地看看他們，臉色也有點僵硬。我眯起眼睛，這是硬憋啊。哼哼，我以前也照顧過臥床不起的老人，知道老人尿頻，今天我也給你催催。

「噓～～～～噓～～～～～」

「嘩——」我的臉黑了，老將軍也臉黑了，他扭頭就走，那快速的腳步明顯是趕著去解決。君子看看我，又望向一邊的錢伍長：「你替他一下。你，跟我出來一下。」君子指的是我。

太好了，我正想有人跟我換呢！

錢伍長見是君少將軍發令，滿臉鬱悶地過來接替我，我趕緊走人

我跟隨君子出了營帳，雙手不自在地在身上擦，雖然我拿的是根部，也沒被某些液體濺到，但還是渾身不自在。

以前幫人催，有他們子女照顧，不用我動手，這次不一樣。哎，我的第一次，算是給這個死人殷剎了，這次絕對要他用身體來還！

「你昨晚在哪兒？」君少將軍忽然奇奇怪怪地問我。

我看看四周忙碌的人，指指自己：「你問我？」

「是。」他兩隻眼睛深沉地盯在我的臉上。

「我在營帳裡啊，後來出來看熱鬧。」

他的黑眸裡浮出深思：「誰能證明？」

「他……」我扭頭看營帳門口，換人了，我轉回臉：「昨晚你看到的那個士兵啊，他一直跟我在一起。」

君子沒說話，只是又繼續看著我。

我一驚：「你不會懷疑是我吧！我像嗎？我只是個大夫，哪有那麼大本事？君少將軍怎麼會懷疑我？」

他沉沉打量我片刻：「我會留意你的。」說完，他轉身而去，披風在人影中飛揚。

我想了想，正好看見錢伍長滿臉晦氣地出來：「錢伍長、錢伍長，到底怎麼了？怎麼老將軍一大早上要殺人似的？」

「嗨！因為他沒屠到鎮，所以心情不好～～～」錢伍長連連搖頭：「老將軍以前有個習慣，攻下的第一個地方一定要屠城，以威懾後方，今天早上他起來一看，整座鎮子都空了，他沒有屠到鎮，心情正不爽呢。這不，馬上拔營攻打你們下一座關城了，他是一定要屠到一個城的，那樣他才會覺得吉利。」

「這什麼狗屁理論啊，屠城就為圖吉利？」我連連搖頭：「對了，昨晚那麼大事，真的只是一個人做的？」

錢伍長緊張地看看左右，又把我拉回營帳，營帳裡，殷剎繼續像個死人一樣躺在那裡。

錢伍長小聲說：「你別亂問了，你到底是崑崙國的人，問太多會被當作細作的。」

「可是我真的很好奇，昨晚那——麼大的事，他們怎麼知道是一個人做的？打死我都不信。」

我故作不信地連連搖頭。

錢伍長瞥我兩眼：「不信是不是？我告訴你，我們君少將是現在我們蜀國第一聰明人，就跟……」錢伍長指指死人殷剎：「你們的殷剎將軍一樣。君少將軍昨晚仔細調查過了，他確定是一個人，而且一開始看守俘虜的校尉大人也跟君少將軍說，有一個可疑人誘騙他們離開，然後他跟君少將軍大致描述了一下那個人的身形……」

我垂眸深思，原來是因為這樣，君子才會開始懷疑我，我的身形一定和那個校尉描述的相似：

「那相貌呢？」我立刻好奇追問。

錢伍長摸摸下巴：「說是太亂，太黑，沒看清。」

我故作可惜：「哎呀！我還以為我們崑崙國又出一個厲害的角色呢，雖然我愛錢不愛國，但聽你們說我們國只有一個殷剎，我也不服氣。」

錢伍長得意地笑了：「別不服氣了，你跟了老將軍，不就是我們蜀國人了？」

「說得對！」我咧開嘴笑了。

就在這時，外面湧入拔營收拾的士兵，連同殷剎一起抬出。我開始跟著蜀國浩浩蕩蕩十餘萬的將士，向下一座關城進發。

我住的小鎮是進入崑崙的第一關，但對整個崑崙的軍事作用而言，並不重要。一是地勢原因不宜屯兵太多；二是作為試探的存在，也就是用我們的小鎮去試探敵軍的實力，所以，我們小鎮一直是被放棄的存在。

但是在我們後方，有個強大的關城，也是崑崙重要的軍事地點，名為無極城。城內屯兵十萬不說，還有我們崑崙有名的老將清虛駐守。

無極城異常牢固，易守難攻，曾經讓不少敵軍止步於此。

奇怪的是殷剎怎麼突然來了這裡？

我和殷剎在一輛簡單的糧草車上，在整個蜀軍後方。

殷剎躺在柔軟的糧草上，我坐在一旁，車馬奔騰，行軍神速。

忽然，糧草車隊停下了，緊跟著，就傳來「轟！轟！」攻城的聲音。我立刻站起，只見遠方已經硝煙燃起。

前方大戰，後方這裡已經靠河開始紮營，宛如他們早已勝券在握，今晚必在此處過夜。

我和殷剎就被人遺忘在一邊。我看看左右，給殷剎聞了聞解藥，埋臉在他耳邊：「要不要尿尿啊？」

「咳。」他尷尬地咳嗽一聲，擰眉抿唇轉開臉，連眼睛都不睜開，可是他原本沒什麼血色的臉上卻浮出一片紅暈。

「你臉紅什麼？我才鬱悶呢。」我轉開臉，胸悶地嘆氣，轉回臉他還在臉紅。他好像不怎麼喜歡說話。

我戳戳他後背：「喂，你不是駐守在無極城的將軍嗎，怎麼突然跑我們這兒了？這好像有點不太正常。」

他的臉陰沉了一下，寒氣瞬間驅散了臉上的紅暈。他轉回臉，依然閉著眼睛低語：「是我的好友出賣了我。他請我到無極城，結果遇上敵軍突襲……也是我自負，跟清虛老將軍領兵一萬迎敵，想不到卻被好友埋伏！」他的話音越來越低沉，殺氣已經浮現他的全身！

我摸了摸下巴：「難怪他們現在就開始紮營，既然出賣你的人在無極城，那無極城裡，一定還有他們的內應！」

殷剎吃驚地睜開眼睛，幾乎要起身，我立刻按住他，搖了搖頭。他只得再次躺回原處，滿臉陰沉。

「出賣你的人是誰？」我問。

他撇開臉：「你不認識。」

「你說我不就認識了？」

他把視線撇在我的臉上：「你想做什麼？」

我壞壞一笑：「你管我做什麼？」

他的眸光立刻陰寒下來，轉開臉不再理我。

我見他又不說話，不悅地戳他後背：「你怎麼又不說話了，說話呀，告訴我那個人是誰？我幫你玩死他。」

「哼。」他面無表情，像一個死人一樣一動不動，卻從喉嚨裡發出這聲輕笑。

我瞇起了眸光：「你這是不信我？」

「哼。」他又是輕笑一聲，閉上眼睛：「你也說他們熬不過昨晚，但他們現在卻在攻城了！」

我竟是被他這句話說得無言以對。

「哼。」他再輕笑一聲，轉開臉，不再理我。

我冷睨他：「你這人是用鼻子說話嗎？哼哼哼。你也不信蛇山上有蛇王是不是？哼，你們這些自負的人類，早晚會讓你們知道這個世界不是你們說了算的！」

殷剎繼續閉著眼睛不說話，顯然不想理我。

我看看旁邊，伙頭軍竟然已經搭灶熬粥了。我下車拿碗舀了一碗粥湯，順便給他們的粥加了點料，然後回到車上拍拍殷剎的後背：「快喝吧。」

他微微瞇開眼睛，我放到他嘴邊，緊張地看周圍：「快喝！現在沒人注意我們。」

我的碗放他嘴邊，他竟是不動。

我奇怪看他：「你怎麼不喝啊，你需要補充體力！」

他一臉鬱悶地擰緊雙眉，沒什麼血色的嘴唇開啟，吐出了一個字：「燙。」

我一愣，心煩看他：「你事兒真多！」

他的臉更加陰沉，像是對我已經極其忍耐。

我白他一眼，拿起粥碗吹了很久，塞到他嘴邊，然後用身體擋住他的臉，望著到處忙碌的士兵。

「呼嚕嚕嚕。」身後傳來喝粥的聲音。其實他的恢復速度較常人而言，還是神奇的，一般像他這樣的重傷，應該三天都沒說話的力氣。

正喝著，我們整輛車忽然動了，原來是士兵將我們推開，空出的場地開始搭更大的營帳。有士兵抱著草席匆匆而來，迅速在還沒支起的營帳裡鋪上草席。看來這裡是……傷患的營帳。

我立刻轉身拿起殷剎已經喝空的碗：「還有什麼事快說，過會兒有傷兵來了。」

殷剎閉著眼睛不說話，他面無表情的臉配上他沒什麼血色，更像死人一分。

「你在跟誰說話啊？」錢伍長忽然從我車邊經過，手裡是黑黝黝的草席。

我隨口道：「我在跟死人說說話啊。多跟昏迷的人說說話，他會更快醒的。」

錢伍長看看殷剎：「現在你們先委屈一下，大家沒工夫顧你們了。」正說著，已經有人把傷兵運回了。

傷兵抬回的同時，老軍醫也帶著他的醫護兵們匆匆跑來，他看見我就拉著我胳膊：「快來幫忙。」

我被他拉下車，迅速有士兵前來把殷剎也抬下車，放入已經搭好的營帳裡。

接下去，整個營地忙得不可開交，不斷有傷兵被抬回，我跟著老軍醫忙前忙後。前方戰鼓隆隆，讓人不安。

到夕陽快落山時，整個營帳幾乎已經都是人了。然後傳來了鳴金收兵的聲音，老將軍其中一個副將被抬了回來。但我覺得他根本不用治傷，因為他的精神別提多好了！

「爽！爽！」他在擔架上還不老實地揮舞手臂。君少將軍也跟在一旁，手臂上同樣帶著傷：「你別再動了！老實點！」

「老子還沒打夠呢！」他被人抬了進來，褲腿上都是血：「單挑他們兩員大將，崑崙沒有殷剎果然弱得像女人，明天就把無極城拿下！」

士兵們匆匆把他抬上殷剎邊上的木床，我沉臉拿起水盆到他身邊，重重一放，水濺了開來。他提著刀撥弄殷剎：「起來啊～～你怎麼不起來～～是不是怕了～～你繼續裝死啊～～」

「等他起來你就死定了！」我狠狠地說，我有預感，殷剎一定會那麼做的。

君少將軍在他身邊坐下看著我，醫護兵立刻給他清理傷口。

那個副將也調笑地看我：「你不是說什麼蛇會復仇嗎？我怎麼沒見牠們來啊～～還說什麼有上百萬條蛇，你唬我啊！」

我陰陰沉沉地看他：「蛇山連綿千里，你們行軍才多久？你們根本還沒走出蛇山的地界！那裡還是蛇山呢！」我指向營帳不遠處連綿的蛇山：「如果是一個小土包，怎麼可能盤踞百萬毒蛇？你現在別笑，如果牠們真找你們報仇，你就哭吧！」

「將軍將軍！」忽然，有個士兵跑了進來，手裡提了一條蛇：「我抓住一條蛇！」

「快放了！」我急急地說：「牠可能是蛇王派來偵查的！你們還有機會活命！」

那副將好笑地看我一眼：「偵查？你還真當牠們是人了啊！你不是說牠們會報仇？來啊！」

突然，他手起刀落，就砍在那條蛇身上：「來啊～～來啊～～」他一刀又一刀劈在那條蛇身上，瞬間鮮血淋淋，被豁開了肚子，慘不忍睹。

我驚呆地看他那副大笑的嘴臉：「禽獸！簡直是禽獸！難怪你們會屠城！你們根本就沒有人性！你們都是屠夫！」

「對！我們就是屠夫！」那副將輕蔑地笑看我：「誰叫你們崑崙那麼沒用！將軍下令了，明天一攻下無極城就屠城！」

「你、你們！」我全身氣得都顫抖起來。怒不可遏！

「夠了！」忽然傳來君子的厲喝，只見他也目露憤怒：「誰說要屠城？」

那副將轉身，像是察覺說錯了話，擰眉咬唇，不敢再囂張多言。

君子的臉色瞬間下沉繃緊。他直接下床，推開給他包紮的士兵，大步離帳。

看著他的背影，我似是明白了什麼。或許……他可以用。

我看向一旁的士兵：「現在收兵了，能不能把我們安排在一個比較安靜的地方，我不想跟禽獸在一起。」

「你說什麼？」那個副將立刻揮刀指向我，目露凶光。我挑眉看他：「你敢？」

他一怔，笑道：「喲呵，你小子敢挑釁本副將？」

我揚唇邪邪地笑了：「我不是挑釁你，是警告你，你再這麼激動，大腿的血流多了，你可就要昏迷了」

「放屁！」他瞪大眼睛騰地坐起，眼睛裡布滿血絲，情緒激動得臉都開始發紅。

我咧嘴笑了，看著他開始發紫的雙唇，數道：「三、二、一。」啪！一個響指打響，那個副將頓時眼白一翻，徹底昏死過去！

「張副將！張副將！」只見醫護兵亂作了一團，遠處老軍醫急急跑來。

我冷冷一笑，淡然自若地收拾起東西，讓士兵把殷剎抬去我們私人的營帳。

兵士開始陸續回營，遠方戰場在黃昏中依然硝煙彌漫。整個軍營開始進入戒備，以防偷襲。

伙頭軍開始給士兵分發米粥和饅頭，我和殷剎被士兵押送回昨夜住過的帳篷裡，再次把殷剎放在木床上。士兵離開後，我第一句話就是問殷剎：「要不要小解？」

他立時擰眉，今天前方戰事，沒人顧得上他，他不用吃藥在那裡裝睡一天也沒人看出破綻。見他擺出一張心煩的臉，我也不爽地白眼：「你居然還給我臉色看？」

他更加陰沉地沉下臉，不睜開眼睛地低語：「妳是個姑娘！」彆扭的語氣似是替我在尷尬，像是在說妳一個姑娘家，怎麼整天問我要不要小解？

「我也是個大夫！」我厲聲地說，他面色一怔。我雙手環胸：「你現在等於癱瘓了，我既然救了你，就要對你負責到底，不問你吃飯喝水撒尿，我還能問什麼？難道問你家裡有幾口人？養了幾頭豬？娶了幾個小妾，生了幾個娃？」

他緩緩睜開了眼睛，沒有看向我，但我能感覺到他眼角的餘光落在我的身上，雖然他的臉上沒有什麼表情，可是他的目光之中，卻像是在深省著什麼。

我白他一眼：「要去快去，我給你把風，今天能起來嗎？」他點點頭。

我看他一眼，出了營帳。今天對我們的看守比昨天鬆了許多，門口都沒有士兵，來來去去的士兵都是忙著搬運傷病患和戰場上的器械，以及押俘虜回來。

黑壓壓的俘虜也有上千人，最前面的從盔甲上來看，還是個將士！如果叫殷剎出來，沒準能認識。那些將士威武不屈地走在前面，啐著口水：「呸！卑鄙小人！」

我看了看，想了想，轉身回營帳內，見殷剎正一跳一跳回到床上。我驚訝看他：「你還真能起來？你究竟是什麼做的呀！」

他只是淡淡看我一眼，依舊什麼話都不說，往床上一躺，眼一閉，跟死人一模一樣。

我驚奇地到他身邊，把上他的手腕，他睫毛顫了顫。我驚奇地眨眼：「恢復得好快啊！」我再伸手拉開他被我們剪得破破爛爛的衣服，想看看他的傷口。

啪！我的手竟是被他冰涼的手給緊緊扣住了，他擰眉陰鬱地看我：「刑妹姑娘，男女有別！」

我白他一眼：「你是我撿回來的，傷也都是我處理的，你哪兒我沒看過？」

他的眼睛猛地圓睜，面對我泰然自若的臉，面部開始抽筋。他握住我的手緩緩鬆開，側開臉，像是已經放棄男女有別那四個字了。

我輕輕拉開繃帶，他的傷口果然比別人恢復得更快，已經不再怎麼流血。我驚奇地咧開嘴：「人體果然有個體差異，真想把你切開看看。」

看其他傷口。

「你說什麼？」他沉聲轉回臉。

「沒什麼、沒什麼，別怕、別怕。」我輕拍他胸口：「我一般不切活人。」

他的臉色瞬間劃過一抹蒼白，僵硬了一下轉開臉，更像是不敢與我對視。我拉開他的衣服查看其他傷口。

「嘿嘿，你個大老爺們兒居然也會不好意思，沒女人嗎？」他面色一緊，抿緊雙唇不理我。

我從背包裡取出藥瓶：「我要給你上藥了，會有點疼。」我把藥粉倒在手心裡，他身上蛇咬的傷口太多了，我雙手搓了搓藥粉，輕輕摸上他身上那些細細小小的蛇牙印。

他沒有發出任何聲音，只是微微擰眉。胸膛大大起伏了一下，結實健碩的胸膛在我的手心下大大起伏鼓起，火熱的胸膛，有力的心跳，還有常年習武的結實肌肉，都在我的掌心之下。

我拉開他胸口的紗布，另一隻手伸了進去，帶著藥粉按落。

「嘶！」他這一次抽了口氣。

我看向他：「忍忍，我這藥可靈了，我看到他們抓回了很多俘虜，大概也有一千多人，還有個像是副將的人……」

「長什麼樣？」他沉沉地問。我開始給他的腰上藥：「嗯……我想想……大鬍子、方臉、眼睛像老虎……」

「是陳副將！」他霍然起身，立刻牽痛了傷口，痛得咬牙擰眉，下意識伸手摸上自己的腰。我的手還未離開，他的手就這樣隔著紗布按落在我的手上。忽然被男人大大的掌心覆蓋，我的心跳頓了頓，他也微微一滯，匆匆收回手。我眨了眨眼，收回手時，手上還帶著他淡淡的血跡。

「殷剎將軍。」我隨手在他的破衣服上擦了擦手：「你被內奸害了，你說……無極城會不會也有內奸啊？」

他的目光立時收緊，沉沉看我：「妳怎麼想的？」

我細細想道：「我今天看到老將軍的副將雖然傷重，但士氣高昂，而且十分得意，像是非常確定明天能拿下無極城。如果沒有內奸，他怎會如此確定？」

「沒準是吹牛呢。」他側目看我。

我咧開嘴笑了：「喜歡吹牛的人往往貪生怕死，但那位副將非常的驍勇，定是心裡有了底，才如此囂張。不過，我看他也活不了多久了。」

殷剎在我的話音中終於轉臉睜眼看我，身上襤褸的衣衫將他滿是繃帶的身體遮蓋得若隱若現。他陰寒的目光落在我的臉上：「妳怎知？」

我陰森地沉下臉：「他今天把偵查蛇兵給殺了，蛇王一定不會放過他的！等蛇王率兵下山，你正好帶著那些俘虜趁亂殺……」

「哼……」殷剎竟是輕笑搖頭，那抹輕笑因為他沒有表情的臉而顯得格外冷酷。他轉開臉不再看我，連之前正色的目光也不願再落在我的臉上。

我冷睨他：「不信就算了！就算蛇王不來，我也做了打算，俘虜來的也是兵，在他們眼中是俘虜，在我眼中他們就是把狼群給引進來了。等他們亂的時候，我想，你帶著他們殺出去應該沒有問題吧？」

殷剎擺出一張不想再看我的臉：「蛇王不來怎麼亂？哼。」他的語氣帶著一種冷嘲。

我沉臉看他：「我下藥了！」

他一怔，猛地轉回臉：「妳下藥了？」他忽然瞇起了眸光：「妳怎能用如此卑劣的手段？非君子所為！」

「我呸！」我實在忍不住呸了他一臉。他擰眉抹臉，臉上浮出像是忍無可忍的殺氣。我冷笑瞥眸看他：「你是要君子之道，還是全城百姓的命？我早看到結果了，你們蠢得被內奸所害，無極城因此而陷落，全城百姓都會被屠殺！」他怔住了神情，目光凝滯地落在前方。「我才不管這方法卑不卑劣！我也不是什麼男人，做什麼君子？我只想救人，你們去你們的君子吧！哼！」我拂袖轉身。

「刑妹！」他忽然沉沉叫住我，我轉臉往後看他：「幹嘛？」

他依然凝視一處，雙拳擰緊：「妳的藥……大概什麼時候起作用？」

我邪邪地笑了，轉身雙手環胸：「想通了？放心～～我只是讓他們拉肚子，可以說是水土不服，不會讓你殷剎大將軍背上卑劣的罵名的～～很快了，我去確保俘虜們不會被殺，那樣你還有兵可以助你殺出敵營。」

他眨了眨眼睛，像是想看向我，但又像有點尷尬地逼自己不看我，抿唇點了點頭，仍舊面無表情，但眸光卻在不停地閃爍。

真是個彆扭的人，我們山裡人才沒那麼多心思，比如石頭，總是想什麼說什麼。我開始想念鄉親們了，希望這裡快點結束。

到達中軍大營的時候，看見君少將軍卻被像是他長輩的中年男子給推了出來，君少將軍憤怒地想回去，被中年男子又給推回，摁著腦袋塞入邊上的營帳，然後命令道：「不准少將軍出營！」

「是！」士兵立刻守住那個營帳，這是怎麼了？我站在一邊好奇地張望。

「去把無極城的俘虜帶來！」中年男子又說。

「是！」又一隊士兵匆匆離去，中年男子鐵青著臉進入中軍大帳。

我想了想，正好看到錢伍長從中軍大營裡匆匆出來。當他走過我面前時，我一把拉住他：「錢伍長！」

他見是我，匆匆看看左右：「你怎麼又亂跑？快回去！」

「我去拿吃的，殷剎那死人就算昏迷，也要給他餵點粥湯下去，今天都沒人管我們吃的。」

「唉！這兩天忙著攻城，沒人能顧得上你。你拿了粥快回去，老將軍心情不太好。」

「為什麼不好？不是聽說攻城挺順利的嗎？」我奇怪看他：「難道是因為君少將軍？剛才看到君少將軍被另一個副將大叔給關起來了。」

「那是君少將軍的爹。」錢伍長又看看左右：「君少將軍不贊成屠城，所以跟老將軍吵起來了。你別在這兒瞎晃了，快走快走。」

「哦。」我立刻點頭，往一邊跑一邊回頭，見錢伍長離開，又繞回走向君子被關的那個營帳，士兵立刻攔住我。我拿起我的醫包：「我奉命來給君少將軍處理傷口。」

士兵看看我，放行。我掀簾進入，君少將軍正坐在虎皮臥榻上沉臉生悶氣。臥榻前有一張案桌，我走向他時，他忽然憤怒地拂過面前案桌，立時上面的茶具被掃落在地，喀嚓摔碎。

我一嚇，停住腳步，他才發現我來了，微微壓下怒氣，側開臉不看我：「你怎麼來了？」

「哦，老軍醫讓我來給你上藥。」說完，我立刻跑到他身邊，從背包中取出傷藥和繃帶，還有我的工具包。

右手輕輕一抖，工具包在桌上滾開，露出裡面精緻的閃閃發亮的刀具。他像是對刀具極為敏感，在刀光中轉臉看向了我。

我再拿來乾淨的水盆放在案桌上，先看向他手上的手臂，之前被布條簡單地包紮了一下，然後伸手輕輕解開。

「嘶！」他痛得微微抽眉，但所有打仗的男人都和他一樣，咬住牙，不會發出一聲痛呼。所以我一直覺得，只有在戰場上才能見到真男人。

「君少將軍你好樣的！」我又忍不住開始說話了。他朝我看一眼，像是勉強地笑了笑。他對我也像對常人一樣有禮數，真像個朗朗君子。

我繼續說道：「看你像個養尊處優的少爺，沒想到你也是條硬漢，不喊疼。」

他又微微地笑了笑，淡淡的君子淡淡地笑。

我把布條拆下隨手一扔，取出了我鋒利的剪刀，開始小心翼翼地剪開他傷口部位的袖子：「我聽他們說了，你是為我們崑崙百姓才跟老將軍吵架的，我替他們謝謝你啊。」

他微微蹙眉，看我一眼側開臉，帶出一抹輕嘲的笑：「你不是叛徒嗎？」

我一愣，繼續剪袖子：「我只是愛錢，你們屠城我還是很憤怒的，打仗就打仗，那是兵與兵的事，關老百姓什麼事？我們已經過得很不容易了，憑什麼你們打架還要我們賠上性命？我們又沒勸架。」

「打架？」他好笑地看向我：「勸架？呵，你當這是兒戲？」

「難道不是？」我隨手丟了剪下來的被血染濕的布，立刻傷口溢出了鮮血，我迅速拿乾淨的紗布摁住，因為用力過猛，他的眉立時收緊：「嘶！你倒是輕點。」

「嘿嘿，咱們山裡人，手重，但用力才能止血。」我一手按住傷口，一手拿出藥瓶，把瓶蓋撥了，在鬆開傷口時，迅速上藥先止血，君子的臉立時痛得煞白。我又開始說了起來：「你說你們這仗是因為你們公主被殺，我說那個公主關你什麼事啊？」

他一怔，面色緩和了一些，莫名其妙地看我，我一邊上藥一邊看他：「那公主是你姊姊還是你妹妹，還是你情人啊？」

「你放肆！」

「我是放肆，畢竟我不是蜀國人。只因為你們公主死了，就要賠上我們千千萬萬人，和你們千千萬萬人的性命？」

他怔住了。

我放落藥瓶，含笑看他：「你們公主的命可真金貴，要那～～～麼多人給她陪葬啊。」

他一時無言地看我。我再拿起一塊布巾在水裡洗了洗，立時，我雙手的血染滿整個水盆。

他沉默良久，側開臉像是辯解道：「這關乎我們蜀國的尊嚴！」

「那你們查清楚再打啊！」我把濕布巾一把按上他的傷口，他又是痛得抽眉。「你們家公主到底怎麼死的？誰殺的？什麼目的殺的？是你們家公主自己壞在先，還是確實是我們家皇帝對她不善？抑或是有人居心叵測故意殺了你們家公主，好挑起兩國戰爭？最後他美滋滋地得利？」

君子的神情瞬間繃緊起來，眸光銳利地立時看向我。我朝他笑笑，擦淨他的傷口把布巾往水盆裡一扔，一手撐在桌子上，一手往腰上一扠：「沒查清楚你們就開戰，可不就是你們兒戲嗎？」

他看著我的眸光閃亮起來，似是越來越多的事情讓他開始深思，反思，再深思，再反思，讓他越來越驚訝，越來越不安。

我拿起繃帶開始給他包紮，一圈一圈邊包邊說：「我覺得呢，我們崑崙皇帝還是不錯的，一直勤政愛民，為了維護和蜀國的邦交，還娶了你家公主。你說他當初為了和平娶你家公主，幹嘛又去把她殺了毀了和平？」我說到這兒頓了頓，發現他一直看著我，聽得目不轉睛，我便毫不吝嗇地繼續跟他說道：「這裡面肯定有人使壞，要不是你們國的，就是我們國的，也有可能是東邊那個蓬萊國的，你們國的挑起戰爭肯定是想篡位，我們國的也一樣。蓬萊國就更有可能啦！等我們崑崙和你們蜀國打得兩敗俱傷時，他就可以一舉拿下，一統天下了，多輕鬆。」我把繃帶打了個結，滿意地看：「完美！」接著，我轉身開始清洗我的工具。

「你到底是誰？」他的聲音發了沉。

我一邊整理工具一邊說：「山裡人，正因為我是局外人，所以看得特別清晰。殷剎犯蠢被內奸害了，你們也別再犯蠢，指不定你們這裡~~也有細作呢。」我收起工具包放入背包。忽然，他伸手扣住了我，我立刻看他：「你想幹什麼？」

他細細打量我：「我只想知道，你到底是誰！」

我嫌煩地甩開他的手：「嘖，跟你說了！我是山裡人，你還不許我們山裡人比你們聰明！我是看你善良，不願屠城，腦袋比你那爺爺清晰多了，才跟你在這兒好好分析分析。」

「你怎麼知道殷剎是被內奸所害？」他追問。

我背上背包大嘆一口氣：「你怎麼跟殷剎問一樣的話。」

「殷剎醒了！」他驚然看我，立時戒備浮上他的雙眸：「是你！」

我壞壞地笑了：「喂，現在就你和殷剎是明白人了，剛才該分析的我也跟你分析過了，我希望我沒選錯人，你和殷剎可以阻止接下去的戰爭，和這背後的陰謀。」他的眸光開始從戒備慢慢轉為深思：「但是，如果我選錯人，你現在就殺了我吧，然後任由你們國家犯渾，你爺爺屠城！」說完，我攤開雙手，站在他面前。

他看我一眼，忽然抽出案桌上的劍直接朝我揮來！

我驚得緊閉眼睛，明顯感覺到一陣劍風落下，揚起了我額前的髮絲。我不由得長舒一口氣：「呼……」

我緩緩睜開眼睛，他慢慢收回劍：「你走吧。」他轉身放回劍，垂臉深思。

我看看他，一步一步小心後退，退到門邊時，我看著他：「雖然你不想屠城，卻無法阻止你爺爺，所以……如果我做了什麼不好的事情，先跟你說聲對不起，我……」他抬眸朝我看來，我擰了擰眉：「我只想保護無極城裡的無辜百姓。」

「你又做了什麼？」他驚然起身，手中已經握住他的劍。

我立刻說：「你放心！我不殺人！戰爭時期，什麼都對不住了！」我說完匆匆跑出了營帳。他是個君子，是個好人，我覺得只有跟他說了，才能問心無愧。至於他會不會出賣我，我都無所謂了，因為接下去我只要踏入那個老頭子的營帳，我，就已經暴露了。

第六章　群蛇下山

我深吸一口氣，大步走向老頭子的營帳。老狐狸，讓你屠城？哼！我也給你點厲害看看。

剛走到門口，就聽見那個臭老頭喝道：「不降就拖出去斬！把他們的人頭掛起來給清虛那個老頭看！」

「是！」

「慢！」我在大營外高喊：「不能砍！」

我要衝進去，門口的士兵立刻攔住。

就在這時，旁邊君子的營帳也變得混亂。

「君少將！您不能出去！」

「滾開！」

君子用劍劈開阻攔他的槍，朝我這邊直奔而來，殺氣騰騰。

「讓他進去！」他大喝，士兵們一怔，我趁他們怔愣的時候，一溜煙鑽了進去。老將軍看到我時，臉立刻拉長：「怎麼又是你？」

我昂首壞壞一笑，看看跪在地上的幾個俘虜，他們看樣子都是將士，以殷剎說的陳副將為首。

在君子隨後掀簾進入的時候，我雙手環胸說道：「老頭兒，你不能殺他們。」

「放肆！」君子的父親第一個跳了起來，老頭邊上的副將們一個個怒目而視，士兵立刻上來擒我，我當即說道：「你敢殺他們，我就讓你全軍陪葬！」

老將軍一愣，連他身邊的副將們也一個個愣住了，君子慢慢從我身邊走過，站在一旁，似是準備靜觀一切。

「噗！哈哈哈哈——」

副將們開始一個個噴笑出來。

「哎呀～～笑死我了，我還從沒見過這麼會吹牛的，小子，你是第一個，哈哈哈——」

我咧開嘴笑了：「有句話叫引狼入室，我是不是吹牛，你們很快就知道了。」

「哈哈哈——」

「哈哈哈——」

他們大笑不止，笑得前仰後合，眼淚迸濺。

陳副將和其他被俘虜的將士疑惑地看向我，我豎起三根手指：「三、二……」我放落一根手指，再放落一根：「一！」

「哎喲！」邊上一個士兵忽然捂著肚子叫出聲來：「哎喲喲喲……」

君子的父親立時收住了笑容。

「喂，你怎麼了？哎呀！」另一個也捂住了肚子：「哎呀呀呀……」

副將們在士兵一個個捂住肚子呼痛時，漸漸收起了笑容，有的甚至連嘴也來不及閉上。

士兵們一個個急急跑了出去，我淡定自若地看著老將軍：「之前我說給你活的殷剎，就跟你要點錢，你都不給，你太摳門了。這次，你覺得怎樣？」

「嗯——」

老將軍已是滿臉的陰鬱和強忍的殺氣。

「殷剎將軍是你出賣的！」陳副將激動起來：「我要殺了你給將軍報仇！」他和其他將士激動地起身朝我撞來。

我淡定地站在營帳中央：「他沒死呢。」

他們一下怔住了腳步，我壞笑的瞥眸看老將軍：「殷剎將軍在這兒多虧老將軍好吃好喝照顧著，他恢復得很好呢，謝謝老將軍～～」

「你——」

老將軍氣得臉煞白，朝我恨恨地指來。

忽然，門外衝進了慌亂的士兵：「將軍！將軍不好了！大家都在拉肚子！血都拉出來了！」

「有多少人？」君子急急問。

士兵臉色發青，目露恐慌：「大、大半……」

「噗！」

一口血從老將軍口中噴出，看得所有人驚立在原地，也包括陳副將等人。

「爹！」

「將軍！」副將們匆匆扶住老將軍。

「爺爺！」君子驚呼一聲，立時抽劍架在了我的脖子上：「你這個卑鄙小人！」

我嘴角揚起，毫不在意他架在我脖子的劍，只看老將軍：「老將軍～～這次怎麼樣？你給錢，我給解藥。殺了我，你全軍陪葬！」

「呼，呼，呼，呼。」老將軍大口大口喘氣，白鬍子上全是血。他那麼多疑，心眼又那麼小，脾氣大，行事急躁，還要屠城，可見他滿肚子急火，我早猜到他肯定會氣得吐血。他右手顫抖地指向我：「真是引狼入室！」

「嘿嘿。」我抬手撥開君子的劍：「是你蠢～～我只是交出一個殷剎，你們就信我了，因為我是山裡人，你們就沒把我放眼裡。你說，你當初給我點錢，不就什麼事都沒了？非要跟我討價還價的，如果你們當中有個人防我……」我看向他們每個人：「我哪有機會下毒啊？哈哈哈哈——你十萬兵沒有戰死沙場，反而因為你的輕敵，死在一個小人的手上，你說你是不是很蠢？說出去肯定會貽笑大方的～～哈哈哈——」

我大聲嘲笑，老將軍恨恨地看著我，大口大口喘息。忽然，他又噗的一聲噴出一口血，徹底昏死過去。

「爹！爹！」

「爺爺！爺爺！」君子也跑到老將軍身邊。

「來人！殺了他！」副將裡有人大聲命令。

我立刻大喝：「誰敢！這裡只有我能救他，不信你們去找你們的軍醫試試！」

登時，無人敢上前，陳副將和其他俘虜呆呆看著我，

我邪邪地揚起唇角，單手扠腰：「把老將軍放平，我會救他，不然，誰給我錢啊。」

副將們立刻把老將軍匆匆放平在帳內的床榻上。

君子隱忍憤怒地看我：「然後呢？」

「然後？」我挑眉而笑：「當然是放了殷剎將軍和所有無極城的俘虜。」

君子的父親和其他副將憤怒看我：「如果我們放了人，你卻不給將軍醫治呢？」

「呿。」我白他們一眼：「我還要你們付錢呢，你們全死了，對我有什麼好處？殷剎的錢，等他康復後，我也會跟他算。」

「你到底是什麼人？」君子的父親憤怒得聲音發抖。

「生意人，只認錢。給錢，辦事。」我壞壞一笑，瞥了老將軍一眼：「你們放心，老將軍現在死不了，我先去跟殷剎算個錢，回來給他治病。你們不放心，可以讓……」我掃視他們一圈，目光落在君子身上：「君少將軍跟著我。」

君子眯了眯眼睛。

我對他笑一笑，轉臉看陳副將：「還不跟我走？」

陳副將等人彼此對視一眼，到我身旁。

與此同時，君子提劍朝我而來。君子的父親擔心看他：「君兒，小心，此人極為卑鄙！」

君子點點頭。

他到我身邊，沉沉俯看我，我小聲道：「我之前跟你說過對不起了，你放心，你信我，我也不會讓你失望。」

他眸光中隱忍憤怒與掙扎。

我對他一笑，示意他給陳副將他們鬆綁。

他咬了咬牙關，劍光劃落，陳副將等人身上的繩子被他利劍劈斷，陳副將等人跟我迅速出了營帳。

一路上，都是跑來跑去捂著肚子的士兵。整個軍營在不知不覺降落的夜色中顯得格外混亂。雖然有君子相隨，但我們身後還是跟上了幾員副將，遠遠的、小心翼翼地跟著我們。

回到殷剎的營帳時，陳副將他們一見殷剎就撲了上去：「將軍！」

前一刻還在裝死的殷剎下一刻就騰地坐起，沒有看陳副將他們，反而先是搜索我的身影，然後帶著一種不可思議的目光看著我，但在看到我身旁的君子時，立時目露戒備。

我立刻到他身前：「快走！但是答應我，不要帶人來偷襲蜀兵。」

他一驚，君子也驚然站在一旁。

「你沒有資格命令將軍！」陳副將他們情緒有些激動地看我，他們還是把我當作為錢可以出賣殷剎的小人。

「將軍，不要信這個卑鄙小人！」他們大聲警告殷剎。

殷剎倏地揚起手，只是沉沉看我：「給我一個理由！」

我認真看他：「這場戰爭本不該發生，定是有奸人從中挑撥，我已分析給君少將軍聽，他信我，所以沒殺我……」君子在我身旁側開臉，神情複雜而掙扎，殷剎也看他一眼，目露深思。我繼續說道：「所以我不想失信於他，他阻止他爺爺屠城，我也希望殷剎將軍你能阻止這場戰爭。至少，不要趁他們現在兵亂之時突襲，這種卑劣的事殷剎將軍你不能做。」

殷剎久久看我，點了點頭：「好，我答應妳。」

君子轉臉看向他，他也看向君子，正色的目光份外光明磊落：「我殷剎要殺你們蜀軍，也只會在戰場上堂堂正正地贏你們！」

「彼此彼此！」君子也鄭重看他，目光咄咄：「我也答應你，即使我們贏你們，也不會傷害無辜百姓！」

兩人的目光牢牢碰撞在一起，看似刀光劍影，硝煙彌漫，但更像是在向彼此起誓。他們沒有察覺到彼此的目光中，各自浮現出一絲惺惺相惜。

我立刻揮手斬斷他們對視的目光：「我說了，這仗有問題！你們兩個都回去查查清楚，把內奸、敵國的細作全部都查出來，別被別人繼續再耍下去！」

兩人各自沉默，不再多言。

「快走！」

我拉起殷剎的胳膊，把他拉下床，陳副將他們立刻扶住他，他冰冷的手一把牢牢拉住我的手：「妳跟我一起走！」

「不行！」我和君子異口同聲。

他的目光冰寒起來，看向君子。我緊緊抓住殷剎的胳膊：「我到底還是個大夫，不能把這些人丟下。我們崑崙百姓是無辜的，他們也是無辜的！」殷剎在我的話音中，目光落在我認真的臉上。「醫者是為救人，不是害人，我為救你們已經違背了醫德，所以，我要留在這裡，醫治他們，遵守承諾！你放心。」我的嘴角開始壞壞揚起：「再說了，我這麼卑鄙，不會有事的，你領教過的啊～～～」

我放開他的手，壞壞戳上他的胸膛。

他的眸光緊了緊，忽然冷冷看向君子，瞇起眸光沉沉道：「她是我的女人！」

我一驚，心在他冷沉的話中猛地一滯！

與此同時，無論是君子，還是陳副將他們都徹底目瞪口呆。

「君子不殺婦孺，否則你也不是君子！如果你們蜀兵敢傷她一根寒毛，我殷剎發誓，會鏟平你們十萬大軍！」

殺氣和寒氣同時包裹他的全身，讓整個營帳的溫度都開始下降，宛如是從冥界而來的死神，那陰冷的目光讓人不寒而慄！

我忽然明白殷剎何以成為常勝將軍，因為他那如死神般冷酷的眼神，已經足以讓對方膽寒。

他和將士們如風一般離開，等我和殷剎回神時，外面已經傳來馬蹄聲。

我立刻跑出營帳，君子跟在我的身後。黑夜之中，是他們飛快遠去的身影。

「妳、妳是女孩兒？」身旁傳來君子的驚呼。

我緩緩回神：「原來他出賣我，是為了讓你保護我嗎？」我吃驚地看向君子，他也深思著凝視黑夜下殷剎他們消失的方向，我恍然一拳砸落手心：「因為君子不殺婦孺，所以你如果知道我是女孩兒，一定會保護我的！哈！殷剎真聰明。」我抬手拍拍君子的胸膛：「現在你殺不了我了吧。」

君子的雙眉立時擰緊，複雜的神情讓他顯得有些凝重。他和我現在還是敵人，可君子光明磊落的性格，讓他在此刻陷入極為糾結的選擇和掙扎之中。

「走，我給你爺爺治病去。」說完，我大步向前，他腳步有些沉重地跟在我身後，臉上是滿滿的自責與愧疚神情。

我抬起胳膊撞撞他：「別以為自己背叛了蜀國，你反而救了他們。」

他的神情在黑夜中更加黯淡沉重一分。

整個兵營忽然之間變得空空蕩蕩，空氣中開始彌漫一種腐臭的味道，這讓人作嘔反胃的味道讓人感覺自己泡在一個糞池裡。

我擰眉暗暗後悔，我不該讓他們拉肚子的，幾萬人一起拉肚子，壯觀之餘，便是這漫天的臭氣！

我加快腳步，匆匆回到中軍大帳，所有副將都拿著刀一臉戒備地看我。

老軍醫已在老將軍床榻邊，把著脈連連搖頭。他見我來，也是目露憤怒。

我聳聳肩，並不在意他們此刻恨我的目光。

我到老將軍身邊，從包裡拿出自己的工具包，啪的一聲，在老將軍臥榻上滾開，到最後取出銀針，看向一副副像是要殺了我的神情：「你們誰把他衣服脫一下？」

「我來。」老軍醫上前，解開老將軍身上的衣服，露出他的胸膛，我的針便開始扎入。

「慢！」一個副將厲喝：「我們怎麼知道你不是害我們將軍？」

我白他一眼：「呿，老軍醫在這兒呢，而且，老將軍死了，我能活嗎？」

副將們面色繃緊，忍怒後退。

君子站在我身邊牢牢盯視我手中的銀針，我看看兩邊：「人太多，我不能集中精神。」副將們看向君子的父親，君子父親臉色鐵青，他看君子一眼，帶所有人離開，整個營帳安靜了許多。

我開始扎針，一針一針下去，整整齊齊排列。

「這是什麼針法？」老軍醫在旁邊越看越好奇：「奇！真奇！」

「這是笨字針法。」我咧開嘴壞壞地笑了，老軍醫和君子一怔。軍醫站直了身體，從上往下俯看，登時目瞪口呆！從他的角度看，正好是一個「笨」字。

「你！」君子的殺氣立刻升騰。

我揚手一針扎落老將軍的眉心：「醒！」

君子和老軍醫立時屏息。

我看著靜靜營帳裡靜靜躺著的老將軍，他的臉越來越紅，但就是不醒。

「不好，他氣血上湧！」老軍醫著急起來：「你到底行的是什麼針？再這樣下去，老將軍血管會爆裂而死！」

「妳到底對爺爺做了什麼？」君子怒然看我：「如果爺爺有什麼閃失，就算妳是個女人，我也不會留情！」

「女人？」老軍醫登時驚得目瞪口呆。

「別急別急。」我連連擺手：「我來氣氣他。」

君子雙目圓瞪，一臉氣到快炸的神情。他撫額大口大口呼吸，像是正在強忍要殺我的欲望！

我附到老將軍耳邊，開始說了起來：「老將軍，我跟你談錢，是為了讓你相信我是個貪財小人，你還真信了，你說你是不是很蠢？還跟我討價還價起來。老將軍，這次的仗不是輸在你技不如人，而是輸在一個蠢字上，你說你都這把年紀了，這麼求功名利祿幹什麼？哦～～原來你也是個貪財小人，你不僅貪財，還殘暴，還要屠城。你一世英名，結果死在我這種無名小輩，還是個山裡人手裡……嘖嘖嘖，我要是你，吞劍自刎算了！你還活著幹什麼，簡直就是兩個字：丟人！」

「夠了！」

岑！君子忍無可忍地抽劍揮落，就在劍光掃過我頭巾之時，老將軍猛地睜開眼睛，直挺挺地坐起，臉越來越紅，紅到發紫，猛地，他張開了嘴：「哇——」一口，吐出了一大口黑紫色的血。

我輕鬆地笑了：「醒了，醒了。」

忽然，我的長髮全數散落下來，把我劈頭蓋臉遮住，我一怔，君子是真要砍我啊！我隨手把凌亂不堪的長髮挽起。

「將軍！」

「爺爺！」

君子和老軍醫一人一邊站在老將軍身邊，老軍醫立刻給老將軍把脈，目露喜悅：「沒事了，沒事了，瘀血吐出就沒事了。」

君子看向我，我對他揚唇一笑：「我答應的事，一定會做到。」我看向老將軍：「老將軍～～你該謝謝我？你這口瘀血在你出兵前就有了，你那時是不是常常會手不自主地發抖？」

「妳怎麼知道？」君子吃驚地看我一會兒，目露歉意，目光掃過我凌亂的頭髮，似是更加抱歉一分。

老將軍大口大口喘息，疲憊地看向我，滿嘴鮮血：「可別以為……這樣……就能……饒了妳的命——」

老軍醫輕輕扶老將軍再次躺下，老將軍喘息地閉眸休息。

「隨～便。」我開始收銀針：「反正你現在也殺不了我。」我得意地笑。

老將軍睜開眼睛，狠狠看我。

我笑看他：「別氣，別氣，你這口血吐出，我保你活到九十九！但你如果還那麼小心眼，這血啊，又會淤積起來，到時我不在你身邊，看誰救你？你連重孫都看不到！」

他的神情一時怔住。君子一直看我，目光閃了閃，側開臉。

老軍醫開心地把所有人又叫回，君子的爹輕輕給老將軍合好衣服。

君子看向他：「爹，他把爺爺的絕症給治好了。」

君子的爹目露大驚。我拿起工具包也吃驚看他們：「原來你們也知道！哦～～難怪老將軍進軍那麼急躁，是知道自己活不久了？他不想死在病榻上，而是死在沙場上？」

大家忽然變得沉默。

老將軍緊閉雙眼深深呼吸，面色還顯得有些蒼白。

「將軍真的沒事了嗎？」君子的爹忽然問。

我把工具包放回背包：「需要保持良好的心態，不然這血還是會淤積起來，如果淤積五年，基本離死不遠了……」

「放肆！」

——嘶……

「噓！」

我立刻豎起手指，大家一驚，營帳立時安靜，我看向四周。

「怎麼了？」君子問。

「噓！」

我立刻讓他噤聲，大家疑惑看我，我匆匆到營帳邊，貼著營帳細細聽。

——嘶

「不好！」我匆匆跑回，君子立時追問：「怎麼回事？」

「蛇王……」

「啊———」

我還沒說完，慘叫已經傳來。

「有人偷襲！」副將們立刻群情激動起來：「崑崙卑鄙小人！趁亂偷襲！」說完，他們提著刀要出去！

「不要出去！外面是毒蛇！」

我匆匆攔在他們面前，他們徹底驚呆在我面前。

「毒蛇！」

「快！快站到高處去！」

我匆匆從包裡拿出雄黃，隨手拔了營帳裡的火把。

「啊——」

「啊——」

「蛇啊——」

「蛇——」一聲聲驚恐的慘叫在此刻此起彼伏，先前怒氣沖沖的副將們臉色漸漸發白，一步一步後退。

「快到桌子上去！」我說，他們立刻躍上桌子。就在這時，營帳的木楔像是被人直接拔起，呼啦！整個營帳從天而降，君子忽然一把抱起我躍上了桌子，就在那時，營帳在我們周圍落下，而帳頂的圓洞正好穿過我們，讓我們安然無恙。當營帳在我們面前落下時，眾人的面色也開始發白呆滯。

君子怔怔立在桌子上，目光在火光中閃動，震驚得完全呆滯。

我從他身上緩緩下來，看著眼下如同地獄般的景象，跳躍的火光中，是滿地的毒蛇！牠們鋪滿當前所能看見的所有地面，牠們是那麼聰明，拔掉了營帳，讓營帳在火中燃燒。牠們撲向了士兵，到處是被群蛇纏繞的慘叫的士兵。

蛇王，真的來了！

四處火光閃耀，滿地毒蛇盤繞，如人間地獄，讓人不寒而慄！

老將軍在君子的父親和老軍醫的攙扶中緩緩站起，看到四處奔逃的士兵時，他的身體在風中搖曳。

我緩緩回神，匆匆把雄黃灑落在桌子和臥榻邊的營帳上，然後拿起火把，躍落桌子。

「危險！」君子跟我一起躍下，我手拿火把笑看他：「別擔心，你們不要出我撒的這個雄黃粉圈子，蛇就不會攻擊你們。」

站在桌上的副將連連點頭。

「妳這是何意？」君子擔心地看著我。

我笑了笑：「既然傳說是真的，說明蛇王真的通人性，我去跟牠說說，讓牠退兵。」

「好好好！」副將們連連點頭。

忽然，君子一把扣住我的手臂：「妳瘋了不成？妳會死的！」

「怎麼會？」我挑眉看他：「別小看人好不好。我一直住在蛇山上，雖然沒有跟蛇王接觸過，但我們一直井水不犯河水，而且，牠的蛇子蛇孫受傷時，我都會給牠們醫治，既然蛇王有靈性，牠一定知道。整座蛇山，就我小屋附近從沒毒蛇來，而且只要是來找我看病的百姓，從沒被蛇傷過，這足以說明蛇山上的蛇是認識我的，給我面子的，所以，你放心吧，這裡交給我了。」

「對對對！讓他去，讓他去。」副將們連連說。

「可是、可是蛇毒怎麼辦？」君子悲痛地看向周圍被蛇圍攻的士兵。

我笑了：「我一直擔心蛇王會復仇，所以已經給他們吃過解藥了。」

「解藥？難道是！」君子吃驚看我。

我壞笑地眨眨眼：「沒錯啊，但這個解藥也有點毒性，如果沒中蛇毒前吃會拉肚子，所以，等我說服蛇王退兵後，你們盡快離開蛇山地界，哦，也就是一直要退兵到我小鎮關外十里才安全。

回去吧！真的，這地方你們惹不起。」我真心地說完，轉身，卻發現他還拉著我，我轉身疑惑看他，他深深地注視我：「我答應過他要保護妳。」

「呿。」我好笑地白他：「那是因為你們都把我當女人看。你好好想想，到現在為止，到底是誰在保護誰？」我瞥眸沉沉看他。他在我的目光中怔然呆立，緩緩地鬆開了手。

我笑了笑，轉身搖搖頭。哎，自大的男人們，女人為什麼一定要你們保護？或許你們城裡人是，但我覺得女人也可以自己保護自己，照顧自己，我從不需要什麼男人來保護。

群蛇在我腳間遊走，不傷我半分，我在驚慌失措的士兵中搖頭離去。

第一次看到那麼多蛇，牠們厚厚地鋪在腳下，每一腳下去，都可以清晰地感覺到牠們冰涼的身體，和牠們在腳邊蠕動。我即使再不怕，也因這密密麻麻的蛇而豎起寒毛，渾身起了雞皮疙瘩。

漸漸的，蛇從我面前爬開，給我讓出了一條小小的路，這條路直通山上。我能感覺到，那裡一定有蛇王。

我開始上山，手中的火把照亮前方，也照出了更多大大小小的毒蛇，越往上，大蛇越來越多，牠們盤繞在兩旁的樹上，盯著我吐著信子，就像是老將軍身邊的副將。

漸漸的，前方出現一片瀑布，瀑布前有一塊光潔巨大的圓石，皎潔的月光照亮整片瀑布，波光粼粼的圓石像是銀色的寶座，上面正是我之前看見的那條翠綠色大蛇。

牠傲然盤於圓石之上。我轉回頭看看山下，果然正好俯瞰整個軍營！

我眨眨眼，轉回臉看那條蛇：「是蛇王嗎？」

牠俯下臉，在月光中吐著信子。

我笑了：「給我個面子，差不多就行了。」

牠看我一眼，竟是甩開臉……哎呀，這蛇賊傲嬌！

我只有走上前，在圓石下抬頭看牠：「別這樣啦～～我也知道他們罪有應得，可是，教訓一下就可以啦～～如果傷太多人就是你造孽了，萬一引來軍隊燒山，會危及這滿山蛇族的！」

牠慢慢轉回臉，緩緩俯下蛇頭探到我面前，嘶嘶地吐著信子。我仍然站在原處，抬頭笑看牠。牠軟軟的身體緩緩滑落圓石遊上我的脖子，從我肩膀的一端，到另一端，探臉看我，信子吐上我的臉，癢癢的，我笑了：「嘿嘿，別舔我，怪癢的。」我摸摸臉。牠又爬回圓石之上，傲然俯看我。

「這樣吧，以後蛇山的蛇誰有傷有病都來找我好了，我一定幫你們治病！」我指向自己，真誠地看著蛇王。

牠俯看我一會兒，眨了眨眼，轉身走了，和上次一樣。就在牠轉身消失在圓石後，所有的蛇也開始轉身跟牠一起退回蛇山之中，四散離開。

我看著大大小小的蛇從腳下返回，大大鬆了口氣，轉身看火光四起的營帳，搖搖頭。凡人總以為自己是天地的主宰，其實，我們真是太渺小了。

忽然，我的腳踝被一條蛇纏住。我低頭一看，是蛇王！

牠朝我看一眼，放開我的腳踝，用頭頂了頂我的腳，像是叫我離開。

我指向自己：「你叫我回去？」

牠點點頭，翠綠的身體婀娜地遊到我的前方，扭頭看我。我跟上牠，牠才轉頭繼續往前走。

牠翠綠的身體在月光中如同剔透的翠玉，惹人喜愛，看著牠，我一點也不覺得可怖，反而很想摸摸牠，甚至想捉回去當寵物。

牠像是感應到了什麼，身體猛地一僵，定格在我腳前，然後全身抖了抖，再繼續向前。

我扭頭看了一眼營帳。希望他們會退兵，蜀國和崑崙國能各自冷靜。

第七章　綠衣女孩兒

有時候國家大事就像扮家家酒，皇帝任性一點，說打就打了，真讓我們老百姓不省心。

第二天蜀國就退兵了，我當時已經走了一夜，終於回到自己小鎮的山腰上。我站在山腰上，看著蜀國的兵緩慢地走過小鎮，他們退兵的速度非常緩慢，應該跟被蛇咬傷有關。

山上開始有人走下來，是鎮長他們！他們看見我，份外驚喜地朝我跑來。

「小妹！」

「小妹！」

「啊！」

「蛇！」

「小妹當心！」

他們看到了在我腳邊的蛇王，嚇得臉色發白。

我笑看他們：「這是蛇山的蛇王，原來傳說是真的。你們別怕，只要你們不招惹蛇山的蛇，蛇山的蛇也不會傷害大家。」

大家誠惶誠恐地朝蛇王一拜，離我們遠遠的。

只有石頭傻傻地上前，好奇地看著蛇王，對牠揮揮手：「蛇王，你好。」

蛇王看他一眼，依然傲嬌地轉開臉。石頭好玩地笑了，站到我身邊笑看我：「小妹妳真厲害！妳看，他們退兵了！但願別再打回來了！」

我笑了，和他還有小鎮的百姓們一起目送蜀軍的離開。

之後，果然太平了。聽說蜀軍退兵自己境內，雖然沒有完全退兵，但也沒再進犯。而無極城也派兵十萬，在我們小鎮外駐守。

不久之後，就傳來內奸被捉拿的消息，聽說果然是被蓬萊國收買的。然後兩國將派大使在我們小鎮和談，越來越多的好消息傳來，讓我們這邊關小鎮的人徹底安了心，終於可以高枕無憂地睡覺了。

回到自己小屋後，我先到後山溫泉舒舒服服洗了個澡，這些天跑來跑去可累壞我了。

先把臉洗乾淨，然後洗頭髮，洗出一把泥沙水，髒死了。

「嘶……」清澈的泉水裡倒映出蛇王的身影。打從帶我回來後，牠就沒再離開，像是看上了我的小屋。

牠遊到我的身邊。我笑看牠：「你要洗嗎？」

牠又傲嬌地轉開臉。哦，對了，蛇不喜歡熱水。

我大著膽子伸手摸了摸牠的頭，牠的全身立刻像凍住一樣僵硬。我好玩地笑了：「哈哈哈哈哈……你真的成精了，我可以這樣摸摸你嗎？」

牠沒說話，但身體慢慢軟下來，伏在我的池邊。我趴在池邊，伸手輕輕撫摸牠的身體，冰冰涼涼的讓人喜歡。我的臉也貼上牠的身體，牠抬起蛇頭，滑入我的頸項，輕輕纏上我的脖子。

「真舒服……真漂亮……你有名字嗎？我給你取個名字好不好？嗯……你的顏色像翠竹一樣漂亮，我叫你小竹怎麼樣？你喜歡這個名字嗎？以後要常來做客，我給你好吃的……」我一直跟小竹說著，牠很安靜，也很乖順。從沒想到蛇王會對我那麼好，一直聽我嘮叨，也沒露出不耐煩的神情。收一條蛇王做寵物，我刑妹真拉風！

❖

生活開始恢復平靜，大家開始修復自己傷痕累累的小鎮。

不久之後，小鎮來了使館，鎮外也來了五千蜀國的兵，不是為開戰，而是為護送蜀國使節，他們會在小鎮新修好的府衙裡和談。這可是我們小鎮難得遇到的大事！這讓大家很興奮。

大家又開始正常的生活，石頭常常上山砍柴，我常常在山間採藥，我們經常相遇。石頭會向跟在我身邊的蛇王打招呼，但蛇王總是對他傲嬌甩臉。

石頭並不介意，因為石頭就是這樣，老實，憨厚，還有點靦腆。

「小妹小心！」石頭拉住繩子，緊張看我，他常常幫我採藥，他力氣大。

我腰間拴住繩子，準備到懸崖下方採雪蓮，等它好久了，終於開花了。就在我準備下去時，小竹忽然遊過我的身邊，昂首抬頭，嘴裡正是那朵雪蓮，神態別提多傲嬌得意！

「厲害啊！」我驚嘆看牠，石頭也佩服地瞪大眼睛。

我立刻鬆開腰間的繩子，彎腰從小竹嘴裡取下雪蓮，摸摸牠的頭：「謝謝！」我俯臉親上牠的蛇頭，牠的身體立時僵直，像是被人點穴了一樣，特別可愛。

「真可愛～～～」我忍不住又摸牠：「要不是你太重，我一定把你抱在懷裡。」

「小妹妳真奇怪。」石頭在一旁奇怪地看我：「別人都拿貓拿狗做寵物，妳怎麼養條蛇？」

「呿，你懂什麼？」我也傲嬌地白石頭：「牠可是蛇王，不是什麼普通的蛇，對我可好了。如果牠是人，我準嫁給他。」

「啊～～～？」石頭僵硬看我：「妳、妳嫁給條蛇？牠對妳好妳就嫁給牠……我也對妳好啊，妳怎麼不嫁我呢？」

「嘶！」小竹忽然一下子竄到石頭面前，高高豎起身體，丈餘的身體一下子豎起來，幾乎跟人一樣高。

石頭被嚇一跳，往後縮了縮腦袋：「算，算了，當我沒說。」

「哈哈哈——」我開心地摸摸小竹的身體：「牠也聽話啊。」

「我也聽話啊。」石頭憨憨地指向自己。也是，石頭一直很聽我的話，我叫他往東，他二話沒說就往東，就算要撞牆也去。

我挑眉打量打量他：「看在你是我們鎮第一美男子的份上，給你個號。」

「給我個號？什麼號？」石頭呆呆看我。

哎，石頭就是塊石頭，又悶又憨。

我撇撇嘴：「排隊去。」

「排……隊？」石頭傻傻地撓撓頭，忽的憨憨地笑了：「這麼說我還有機會！嘿嘿，謝謝小妹。」他居然還感謝我了。我笑了，石頭雖然憨實，但憨得很可愛。

「嘶……」小竹緩緩回到我身邊，一副保護我的姿態，不讓任何人靠近我。

石頭背起藥筐，隨手拿出懷裡的石塤，快活地吹了起來。其實嫁給石頭也不錯，石頭不是笨，而是單純，他沒任何心眼，從不防別人。而且我們小鎮上的人本就淳樸，沒城裡人那複雜心思，所以根本不用防，單純可是最難得的。

我和石頭踏著他的塤聲往回走。山間野兔嬉戲，草葉飛飛，藍天白雲，塤聲揚揚，格外悠閒自在。

回到山腰小屋時，發現有兵將來了，他們還焦急地在我小屋外探頭探腦，不停大喊：「刑姑娘——請問刑姑娘在嗎——刑姑娘——刑姑娘——」

石頭看看我。我挑挑眉上前，小竹爬上了一旁的樹。

「你們找我幹什麼？」我大步上前，在我門口徘徊的將士立時轉身，看見我時目露驚訝。

我一看，這不是我救過的陳副將等人嗎？

石頭匆匆跟到我身邊：「你們找小妹幹什麼？」

陳副將呆呆看我：「妳……就是救過我們的刑姑娘？」

「當然。」我高昂下巴：「我們這裡的規矩，見到救命恩人是要跪謝的！」

陳副將等人恍然回神，陳副將匆匆走到我面前：「刑姑娘，我必當跪謝，但請妳先救救將軍！」

「將軍？」我疑惑看他。他朝一邊揮揮手，忽然，從我小屋一邊又走出幾個士兵，他們正架著殷剎。

但這次殷剎並不像上次那麼狼狽，身上是整潔的便衣，長髮順直而黑亮，用一根漂亮的銀簪挽起，腰間也掛有精美的玉佩，整身打扮像是用過心思，宛如去見重要的客人。

可是……為什麼他又是被人架出來的？

算算日子，他的腿應該好得差不多了。

殷剎顯得昏昏沉沉，全身無力。我仔細看了看，看到他發黑的唇色時目瞪口呆。

一旁，陳副將已經急急開了口：「將軍今日想來拜訪刑姑娘，答謝救命之恩，哪知一上山就被毒蛇給咬了……求刑姑娘救救將軍。」

「噗嗤。」我忍不住笑了，大模大樣走到殷剎面前，他昏昏沉沉地抬臉看向我。我毫不留情地放肆嘲笑：「哈哈哈——哈哈哈——你怎麼又被蛇咬了？你上輩子準跟蛇有仇。來來來，吃一顆先解解毒。」

我從懷裡拿出解藥塞入他的嘴中，他沒有完全昏迷，所以很配合地張開嘴，含入我的解藥，差點含住了我的手指，舌尖劃過我的指尖。我微微一怔，癢癢的，心跳也不知不覺地忽然加快。我匆匆收回手指，在身上隨意地擦了擦後轉身，不想讓別人看見我臉紅：「跟我進屋吧。」

「好好好。」大家匆匆扶著殷剎跟在我身後。

我推開柵欄。石頭第一個進入，把藥筐放在老地方後，好奇地看殷剎。

陳副將他們跟著我把殷剎扶入我的小屋，小屋有一間是專門看病用的，所以備有病床。

他們把殷剎扶上床後，焦急地圍在病床邊。

病房本來就小，忽然圍了那麼多高大粗壯的漢子，我都沒地方站了。我白他們一眼：「都站這兒幹嘛？擠不擠呀？」

「大家快出去，好讓刑姑娘專心醫治。」

「好好好，我們出去。」

呼啦啦！穿著便衣的副將們終於出去了，只剩下石頭。我看向石頭：「石頭，去煮些熱水來。」

「哎！」石頭轉身就走了。

我挽起殷剎的褲腿，一邊挽，一邊又忍不住笑了。這人真衰，前世八成是鷹，是蛇的天敵吧。

「妳在笑什麼……」他昏昏沉沉地半垂眼皮看向我，視線有些朦朧，聲音也還有些虛弱。

我看著他那泛著黑血的傷口：「笑你運氣差，老被毒蛇咬。你上山做什麼？想找我讓鎮長給我個訊息，我自然會下山來。」

「訊息……」他似是有些難受地閉起眼睛，蹙起雙眉，無力地抬手，手背扶上滲出冷汗的額頭，胸膛大幅度地起伏，似乎空氣對他來說有點發悶，讓他呼吸困難。

我細細查看他的傷口，發現裡面有一顆毒牙，我從包裡拿出我的刀具：「下次遇到蛇咬你，別跟蛇打了。」

「你怎麼……知道……我跟蛇打了……」他像是吐氣一樣吐出話語。

我瞥他一眼：「蛇牙斷在裡面了～」

他手背下的睫毛顫了顫，微微睜開眼睛：「呼……」他長長吐出一口氣，再慢慢閉上眼睛：

「又要麻煩妳了……」

「不麻煩，記得給錢。」我壞壞一笑。

他的嘴角微微揚起，帶出他一聲輕輕的笑：「哼……」

我拿出小刀，輕輕切開傷口。鋒利的小刀切肉跟切空氣一樣輕鬆，刀越鋒利，他痛苦也越少。不過這蛇毒也有麻痺的效果，所以他現在應該沒什麼痛覺。

再拿出鑷子取出斷在裡面的蛇牙，隨手扔出窗外。忽的，綠色的身體掛落，小竹的頭已經探入窗內，我看著牠笑了：「你的兵傷了我的客人。」

「嘶！」小竹立刻甩臉，走了。

哎，牠不高興了……隨牠去吧。

石頭端著熱水進來，放到我身旁，好奇地看殷剎：「這就是傳說中戰無不勝的殷剎將軍！長得真好看。」他一直盯著殷剎的臉瞧。

我白他一眼：「人家是崇拜他戰無不勝，你怎麼就盯著他臉看？羨慕人家長得比你俊？」

石頭憨憨地笑了：「他是比我好看。哎，小妹。」他靦腆地朝我看兩眼，搓搓手：「我如果比他好看，妳嫁我不嫁？」

殷剎的眉擰了擰，微微睜開眼看向石頭。

我拿起水裡的布巾擰了擰：「考慮考慮囉～～」

「真的啊！」石頭激動地瞪大眼睛。

我看看他：「去去去，你可以回去了。」

「哎。」石頭轉身就走。看，他就是那麼聽話。

「慢著。」

他果然立刻停住腳步轉回身：「還有什麼事？」

「明天上山給我帶些菜來。」

「好！」石頭有些激動地雙拳握在胸前：「小妹愛吃肉，明天我再給妳打隻野豬來。」

「乖～～～」我非常滿意地點頭。

石頭開心地笑了：「那我走了，有事叫我。」

「去吧去吧。」

石頭聽話地走了，歡快的身影走過我面前的窗戶。

殷剎的眸光也隨即轉向了窗戶，不再昏沉的視線帶出了他一直以來的寒意。

我拿布巾擦上他的傷口，他猛地抽眉：「嘶！」

我笑看他：「看來毒已經徹底清了。」

他擰眉看向我，在看到我的那一刻，他怔住了神情，雪亮的黑眸中，映入我白色的身影。

我對他笑了笑，埋臉繼續擦拭他的傷口，把汙血擦盡後，撒上止血的傷藥，取出針線再次給他縫起傷口。我已經給他縫了不少傷口，他身上每一道疤，我都記得清清楚楚，新的、舊的、我處理的……他的臉是那麼地冷峻，卻沒人知道他的身體已經是千瘡百孔。

心裡不觸動，是不可能的，尤其是在知道他的身分後。他身上的每道傷，都是為了我們崑崙百姓的安康與幸福。

他們才是最偉大的人，因為，他們是在用自己的生命守護著無數像我這樣的陌生人。

他的視線一直落在我的臉上，應該是驚訝吧，他像是完全沒有認出我來。那時因為打仗，我穿上了男女皆可的粗布麻衣，頭髮盤在頭頂，用頭巾包住，臉也抹上了黃土。

每次有戰爭，不僅僅是我，鎮上的女孩兒都會打扮成男孩兒，以防遇到獸性的野蠻人，他們會把女孩兒搶回去做軍妓。

戰事結束後，我和鎮上的女孩兒一樣，換回了女裝。我換上平日亞麻白色的樸素裙衫長褲，長髮放下，挑出鬢角兩邊的頭髮綁在腦後，臉洗乾淨後，就跟之前的男裝徹底判若兩人，也難怪陳副將他們會看著我目瞪口呆。

我是女孩兒，在鎮上沒必要扮男孩兒。因為我想找個鎮上男人成親生子，把家傳的醫術繼續傳承下去，造福他人。我拿出繃帶，一邊綁一邊說：「看夠了沒？」

他微微一怔，匆匆側開臉：「對不起。」低低的三個字，仍帶著他大將軍的威嚴，像是讓他說這三個字還挺委屈。

「你不會因為我是個女人就不跪謝我吧。」我綁好繃帶，看向他。

他微微擰眉，卻是不言。

我立刻沉下臉：「果然不願？真是白救你了！我可是救了你的命，在我們這裡，救命是要跪謝的！」我一掌拍落，正拍在他傷口上，他立時「啊！」一聲彈坐起來，捂住自己的傷口直抽眉。

我唇角揚起，雙手環胸：「我不管，我要你跪謝我！」

他的眉豎得更直了，面色陰沉到極點。我挑挑眉，直接站上病床，他一怔，我雙手環胸俯看他：「跪謝！」

他有些生氣地側開臉，居然擺出一副寧死不屈的神態。這個世界就是這樣，想讓男人跪女人，比登天還難！

「刑姑娘！」忽然，陳副將他們幾個人像是撲出來一樣，紛紛跪在了床邊：「我們替將軍跪了！妳就別為難他了！」

殷剎目露驚詫地看向他們，沒有什麼表情的臉上，也浮出一絲感動。

「謝刑姑娘救了將軍，救了我們！」他們還朝我重重一拜，我努努嘴：「好吧，我就當殷剎跪了，你們可以走了。」

他們紛紛起身，看向殷剎：「我們還要隨將軍下山……」

「誰說殷剎要下山啦！」我雙手環胸地俯看他們，立時，他們的臉上浮出一絲古怪的，還帶著曖昧的神情。他們紛紛偷眼看殷剎，殷剎不動神色半垂眼瞼，抿唇不言。

我昂起下巴：「他既然不跪，就別想下山，要留下來用他的身體來報答我！」

「啊！」陳副將等人登時目瞪口呆，一張張臉全都漲紅起來。

「咳咳咳咳！」面紅耳赤呆滯的陳副將他們被殷剎一陣劇烈的咳嗽所喚醒，他們立刻看向殷剎：「將軍！我我我們先下山了！就……就不打擾您跟刑姑娘了。」

「將軍，您、您慢著點，過幾天還要會見蜀國使臣，別沒力氣下山啊。」

「滾！」立時，殷剎滿臉殺氣地喝出這個字，陳副將他們連滾帶爬地倉皇逃出，我轉身透過窗戶好笑地看他們：「他們到底在誤會什麼？我只是想讓你做我幾天奴隸。」

「妳……！」殷剎氣結看我，我轉臉壞笑看他：「生什麼氣啊？既然你有力氣了，還不起來給我劈柴去！哼！」我白他一眼跳下床。他坐在床上深深呼吸，宛如強壓那渾身的殺氣與寒氣。

我走到門口轉身，看他還坐在床上：「快呀，你行軍殺敵這麼慢，敵人早跑了。」

殷剎陰沉著臉，瀟灑地掀袍下床，面無表情地俯看我。我咧嘴一笑，轉身出門。

到了院子，我在躺椅上舒舒服服地曬太陽，開始指揮大將軍幹活。我指向一邊：「把柴都砍了。」殷剎也沒說話，提起下襬塞入腰帶，拿起斧子就開始砍柴。

啪！啪！到底是武將出身，砍得準又快。如果連柴都砍不準，還怎麼砍頭？

我在他砍柴時給自己泡了壺雪蓮茶，放在躺椅邊的石桌上，一邊喝茶，一邊悠閒地休息。

不一會兒，他砍完了，他到我身前，還是面無表情：「還要做什麼？」

我心中暗驚，真自覺啊！嗯！留下來好好用用。

我往石桌邊的石凳一指：「休息一會兒，喝口茶。」

他看我一眼，坐到我身旁的石桌，給自己倒上一杯放到唇邊，卻是目露驚訝，久久不飲。

我躺在躺椅上瞥眸看他：「怎麼？擔心有毒啊。」

他眨眨眼，眼角的餘光看看我，一口喝下，再次目露驚嘆，看茶杯之中：「雪蓮？」

「喲！識貨啊！」我坐起來，起身給他再倒上一杯。他的目光一直隨我而動，我坐到他身旁，端起茶杯：「你喝過？」

他靜靜看我：「皇上賜過。」

我不屑地撇嘴：「那都是曬乾的，我的可是新鮮的，今天剛在山崖摘的。」

「山崖？」他忽然眸光發緊：「以後別摘了，危險。」

「沒關係。」我一邊喝茶一邊笑看他：「最好的草藥都在最險峻的山崖，我常年採摘，路已經熟悉，不會有事的。你快喝吧，這雪蓮不常有。」

他聽著我說話，目光裡的擔憂卻並未淡去，反而多了一分憐惜。

我奇怪地看他：「你怎麼老盯著我看，我換回女裝就那麼讓你驚奇嗎？」

他落在我臉上的視線閃爍了一下，側開臉，微微露出一絲尷尬：「對不起。」

「休息夠了，去把藥曬了。」我指向院子裡曬草藥的篩籮。

他看一眼，直接起身幹活。

我一邊喝茶一邊看他忙碌的背影。他真的話不多，不像石頭，對什麼都好奇，像是一個初生的孩子，有問不完的問題。

如果讓石頭幫我幹活，他會問這是什麼？為什麼要曬乾？那個又是什麼？為什麼不能曬？然後，他還會突然問一些更深的問題，比如人為什麼會死？為什麼不能長生不死？為什麼這個世界有日月更替，為什麼不能一直是白天或是黑夜？

做為這個鎮上讀書最多的我，總是被他問得暈頭轉向，實在被問煩了，就趕他下山。

但是殷剎完全沒有聲音。他的沉默寡言不知道是天性，還是因為常年做將軍而變得心思深沉，刻意偽裝？

他把我採來的草藥撒入篩籮內，然後一只只排列整齊。

我看看擺放整齊的柴火，再看看也是擺放整齊的篩籮，這人活兒做得非常漂亮。

我起身拿起竹籃。他看向我：「妳要去哪兒？」

我對他側側臉：「跟我摘菜去。」

「好。」他毫不遲疑地點頭，將最後一只篩籮放好，放落衣襬撣了撣，走到我身旁，忽然伸手拿住我挽在手臂上的竹籃。我一愣，他看我一眼後隨即垂眸，另一隻手輕輕扣住我的手腕，將竹籃從我手臂上輕輕取下並提在手中，隨後放開了我的手腕，獨自往前走去。

我笑了笑，他像是忽然不好意思地走了。

「喂！你知道菜在哪兒嗎？自己走了？」我在他身後說。他後背一僵，頓住腳步轉身側開臉，尷尬地站著不看我。

我笑了，轉身招招手：「跟我來，奴隸。」我往前走去，身後是他輕輕的腳步聲。

他走到了我的身邊，我們一起走在山間小道上。我看看他，他一直垂臉不言，只跟在我的身邊。

「你怎麼不說話？」我雙手背在身後看他。

他微微蹙眉，不看我。

「你真的不愛說話？為什麼？」我說了起來：「人要學會說話，多說話，多溝通。夫妻不說話會吵架的，父母與子女不說話也會產生隔閡，國與國不說話就會打仗。你不說話，別人怎麼知道你在想什麼？」

「無需他人知道。」他微微側臉看我說，面無表情的臉看起來格外死氣沉沉。

「你怎麼這樣？」我伸手撞撞他，他怔了怔，轉開臉：「又不是每個跟你說話的人都是想套你的軍情，你的朋友跟你說話是為喜歡你，你的父母跟你說話是為關心你……」
「我無父無母，也沒有朋友。」他轉回臉淡淡看我。
我一愣，眨眨眼，笑了，拍拍他手臂：「沒事沒事，我也沒有，但我朋友比你多。」
「那些是妳朋友嗎？」他忽然眸光發冷起來：「是早上那個石頭嗎？他對妳有非分之想。」
「你不要詆毀他！」我生氣了：「石頭是個單純的人。」
「哼。」他輕笑一聲又是轉開臉，像是與不理解的人多說無益。
我沉下臉，大聲道：「石頭喜歡我就是非分之想了？」
他一怔，轉回臉看我：「妳知道他喜歡妳？」
我好笑看他：「就跟你說了，他是個單純的人，這個鎮上誰看不出他喜歡我？他是光明正大地喜歡我，這怎能算非分之想？非分之想是表面上看不出，心底藏了齷齪心思。外面的男人都這樣，哼！」我不悅地往前走去。他停在原地，久久沒有跟來。
我走了兩步轉身，見他不知為何在發呆，我說道：「而且，陳副將他們那麼忠心於你，你難道就沒把他們當作朋友？」
他微微回神，髮絲在山風中微揚，目光轉為冷淡：「我被你口中的朋友出賣了。」
「那又怎樣？」我白他一眼：「如果不被傷害過，怎麼找到真心朋友？」
他的目光朝我看來，我微微昂起下巴：「我倒是覺得你被朋友出賣後，反而顯出陳副將他們對你忠心耿耿，可以為友。如果沒有朋友，喜歡的女孩總有吧。」
「沒有。」他垂下眼瞼，抬步走到我的身旁：「煩。」

「啊？」我愣愣看他，他面無表情看我一眼，眼神卻是閃爍了一下，匆匆側開，手提竹籃往前走去。我立刻跟上：「你不喜歡女孩是因為嫌她們煩？」

「嗯。」他微微擰眉。

「你嫌我們聒譟？」

「嗯。」

我停下腳步，前方已是我的菜園：「那你上山來幹什麼？還穿得那麼正式，一看就是精心打扮過，我還以為你是真心誠意來向我道謝呢！」

「我是……！」他忽然轉身，長髮在山風中揚起，掠過他不知為何忽然煩躁的臉。我大嘆一口氣：「好吧，原來你嫌我煩，那你幫我摘完菜就下山去吧，我可不想討人嫌。」

他怔然站立，我沒勁地往菜園邊的石頭上一坐，無聊地玩自己的腰帶，不再說話。

他怔怔看我許久，垂下臉：「摘什麼菜？」

我一邊甩腰帶一邊沒勁地答：「隨便。」

「摘多少？」

「隨便。」

他不再問，轉身獨自進入菜園，開始摘菜。

我也不再說話，整個世界忽然變得好安靜，只有他在菜園裡摘菜的聲音。

他摘了一會兒，回頭看看我，我無聊地開始扔小石子。他神情又變得煩躁起來，似是有什麼讓他心緒不寧。他擰擰眉，轉回身繼續摘菜，菜籃在這沉悶的氣氛中慢慢裝滿。

日頭開始猛烈，但山上涼快，不怕。

他站起身，回到我面前：「摘完了。」

「嗯。」我起身開始往回走，還是沒有跟他說話，山路上靜得只有鳥鳴和我們走在落葉上的沙沙聲。他在我身邊也是靜靜地走，時不時看我一眼，深深吸入一口氣，緩緩吐出，像是滿山的空氣不夠他呼吸，讓他覺得胸悶。

「妳……一個人住？」他忽然開了口，聲音有點彆扭，像是第一次主動開口與人說話般，帶著一絲緊張與尷尬。

「嗯。」我拔了一根狗尾草在一邊甩來甩去。

「咳！」他握拳輕咳一聲。

「妳是個姑娘家。」

「那又怎樣？」

「不怕嗎？」

「嗯。」

他頓住了話音，像是不知該說什麼，氣氛又變得沉悶和尷尬起來。

他繼續一邊走一邊看我。我看他一眼，他轉開臉：「妳怎麼會醫術？」

我看看他，轉回臉甩手裡的狗尾草：「為什麼要告訴你？」他嫌我煩，我懶得說。

他立時頓住了腳步，我的手臂在身邊甩時，啪的一聲，忽然被他扣住。我低臉看看手，再轉臉看他，發現他目露焦急：「對不起，我沒有嫌妳煩，而是嫌別的女人煩……我不太會說話，惹妳生氣了。」

我一愣，看著他急切的眼神。他居然在意我生氣？我一直以為像他那般高冷孤傲的男子，不會在意任何人。

我笑了：「好吧，我原諒你了。」

他深深看我片刻，鬆開了我的手腕，輕輕地呼出一口氣，嘴角浮起一個淡淡的、安心的微笑。

我轉身繼續走：「我太爺爺是御醫，當年皇后讓他毒死妃子肚子裡的孩子他不願，我們全家就被貶到這個地方。按照祖上的規矩，醫術傳男不傳女，但爹娘只生了我這個女兒，為了使我刑家醫術不斷，爹便把醫術傳給了我。」

「原來如此，刑姑娘醫術真是高明。」

我發現在我生氣不說話時，他話反而多了……難道他以前不喜歡說話，是因為沒什麼說話的機會嗎？

「我還沒學到精髓呢，爹還來不及把所有醫術傳給我就病死了，後來一直是我自學的。醫術再好又如何？還不是逃不過死神的召喚……」我看著山間的小路漸漸失神：「所以，我們更要珍惜當下，每一天都快活地活著，因為我們不知道死神什麼時候到來，如果他來了，我卻還有諸多心願未了，他可是不會給我面子的……」

「那刑姑娘還有何心願？在下願為姑娘達成。」他忽然說。

我一愣，轉臉看他，見他的神情格外認真，像是在對我發誓。我眨了眨眼：「你？你為什麼要達成我的心願？」

他一怔，像是剛才的話他自己也沒有預料到。他眼神閃爍了一下，微微側開臉：「在下的命是刑姑娘救的，別說是心願，在下的命也可以給妳。」

「我才不要呢。」我轉身繼續前行：「你還要保家衛國呢，我要你的命幹什麼？這樣吧，你幫我準備點嫁妝吧，這裡都沒什麼好嫁妝。」

「妳……要嫁人？」他忽然一把拉住了我的手臂，將我強行拉回他的身前。我疑惑看他：「我嫁人你那麼激動幹什麼？我已經不小了，要盡快生個孩子，把我們家的醫術傳下去。」

「是誰？」他的聲音變得格外深沉，連目光也瞬間布滿寒意：「那個石頭嗎？」

我從他手中扯回自己的手臂：「你別小看石頭好不好，他可是姓闞！」

「……闞？」他一愣，猛地驚訝看我：「他是皇族？」

「不錯，他就是當年謀反的玉王爺的孫子。當時先皇饒玉王爺一命，發配他們全家到這裡。玉王爺家裡都是身嬌肉貴，一路顛沛流離已經死了不少，到了這裡很快就死絕了，只有三歲的他活了下來。小孩適應能力強，生命力也強。他是吃鎮上百家飯長大的，雖然是罪臣的孩子，但始終是個皇族，更是我好朋友，別一臉看不起他的樣子。」我白他一眼，他一怔。「你算什麼？你只是我的病人，下次你再對我朋友說三道四，我再也不給你治傷了，哼。」

他在我的話音中徹底怔立，眸光閃爍，總是沒有什麼表情的臉忽然浮出一絲焦急和失措。

哼！看不起我朋友，就是看不起我刑妹！

我轉身就走，身後靜了片刻，傳來他追來的腳步聲，沙沙沙沙！他緩緩停下，再次靜靜跟在了我的身旁。

「我……」他開口說了一個字，卻是再沒有下文。

我轉臉看他，斑駁的陽光落在他低垂著、沒什麼表情的臉上，明暗不定，讓人難以捉摸他此刻的心思。但是從他眼中漸漸焦躁的目光中，可以感覺到他是有話想說的。

周圍的空氣總會因為他而變得格外安靜，他是個深沉的男人，深沉得有點過了頭。他不願跟任何人交心，即使是崇敬他、忠於他的部下。

是什麼讓他變得不愛開口，把所有心思深深埋在心底？

我往前跑了幾步，他不由看向我，我停下腳步轉身，雙手環胸看他。他手提菜籃看我，我說道：「我給你個機會，把你現在心裡正在想的話說出來，不管是什麼我都不會生氣。」他需要一次鼓勵，需要一次突破。

他一怔，目光卻在斑駁的陽光中閃爍起來：「我……」

「你什麼？」我向他邁進一步：「你是不是真的看不起我的朋友石頭？」

「不是！」他立刻抬臉，眸光恢復以往的認真，沒有方才的閃爍。

他是崑崙國傳說中神一般的男子，他百戰百勝，籌謀千里，智勇雙全，這樣的男人，怎會目光閃爍？

從認識他到現在，雖然我們的交流並不多，但我發現他只有在看我時目光會閃爍，說明他心裡有話對我說，可他的性格讓他無法開口。

是想跟我道歉？是想對我感謝？還是想與我說說他的心事？

見他毫不猶豫地否定了我的話，我笑了。他的問題果然還是出在溝通上，真是個容易讓人誤會的人。

他見我笑了，神情忽然放鬆下來，只見那張總是冷若冰霜、死氣沉沉的臉，在陽光中多了一分柔和。開口之時，話語自然而然地從他口中而出：「我只是覺得妳不該那麼草率，那可是婚姻大事……」

我咧開嘴燦燦地笑了，他在我的笑容中徹底發了怔，似是有些驚訝地摸上自己的嘴，我笑看他：「這樣不是很好嗎？我知道你到底想說什麼了，你剛才那麼激動原來是在關心我，謝謝你的關心。」

他緩緩放下手，也揚起了淡淡的笑，在一束又一束美麗的陽光中，久久注視我。

我轉身繼續向前走。沙沙沙沙！他再次跟了上來，和我並肩漫步在林間。

「有沒有覺得我很煩？」我說了起來，仰起臉看他冷俊的側臉。

他淡笑搖頭：「沒有。」

「我一個人住在山上悶，所以我喜歡說話，如果煩到你，那真是對不起了。」他朝我看來，目光之中浮出一絲憐惜，我轉回臉凝視前方自己的小屋：「我也不知道怎麼回事，好像幾千年都沒跟人說話了，這一世就是止不住說話，不停地跟人說話，有時候，我自己也覺得挺煩的。」我朝他笑笑，朝小屋大步走去，然而他卻停在原處，沒有上前。

我推開小屋的柵欄，轉身看他，他竟是還站在原處，只是靜靜地注視著我。我朝他招招手，他恍然回神，手提菜籃朝我而來。

我往院中躺椅上一躺，又開始行使我主人的權利：「會做飯嗎？」

他愣了愣，靜了片刻：「會。」

我嘴角揚起：「那還愣著幹嘛？做飯去。」我朝廚房一指，他看廚房一眼，轉回臉對我點點頭：「好。」

他朝廚房走去，步伐沉穩，到底是我們崑崙第一大將軍，無論做什麼事，背影都是那麼偉岸，即便是去廚房做飯，也帶出一種奔赴沙場的颯爽英姿。

我看著看著，得意地笑了，長這麼漂亮，多用幾天。

「嘶～～」小竹婀娜多姿地遊了過來，伸直身體冷冷盯視廚房。我伸手輕輕拍一下牠的頭，牠一驚，扭頭看我。我眯眼看牠：「不許咬他，我還要多用他幾天。」

「嘶！」小竹居然又傲嬌地甩頭，往客房遊去。

小竹到底是蛇王，不像別的寵物那麼聽話啊。

不一會兒，飯香四溢，我立刻起身，到廚房裡拿碗筷。殷剎正坐在灶邊看我，我跑入時，他看向我，微微擰眉：「慢點。」

我拿上碗筷跑到他身邊一蹲，他微微一怔，俯臉看我。

我笑看他：「殷剎，你穿得那麼正式來向我道謝，說明你很重視我。」

他的眼神立刻閃爍起來，視線從我臉上移開落在一旁。

我笑著繼續說道：「你還關心我不是嗎？你重視我，又關心我，所以……你心裡～～～」我用筷子戳上他的胸膛：「是不是～～～已經把我～～～」

他的面色忽然緊張起來，擰眉之時忽然轉回臉深深看我，似是有話想脫口而出，我搶先道：「當朋友了？」

他的神情忽然怔愣，愣愣看我。我笑了，對他眨眨右眼：「一定是！你敢說不是我就不理你了！哼！」我靠近他的臉，與他四目相對，狠狠警告地瞪他一眼，舔唇壞壞一笑，起身從他身邊直接而過。裙襬擦過他的手臂，人風揚起他細細的髮絲，他一直怔坐在灶邊，許久沒有回神。

終於，飯菜上桌，他面無表情地坐在我的對面，拿起了筷子。我呆呆看著桌上的菜——燙大白菜、燙小白菜、燙菠菜、燙青菜。

「你……就把菜川燙一下而已啊，都不過油的嗎？」

他面無表情地掃視石桌，目露疑惑靜靜看我：「不好嗎？這樣很健康。」

我張口結舌看他一會兒，大嘆一聲側落臉，拿起筷子在白飯裡戳。本以為有人做飯，我可以偷一下懶，沒想到來了個連油都不吃的傢伙。

我單手撫上額頭，撐在桌面上：「你是不是不會燒菜啊？你可以直說啊，男人不會做飯也是很正常的……」

他沉默了片刻，抿抿唇，放落筷子起身：「妳等我一下。」說完，他起身躍起，黑色的衣襬在我面前揚起，如同老鷹振翅，絲綢的材質在陽光下浮現一抹抹絲光，如同老鷹羽翼上美麗的流光。

他頃刻間消失在了我的面前，我呆坐在院中。好快！會飛的！好厲害！

片刻後，他提著兩隻山雞回來了，我一看就眉開眼笑了。

很快，烤肉的香味從廚房裡飄出，等他再出來時，已經把烤好的山雞放在我面前，我開心極了，直接扯了噴香的雞腿，一邊吃一邊看他：「你怎麼知道我愛吃肉？」

他端正地坐在我的對面，目光微垂：「之前聽那石頭說了，妳愛吃肉。」

「心思縝密！不愧是將軍，厲害！」我豎起大拇指。他微垂的臉浮起一抹淺淺的淡笑，讓他死氣沉沉的臉上終於多了分生氣。

「對了，你什麼時候離開？」我一邊啃雞腿一邊問。

他拿起筷子，開始吃菜，可見他平日真的是粗茶淡飯：「等和談結束。」

「和談結束……」我想了想，立刻看他：「那你住我這兒吧！」

「噗！」他登時噴出了飯菜，白白綠綠的碎渣全噴在他的那些燙白菜上，幸好烤雞在我面前，不然也得遭殃。我立刻護起自己的烤雞，以免他再噴出來。

「對不起……」他微微掩唇，目露難堪。

我奇怪看他：「你那麼驚訝做什麼？」

「我是男人。」他抬眸朝我看來，滿目的正色：「住在妳這裡不妥。」

我看看他，忽然明白了什麼，單手支臉笑了，瞥眸看他：「我還以為是什麼原因呢？我們山裡人沒有那麼多男女有別的規矩，而且，我這屋裡常住男人。」

「常住？」他目露驚訝，面色開始沉下，微微側開：「是病人嗎？」

「差不多。」我說，他的臉色稍稍柔和，看向我，我繼續說道：「周圍住的都是窮人，沒有那麼多是看得起病的，所以他們會用體力來補償，我給他們看病，他們就在我這裡幹幾天活。」

「妳放心嗎？」他有些情急地問，右手放上石桌，擔心看我。我笑了：「鎮上人淳樸老實，哪有你們城裡人那麼多鬼心思？聽說～～～」我趴上桌面壞壞看他：「你們城裡男人都喜歡去青樓談事兒？」我挑挑眉，殷剎的面色立時尷尬起來，轉開臉握拳輕咳：「咳，我沒去過，不清楚。」

「呿，沒去過你心虛什麼？」我退回原位，起身到躺椅邊躺落：「我也治花柳。你說……我進城給青樓姑娘們治病，是不是會掙更多錢？」

「妳是好姑娘！」他不看我，有些生氣地說：「不要去那種地方。」

我躺在躺椅上仰望天空，大朵大朵的白雲從我上空緩緩飄過：「我也好奇啊，我也想走出小鎮，到外面的世界看看，拜訪拜訪名醫，學到更精湛的醫術……」

「我殷剎認識的人雖不多，但是刑姑娘肯定是我見過的……」他忽然打斷了我的話，在石凳上轉身深深朝我看來：「最好的大夫。」

我怔怔看他，他一直看著我，沒有移開目光，我疑惑地看他，微風帶起了他的髮絲，髮絲掠過他的眼前，也沒有阻擋他看我的目光。

「你……怎麼還是一直看著我？我……」我看看自己：「就那麼讓你好奇嗎？」

他在我的話中恍然回神，目光閃爍了一下，側開臉：「我去洗碗。」說罷，他起身開始收拾碗筷，我看著他收拾的身影咬唇壞壞而笑，果然乖。

我想，這世上一定沒有人會像我這樣，使喚這個崑崙傳說中神一般存在的殷剎大將軍。

我躺在躺椅上，在舒服的山風中緩緩閉上了眼睛，輕輕的，是他的腳步聲。我沒有睜開眼睛，他輕輕地坐在了我的身邊，周圍的空氣又被他帶得份外安靜，彷彿他走到哪裡，便能把安靜帶到哪裡。

而且，他身上散發出來的安靜非常特殊，讓人宛如置身冥域，靜得像是在墳墓之中。好奇怪，難道是因為他常年征戰，身上纏繞著太多的死氣？

我依然能感覺到他注視我的目光，好奇怪，他到底看著我在想什麼？他是不是在想這個女孩一個人住在山上安全嗎？她是怎麼生活的？她為什麼喜歡一個人住在山上……

哼……一定是這樣……

算了，不想了，睡一會兒再說。

醒來時，聞到了淡淡的檀香，好奇怪，我不記得我點了檀香。我緩緩睜開眼睛時，看到他靜坐在一旁，遙望雲天的背影，身上是一件深紫色的中衣，而不是早晨看到的深色外衣。

我輕輕起身，身上有衣衫滑落，我低頭看了看，正是他的外衣，原來他給我蓋上了。我拿起那件外衣，立刻聞到了那淡淡的檀香，是他衣衫上的。

他的背影微微輕動，沒有轉身，只是微微側臉：「妳醒了？下午要做什麼嗎？」

我笑了，拿起衣服起身披上他的後背，他的身體不由怔住，我放開他的衣服：「既然你在，我們下棋吧，鎮上沒幾個人會下棋。」

「下棋？」他轉回身，一邊穿外衣一邊起身：「妳不就診嗎？」

我走回屋內：「我三天下一次山就診。」我拿出棋盤，他走到我身旁隨手拿起兩個棋盅。

「那若是有人急病呢？」他問。

我看看他，揚唇一笑：「我就知道你一直看我是因為好奇，你心裡對我一定一肚子好奇是不是？」我踮起腳挨近他的臉，他微微後仰，垂落眼瞼看我，薄唇微抿沒有說話，依然只是看著我。

我退回身形，拉起他的手臂：「跟我來。」

便是懸崖。

「好。」他任由我拉著，隨我出了小屋，我拉著他跑向小屋前不遠處的一塊突石，突石之下

我拉著他站上突石，一指下方：「你看。」

他放眼看去，整個小鎮映入他冰清的眼睛。

「若是有急診，他們會在房上插一面紅旗，我便能看到；如果是晚上，會掛上紅燈，我看見就會下山就診；萬一是深夜，我那時睡了，石頭便會上山告訴我。」我就地盤腿坐下，在突石平滑的石面上放好棋盤：「你還有什麼想問的嗎？」

他微掀衣襬，在我對面坐下放好棋盅，久久看我抿唇不言，目光微帶猶豫，似是還是不習慣多與人言。

他看我許久，似是經過深思之後才開了口：「妳為什麼一個人住在山上？」

「哈，我就知道你會問這個。」我揚唇，有些自得。

他的目光定定落在我的臉上，視線細細掃過我的眉眼。我說道：「因為採藥方便，如果每天上山採藥太累了。但是人不常生病，我懶得上山、下山，便住在了山上。幸好我住山上，那天才能救了你，帶著你混入蜀國軍營，讓他們後悔到想哭，哈哈！」我昂起下巴，狡黠看他，他在我自得的神情中，嘴角也漸漸揚起，帶出了一抹輕笑：「呵……」

山風揚起了他的髮絲，掃去了他臉上因為沒有表情而形成的死氣，多出了因為笑容而平添的生氣，讓他俊美的臉更加鮮活一分，就連那淡淡的唇色也宛如這個笑容而鮮豔起來。

「你該多笑笑，現在的你很好。」我說。

他微微一怔，垂落眼瞼：「是嗎，那可能就需要妳……」他緩緩抬眸，目光忽然變得深邃起來：「多陪陪我。」

不知為何，我被他深邃的目光所深深吸引，心跳在不知不覺間開始加速。我驚訝於這份奇怪的感覺，和他在蜀軍軍營的一切忽然不斷地浮現腦間，每一個細節都是那麼清晰，讓人忽然有了一種，別人所說的……怦然心動的感覺。

「嘶……」蛇鳴打斷了殷剎注視我的視線，也讓我從這從未有過的感覺中回神。小竹盤立在我與殷剎之間，殷剎驚然看牠，牠也直直盯視殷剎。

「別怕，牠是小竹。」我抬手硬是摁落小竹直立的腦袋，讓牠變得不那麼嚇人：「就是這座蛇山的蛇王。」

小竹盤起了身體，哀怨地看我一眼，把腦袋伏在我的腿上。殷剎驚奇地看向我：「妳把牠馴化了？」

「不，我們是朋友，我沒馴化牠，是牠給了我一個面子，讓我做牠的朋友。」我低頭摸了摸小竹的身體，牠微微閉上眼睛，顯得格外安靜。我看向殷剎：「我一直覺得萬物生靈皆有靈性，大家都需要溝通，只要用心，跟誰都能做朋友。你看現在我們不就是了嗎？」我笑著拿起棋子放落棋盤。

殷剎久久看我，又浮現一個淺淺的微笑，也執子放落棋盤：「是啊……我們是朋友了。」他說完，臉上忽然帶出一抹輕鬆之色，下棋的動作也變得行雲流水，輕鬆自然，如與好友對弈，無拘無束。

他時而深思，時而細看，他總是要思索很久才開始布局，他認真的神情異常沉穩，這是在小鎮男人的臉上無法看到的神情。我不得不承認，殷剎的身上散發著特殊的男人魅力，一種讓女人無法抵擋的魅力。但是因為他的冷沉，想必讓女人也不敢靠近吧。

這樣的男人，一定有不少女人吧。

「你有喜歡的女孩嗎？」我實在忍不住地問。

吧嗒！他手中的棋子像是被我突然發問而驚落，我一看那子掉的地方對我非常有利，立刻捂住：「哎哎哎！落子無悔啊～～～」

他又是一怔，抬臉看看我後，無奈地笑了：「好。」

我像是偷了糖一般竊喜，立刻收拾掉他一大片，這叫趁火打劫！

「沒有。」忽的，他在我撿他棋子時說。

我隨口問：「什麼沒有？」

他靜靜看我：「我沒有喜歡的女孩。」

「為什麼？」我不解地把棋子一一放入棋盅：「你那麼厲害，又長得那麼好看，一定有很多女孩喜歡你，肯定都是非富即貴的大家小姐，她們一定娉婷玉立，知書達禮，你還看不上？」我又開始絮絮叨叨，而他依然只是看著我，靜靜聽我說話，我白他一眼：「你見好就收吧，要求別太高了，你看我們鎮上男人光棍多了去了，如果他們能像你有錢有勢，早就妻妾成群了，對了，還要有顏。」我指指臉，壞壞地笑了：「女孩兒啊，只看臉的，雖然鎮上光棍多，但偏偏石頭受歡迎，為什麼？還不是因為他長得俊？你這麼挑，難道是那些女孩兒長得不如你意？」

他冷淡地搖搖頭。

「那是……因為她們不夠溫柔大方？」我繼續猜。

他淡淡看我一眼，依然搖搖頭，繼續下棋。

「不對啊……大家閨秀自小教授女書，賢良淑德，溫柔大方，哦～～～」我壞笑看他：「我明白了，那些太乖了，你不喜歡是不是？你喜歡青樓裡的？」

嗒啦！他手中的棋子再次掉落，我立刻再次捂住：「哎哎哎，落子無悔啊。」

他微微蹙眉，隨即無可奈何地笑了，看向我的目光中多了一分特殊的柔和，宛如寵溺與容忍。

「嘿嘿。」我對他咧嘴一笑。

他輕嘆搖頭，抬眸看我時，神情恢復往常：「妳是故意的嗎？」

我但笑不語。

他側臉想了想，轉回臉看我：「那些都是庸脂俗粉。」

「都是庸脂俗粉？」我不可思議地看他：「那你的要求得多高啊？」我隨即搖了搖頭：「要求太高可不好，你這真是飽漢子不知餓漢子饑啊，哎……」我放落棋子。

「那妳呢？」他問。

「我什麼？」我手執棋子看他。

他的目光立刻從我臉上移開，隨手掏出棋子，只看棋盤：「妳……可有意中人？」

我把玩棋子，單手支臉：「正在選。」

「選？」他手中的棋子緩緩放落棋盤：「妳……喜歡什麼樣的人？」

我笑了：「我喜歡君子那樣的。」

嗒啦！他手中的棋子又掉了，徹底定了他的輸局。

我一看，樂了，雙手高舉：「謝將軍承讓！」

寒意立時浮起他的全身，沉臉坐在棋盤對面，我開始樂呵呵地收拾棋盤。

「那種長得女氣的男人不可靠。」他在對面冷冷說。一旦他臉上沒了表情，陰森的死氣便再次覆蓋他的全身，帶出一種讓人不敢靠近的森然的威嚴。

我把黑白子分開：「但是他溫文爾雅、彬彬有禮，哪個女孩不喜歡翩翩君子？」

「很多君子是偽裝的。」冷冷淡淡的話語從面前而來，帶出了一絲警告的意味。

我抬頭看他陰沉的臉：「君少將軍不會的。老將軍要屠城時，他堅決反對，還被老將軍關起來了呢！君少將軍是一個善良的人。」

「是嗎？」他冷冷看向我，眸光變得格外陰冷，像是化作一雙冰冷的手狠狠掐住了我的脖子，陰寒的殺氣讓我不禁全身起了雞皮疙瘩。

我怔怔看他，山風忽然揚起，呼的一聲，揚起了我的長髮和他的。暮色倏然降臨，讓他身上的陰氣更重一分。

「你……怎麼又生氣了？」我在飄飛的亂髮中看他。

他的眼神閃爍了一下，劃過一抹煩躁地拿起棋盤，起身冷冷俯視我：「我只是不希望妳選錯郎。妳是我……」他在陰沉的暮色中垂落眼瞼：「很重要的朋友。」

我有些感動地看他。因為一次機緣，我救了他的命，在那之前，我們素未謀面。但是現在，他卻把我當作心中摯友，這讓我很高興。

我開心地起身：「我只是說我喜歡君子那個類型，又不是喜歡君子那個人。而且他是蜀國的少將軍，你們這些將軍啊，眼光都高，怎麼看得上我？」

他側開臉忽然沉默了，臉上是難掩的心事。

我挑了挑眉，拿起棋盅。起身時，小竹從我腿上滑落，遊過殷剎身邊，回頭冷冷看他一眼，接著獨自往前。

我一步一步走到像是在走神的殷剎身邊，猛地一跳：「喂！」

他被我驚得一怔，俯臉朝我看來，我勾唇昂起下巴：「該回去做飯了，還愣著做什麼？整天不知道在想什麼，現在是讓你打仗嗎？」

他怔怔看我。

「哼！」我也跟小竹一樣，傲嬌甩臉回家。

「呵……」身後是他一聲淡淡又無奈的輕笑。

天越來越陰沉，山風裡也帶出雨的味道。我拿出藥臼開始搗藥，殷剎忙著把院子裡的篩籮放入小屋中。他拍拍手放落挽在腰間的衣襬，回到我身邊：「我下山了。」

我一愣，轉臉看他：「不住這兒嗎？」

他微微蹙眉，想了想，還是點點頭：「嗯。」

我笑了：「我明白，你們講究男女有別，留你在這兒會影響你大將軍的清譽。」

他輕嘆：「我是怕影響妳。」

「哈哈哈，那就謝謝你了。明天辰時上山繼續幹活。」我毫不客氣地命令。

他輕笑：「好。」

我隨口喊道：「小竹，拿把傘來。」

片刻後，小竹咬著一把傘從裡面出來，殷剎目中驚訝。小竹將傘放到他腳前，甩臉走了。

殷剎撿起傘，看了一會兒，驚嘆片刻，抬臉看向我：「那……」他頓住了話音，我看向他，他停了許久，微垂目光：「明天見。」

「好。」我揚唇一笑，低頭繼續搗藥：「路上小心。」

他沒有再說話，靜靜站了一會兒，轉身漸漸消失在黑夜之中。天空中劃過一抹閃電，響起隆隆雷聲。

嘩——下雨了。

我拿出瓶瓶罐罐放在房簷下，藥書裡稱此為無根水，淨化後可做藥引，泡茶也尤為清香。

我坐在門檻上，看從房簷上落下的瀑布。雨水劈劈啪啪、叮叮噹噹地響，像是動聽悅耳的音樂。

「小竹，出來一起賞雨～～」我雙手支臉，悠哉悠哉地喊，卻半天沒動靜。我疑惑地扭頭看看，不見小竹身影。

難道回去了？

奇怪，最近牠一直在我家，晚上也是睡在我的床尾，怎麼突然走了？

「小竹？小竹？」我轉身進屋找牠，找遍整個小屋也不見牠身影，看來牠是回去了。這傢伙，走也不跟我說一聲。

❖

夜色深沉。正當我準備關門睡覺時，卻看見雨天的黑夜中匆匆跑來一大團奇怪的黑影。簷下雨簾讓人無法看清那團黑影，我隨手拿起門邊的傘撐開走出房門，才看清是殷剎頂著傘，背著一個綠衣女孩兒。

我一驚，立刻撐傘上前，到殷剎面前時才愕然發現他上面的傘是破的！那一個個破洞像是被什麼動物有意咬破的。

小竹……

小竹是真的不喜歡殷剎。

「怎麼回事？」我看向殷剎後背的女孩兒，女孩兒臉色蒼白，一身濕透的綠色衣裙。

「路上撿的。」他說。

我立刻把他夾在脖子裡的破傘扔了，給他撐傘：「快進屋。」

「嗯。」

他背著女孩兒跟我匆匆進屋，我放落雨傘，從他後背輕輕扶下女孩兒。他站到一旁，我扶著渾身濕透的女孩兒看他：「幫忙啊！」

他冷冷淡淡看她一眼：「我不認識她。」

我氣結：「你都背她上來了！」

他微微擰眉，臉上像是一百個不情願，像是救人讓他覺得份外麻煩。

我無語地白他一眼，把女孩兒扶上床，開始拉開她腰帶，他見狀直接掀簾出屋。

我脫下女孩兒濕透的衣裙，女孩兒全身因為被雨水淋濕而冰涼，凍成了一絲青綠色。我細細檢查了一下，女孩兒沒有外傷，也沒發燒，就是被雨淋了。

女孩兒很漂亮，小臉份外精緻，雖然因為受凍而臉色蒼白，但依然遮蓋不住她五官的嫵媚與豔麗。在這裡我從沒見過這麼漂亮的女孩兒。

女孩兒的皮膚也是吹彈即破，雨水甚至可以凝滯在她的皮膚上，化作一顆晶瑩的水珠兒，證實她皮膚的緊致與滑膩。而她即使平躺也挺翹的可人玉乳，份外惹人垂憐，那玉乳上粉色的玉珠更是直接撼動男人的心弦。

這真是個誘惑男人的妖精呀！

我匆匆給她蓋上厚厚的被子，掀簾而出，殷剎也是渾身濕透，沒有離開。

「幫我看一下，我去取熱水。」我要出門，他卻伸手攔住我，面色陰沉看我：「還是我去取熱水。」他說著向前走，沒兩步他忽然腿一軟，向前撲倒，我立刻上前扶住他沉重的身體。他重重的身體靠在我的身上，幾乎快要把我壓垮。

「怎麼回事？」

他伸手摸向左腿，雙眉已經擰起：「我好像……又被蛇咬了。」

「什麼？」我驚呼之時，他猛然失力地徹底壓向我，我立刻抱住他的身體。他下意識攬緊我

好你個殷剎，被蛇咬了還不老實！早知道剛才就不救你，讓那條蛇把你咬成太監！

砰！房內傳來奇奇怪怪的聲音，我馬上提裙衝入前屋。正準備殺進去的時候，門簾忽然掀開，見殷剎只穿青色中衣地從裡面冷著臉出來。

砰！就這樣，我直接撞上他結實的胸膛。武將的胸膛硬如磐石，我的鼻子正好撞在他結實的肌肉上，登時痛得我眼前一陣暈眩，雙手捂住鼻子痛呼：「啊……嘶……」痛死我了，感覺鼻梁骨都像是要斷了。

「刑姑娘！」他匆匆扶住我的身體。我眼前直冒金星，陣陣發黑，痛得淚流滿面，我的雙手裡漸漸感到了濕熱。

「刑姑娘！」忽然，我的身體被人急急抱起，隨即輕輕放落在屋內的躺椅上，讓我躺落。眼前金星漸漸消散，我的視野漸漸清晰，但鼻子依然痛得像是被人狠狠砸了一拳的感覺。我緩緩拿開雙手，只見雙手上赫然是血！

啊～～～死殷剎！你沒事把胸肌練那麼硬幹什麼？

「刑姑娘！對不起！」正想著，殷剎擔心的臉已經出現在我面前，手上是小小的紗布。他朝我俯下身，青色絲綢的中衣似是被人拉扯過，有些鬆散，在他俯身時也隨即垂落，露出裡面赤裸的胸膛。

看到他胸膛的同時，也看到了上面淡淡的疤痕，我不由一時失神，心中浮起絲絲的心疼和揪痛。

他輕輕地把捲成小捲的紗布塞入我的鼻中，小心的神態格外認真，輕柔的動作像是生怕稍一用力會把我的鼻子碰碎。

他輕輕給我止血後，一手撐在我臉龐的靠枕上，一手撐在躺椅的扶手，怯怯地注視我的臉：「還在痛嗎？」

格外柔和的聲音讓我一時發愣，眼前這個男人，還是我認識的殷剎嗎？他總是冷淡冰寒的目光裡此刻只有心疼與憐惜，像是他生命中最重要的人受了傷。

我的鼻子還在痛，這種難以言喻的酸痛讓我幾乎不敢呼吸，生怕又扯痛了鼻子的痛，或是把鼻子給徹底弄斷。

我伸手輕輕地捂住鼻子，酸痛讓我的眼淚又不自主地流了出來。他的黑眸裡立時浮出更深的疼惜，雙眉也隨之而攏起，讓他平日沒有表情的臉忽然變得鮮活起來。

他小心翼翼地拭去我眼角的眼淚，指尖上還帶著我的血。

「對不起……」又是他一聲深深自責的道歉。

見他如此內疚自責，我也無法再怪他，本來就是我自己撞上去的。我瞥眸看看那間黑漆漆的病房，此刻卻靜得出奇：「剛才到底是怎麼回事？」我一愣，因為我鼻子被紗布堵住，說話發悶。

他也似因為我的話音愣了愣，忽然寒意再次布滿他的雙眸，直接撇開眸光冷冷盯視別處，身上浮起絲絲殺意：「那女孩不是正經女孩兒，等她醒了就讓她下山。」

我一愣，那目光像是我不把那女孩兒趕下山，他就會殺了她。

哈啾！他忽然打了個噴嚏，我立刻摸上他的手臂。他一怔，身體微微僵硬，被我摸到的地方開始繃緊。他身上的衣服依然是濕的，而從那濕透的衣服下傳來的是隱隱的熱意。

「你身上很熱啊！」在我說話時，他的胸膛開始大幅度起伏起來，側開臉越發不看我。

我的手從他手臂順勢摸下，落在他的手腕把了把，一驚：「你現在心跳也很快！你快去對面的屋裡把衣服脫了，門口有熱水，自己擦一下，櫃子裡有一些乾淨的男人衣服，你換一下別得風寒。」

他一怔，猛地回頭，微乾的長髮在我面前甩過：「妳這裡怎麼有男人的衣服？」

我隨口解釋：「病人病重時，會有人陪夜，如果沒有陪夜的，石頭會來幫忙。所以那些衣服有些是石頭的，有些是病人的子女忘記拿回去的。你身形跟石頭差不多，可以穿他的。山風很涼的，你即使是個將軍也未必能抗住，快去吧，我沒事了。」

他還是有些擔心地看我，沒有走開。忽的，他雙眉一擰，忙捂住鼻子，然後又是個輕輕的噴嚏在他強忍中打出。

我笑了。但一笑鼻子又痛了，我趕緊收起笑，也捂住鼻子，拍拍他：「快去吧。」

他這才點點頭，起身到門口取了熱水。我緩緩坐起來，他轉身時見我起身，又想朝我走來，我揮揮手：「我是大夫，自己能處理。」

他擰擰眉，認真盯視我：「我換好衣服就出來。」他的語氣像是怕我出什麼事。他手提熱水，掀開病房對面房屋的門簾，燈光隨即亮起，傳來輕輕的水聲。

我緩了緩，站起身，低臉看了看，衣領上也有鮮血。我隨手拿起油燈，走向病房，得去看看到底怎麼回事。

第八章 我為你守夜

掀簾之時，腳下被什麼東西給絆到了。我低頭一看，一時目瞪口呆。只見那個女孩兒現在光溜溜趴在地上，長髮散落一地。

原來剛才砰的一聲是她掉地上了。

我匆匆點亮屋裡的燈，把她扶起，再搬回床，發現她是被人打暈的。我心中暗驚，殷剎對那麼漂亮，而且身材那麼凹凸有致、可謂是人間尤物的女人都能下得了手！

他到底是有怎樣一副鐵石心腸？

我再次給她蓋好被子，雖然殷剎說她不是什麼好人，但我是大夫，專治病。

把另一桶水提進來，給這丫頭簡單擦了擦，從櫃子裡拿出我的內衣給她換上，再次看一眼，這女孩兒出現得蹊蹺。

老人說過，山中有精怪，這女孩兒長得如此出色，又在晚上出現在山上，還一聲又一聲說公子我冷……

該不會是——

我渾身打了個寒顫。還是去看看殷剎吧！

我從抽屜裡取出雪蓮玉膚膏，離開這間忽然讓人覺得妖氣纏繞的病房。

對面的房間很安靜，人影微動。我習慣性地掀簾而入，登時只見殷剎提著一條褲子，僵立在我面前，他的上身還光著，看見我也是一時沒有反應過來，呆呆看我。

我一怔，慌忙轉身：「對、對不起。」我擰起眉，因為病房一直住的是病人，進進出出習慣了。

「你把褲子穿上，我給你的疤上藥膏。」我背對他說，總覺得空氣又忽然變得稀薄起來。

身後一片安靜，半晌後才傳來他的話音：「好。」然後是褲子套上大腿時，布料摩擦的簌簌聲。

確定他穿好後，我轉身低臉直接走到桌邊把藥膏放在桌上，然後拖過一個凳子放在自己面前，不看他地拍拍凳子：「坐。」

搖曳的燈光帶出他有些猶豫的身影，但他還是坐在了我的面前。當他後背上大大小小、深深淺淺的傷再次映入我雙眸時，一種無法形容的感動與心疼湧滿心頭，讓我的鼻子立刻酸痛起來，眼淚隨即溢出。

我想，無論是誰，只要是我們崑崙國的子民，在看到這些是為了我們安康而留下的傷疤時，都會感動落淚……我們的兵，我們疼。

我一時情緒難以平復，淚水止不住地滾落。我慌忙轉身離開了那間讓我窒悶的房間，鼻孔又被紗布塞住，讓我更加呼吸困難，無法用深呼吸來平復自己的內心。

我跑出了小屋，站在院子裡，取出了紗布，深深吸入清涼的空氣，抹去眼淚。

「怎麼了？」身後傳來他關切的聲音，他匆匆追至我的身後，靜靜頓住腳步。一束清麗的月光從陰雲中灑落，把我和他的身影在銀白的地面上拉長，他的身影蓋過了我的，像是把我包裹在他巨大的懷抱中。

我擦了擦眼淚：「你們真偉大。你不怕死嗎？」我平復了一下轉身，心疼地看他。

他的目光落在了我的臉上，神情恢復他平日的平靜，沒有什麼表情的臉上，浮出一抹愧色。他朝我的臉緩緩伸手，卻忽然收回手轉身，長髮在風中飛揚，蓋住他滿是傷痕的後背。

「我沒有妳說的那麼偉大。」他沉沉說完，大步走回了房間，留下陣陣寒氣。

我怔怔站了一會兒，感覺……好像惹他生氣了，為什麼？

我立刻追回，他已經悶悶坐在房內凳子上，渾身的寒氣已經不用擔心山風會讓他風寒。我慢慢走回他身邊，小心翼翼俯身看他，長髮緩緩垂落他的臉邊，他微微輕動，轉開臉：「我的疤已經好了，不需要再治。」

「怎麼突然生氣了？」我探臉看他。

他立刻轉回臉，正對我看他的臉，他眼神閃爍了一下，轉開臉：「我沒有。」

沒有？我微微退開，看著他全身慢慢繃緊。練武之人，又常年征戰，身形自然與常人不同，他有沒有緊張從肌肉緊致的程度便可看出。

我不放棄地坐在他身後，戳上他有些硬的後背：「喂，看在我的鼻子被你撞青的份上，你別生氣了。」

他一怔，立時轉身，右手也是猝不及防地朝我下巴伸來，直接扣住我的下巴微微抬起，他細細看著，目露疼惜和自責：「真的青了……」他伸出左手想摸上我的鼻子，我立刻扣住：「別！痛死了！」

他微微一怔，眨眨眼匆匆放開我又轉回身，雙手撐在自己的雙腿上，不再說話，再次變得安靜。我知道，他在自責。

「別自責了，也怪我，衝得那麼快。」我隨手拿起藥膏，沾上手指：「我不喜歡別人在我小屋做奇奇怪怪的事情。」

「我沒有！」他急急地說，像是怕我誤會。

「我知道！」我抹上他背後的傷疤，他立時後背收緊，整個人也變得緊繃起來。我繼續抹著：「我那時不知道，那女孩兒說公子～我冷～～～」我學著那女孩兒嬌柔虛弱地說話，渾身直起雞皮疙瘩：「我想那樣的尤物哪個男人受得了，你又把衣服脫了，所以——」

「我把她打量了。」他微微側臉說，聲音有些怪異地沙啞。

我一手拿藥膏一手抹：「我正想說這個，那樣的尤物連我都想摸兩下，你居然把她打暈？你可真下得了手。」

「她……！」他倏地轉身，面色繃緊地難以啟齒。

我壞壞地笑了：「她勾引你？」

立時，他側開臉，尷尬地不看我。

我手指上還帶著藥膏，我咬唇壞壞打量他片刻：「那樣的尤物勾引你都寧死不從，你……該不會喜歡男人吧。」

登時，他全身僵硬。

我壞笑地戳上他的肩膀：「說嘛～說嘛～～我們是朋友，我保證不會說出……」忽然，他扣住了我戳他的手，臉倏然俯落我面前。我驚呆之時，他的唇已經落在了我的唇前，只隔著一層薄薄的空氣，可以清晰地感覺到他每一次的吐息。

我的心跳立時凝滯，嚥了口口水，看他忽然變得深邃的目光，他灼灼地盯視我的眼睛：「我對那種庸脂俗粉沒興趣，如果想知道我到底喜歡男人還是女人，妳可以試試！」

我的心跳猛地加快起來，他緩緩地放開我，胸膛大大地起伏了一下，像是在努力克制著什麼。他慢慢退開身形，再次轉身背對我。

我緩緩回神，繼續給他抹藥。

整個房間立時變得安靜，隨著安靜而來的，是難以平靜的心跳和越來越困難的呼吸。

「我出生的時候，就剋死了爹娘……」忽然間，他淡淡的聲音打破了屋內的寧靜：「我的身邊一直伴隨著死亡，每個和我親近的人都會死。他們說我是天煞孤星、是死神轉世，會收走別人的命。」

我的心跳在他看似平淡，卻讓人份外哀傷的話音中慢慢平靜。我靜靜地聽著，感覺著他這一生的孤獨。

「我年輕時遇到了一位大師，大師告訴我，如果不想收走身邊人的命，就去打仗，去收敵人的命。無論我是不是殺人，身邊始終會有死亡，既然如此，不如去殺敵人，我才做了這將軍。所以……我沒有妳說得那麼偉大。」

「所以你也不敢有朋友？」我心疼地看他，他在我身前靜靜地點了點頭。

我沉默了，心裡沉沉的，眼淚又忍不住要掉下來。我以為他做大將軍是如何風光，卻沒想到他是如此地孤獨和寂寞，讓人心傷。

我起身從櫃中取出石頭乾淨的外衣，走到他身後輕輕蓋落他的身體，情不自禁地俯身環抱住了他的肩膀，他怔坐在我的懷抱中。

我靠在他寬闊的肩膀上：「別怕，我命硬，我做你一輩子朋友……」他怔怔的身體，在我的懷抱中緩緩放鬆，抬手輕輕握住了我環抱他的手腕，我繼續說：「悶了就來找我，這藥膏你拿著，前面我就不摸了。」

「呵……」他失聲而笑。

我也笑了：「今晚也別下山了，你沒我陪著肯定又會被蛇咬的。這藥膏有淡疤的效果，如果你滿身的疤會讓你妻子嚇壞的。」我想從他後背起身，他卻依然握住我的手腕，我愣住了：「怎麼了？」

他久久沒有說話，握住我手腕的手忽然緊了緊，然後緩緩地鬆開，帶出他低低的話音：「只是想……跟妳說聲謝謝。」

我的目光落在他的頭頂上，一陣風讓他和我在牆上交疊的身影晃動了一下。我緩緩離開了他的後背，他就那樣靜靜地坐在原處。當我的影子離開他時，他牆面上的黑影帶出了一絲孤寂。

我默默地轉身離開，隨手帶上了房門，我在房門前站了一會兒，吹熄了屋內的燈。但我沒有離開，直到他屋內的燈熄滅，我心裡才得到一絲安心。

我看向那綠衣女孩兒的房間，瞇起了眼睛。今夜我要給殷剎守夜，絕不能讓他被奇奇怪怪的女孩兒給上了！

而守住那女孩兒最好的方法，就是跟她一起睡！

讓妳勾搭我朋友？哼！

我氣呼呼地大步到病房，房門一關，拴住，然後吹熄燈往她身邊一躺，解開腰帶把我和她的手綁在了一起。臭丫頭，居然在我面前發騷發浪，等妳醒了，給妳好好治治！

我刑妹可是大夫，專治病！妳有病就得治！

嘶，這女孩兒身上好冰啊，像小竹一樣。

月光漸漸明麗起來，我躺在床上心裡忽然有點開心，因為殷剎對我終於敞開了心扉，我能感覺到他剛才的那番話正是他壓抑在心底的心事。

像這樣說出來不是很好？讓我知道他不是表面上看起來那麼冷酷，讓我知道他不是孤高自傲才不與他人為伍。

想到此，心又被深深揪緊，原來殷剎那麼可憐，沒有父母，沒有親人，沒有朋友和戀人。不，是他不敢有朋友和戀人，因為他害怕失去他們，害怕看著他們的命因為自己而被收走，那樣，他一定會很痛苦。

如果我身邊的人一個個是因為我而死，我一定會很痛苦，很自責，也會像他那樣漸漸遠離他們，是為他們安全。

我信他說的話，因為我能感覺這種神祕的力量。比如這座蛇山是活的，它孕育了無數具有靈性的動物，就像老人所說，蛇山是有山神護佑的，而他們也認為護佑蛇山的山神，很有可能就是蛇王，那不就是小竹嗎？

跟小竹相處到現在，誰能解釋牠的特殊？牠能聽懂人話，會關心我，會保護我。除了不是人的樣子外，牠所做的事跟人類已經沒有區別，我已經完完全全把牠當作一個人來看待。

所以，我相信精怪，也相信殷刹的死神命運。如果他不是死神轉世、不是天煞孤星，他的身上也一定存在了什麼詛咒，這個可怕的詛咒讓他不敢靠近任何人，也讓任何人越來越疏離他，這個詛咒只有一個目的，就是讓他孤獨一世。

如果從一個特殊的角度來看，他的命運出了問題，染上詛咒而病了；而我正是治病的專家，所以我要治治這個詛咒，他這個孤獨命的病。

✣

天濛濛亮的時候，我感覺身上沉沉的，是那女孩兒壓在我身上。小姑娘睡相還挺不好，整個兒抱住我，一條腿在我腿上，一隻手還在我胸上，臉埋在我臉邊睡得很沉，可以聽見她呼吸的聲音。

「嗯……」她發出一聲嬌滴滴的夢囈，但是聲音帶著哽啞，不太像昨晚女孩兒的聲音，有一種雌雄莫辨的少年音。

可是，我總覺得哪裡有點不對勁。她睡在我左側，一旦抱住我，胸脯就會壓在我的手臂上，可我感覺那裡很平，沒有柔軟的女人胸部的那種感覺。

奇怪啊……我伸手往她胸脯上摸了摸，平的！真的是平的！我甚至隔著內衣摸到了那兩顆紅果，但依然沒有抓握到任何聳起的柔軟部位。我昨晚看見的那對漂亮、完美的玉乳上哪兒去了？

怎麼一覺醒來，女孩兒變男孩了？

「嗯……」她像是感覺到我摸了她，身體微微輕動，架在我腿上的腿蹭了蹭我的腿，立時，我感覺到硬硬的東西壓在了我的腿側。

「啊！」我驚叫起來，她也一下子驚醒坐起：「啊！」

我指向她蓋在被子下的胸部：「妳妳妳妳的胸部呢？」

她眨眨眼看我，臉猛地紅起，慌忙捂住胸部，右手因為和我的綁在一起也帶起了我的手，她羞答答地咬咬唇低落臉龐：「姊姊下流～」

我的臉登時發黑，瞇起眼睛：「給我看看！妳剛才明明就是平的！」

「啊！」她紅著臉掩唇，羞澀地給我拋個媚眼，妖豔的眼睛勾魂攝魄：「姊姊原來好這口兒，人家、人家不從啦～～」她捂住臉，在我身邊不停地扭！

我快氣瘋了！扯開和她手腕綁在一起的腰帶就撲倒了她，跨坐在她身上，強行拉開她捂臉的雙手把它們摁在她臉邊。她滿臉嬌羞地咬唇側開臉，雙眸中淚光盈盈，百般地妖嬈勾人，欲拒還迎：「不、不要……」帶一絲哽咽的聲音忽然變得有些雌雄莫辨，那纖柔的腰肢也在我的身下輕輕扭動，真是撩人的尤物！

「不要妳個頭！我就是要看看妳到底是什麼精怪！」我正準備扯開她衣領時，喀嚓！房門忽然被人踹開，殷剎滿身寒氣地衝了進來：「離那女孩兒遠點，那女孩兒不正……」

他徹底怔立在床邊，呆呆看我，我也呆呆看他，立刻放開女孩兒的雙手：「別、別誤會，我，我只想看看她有沒有胸部……」

殷剎的臉瞬間黑了，就在這時，那女孩兒突然在我身下像條蛇一樣地扭動起來：「姊姊救我～～昨晚這個男人要對我不軌～～～」她立刻撲抱住我的身體，柔軟的身體在我的身上繼續扭：「姊姊快救我～～～」好吧，此時此刻，我感覺到她的胸部了，她柔軟的胸部正壓在我的胸上，這實在太奇怪了，難道是因為我剛才不夠清醒？

「我沒有。」殷剎冷冷地說，陰沉浮上雙眸，伸手忽然將那女孩兒直接從我身上拉開：「放開刑姑娘，妳可以滾了！」他拉開那女孩毫不憐惜地往床角一推，女孩因而跌坐在床角，滿臉的哀怨，看起來楚楚可憐。

她抬手顫顫地指向殷剎：「你這個……禽獸！」

「夠了！」我也跳下床，殷剎疑惑看我，縮在床角的女孩兒同樣滿臉委屈地看我。我打開抽屜拿出了尺，揮了揮，感覺有點輕。我看向女孩兒，登時發現那女孩兒像是感覺到了什麼，從床上站起，緊張看我：「妳、妳想幹什麼？」

我白她一眼，隨手扔了尺，到櫃子邊拿出雞毛撢子，轉身就跑回床朝她抽去：「讓妳在我屋子裡勾引男人！」

「啊！」她驚跳起來，殷剎也驚得退開身形，像是完全沒想到我會比他對那女孩兒更冷酷。

「啪！」我抽在那女孩兒腳邊，女孩兒的臉登時煞白：「姊姊，是他要輕薄我！他聽到妳來了才把我打暈的！」她說得義正辭嚴！

我也提裙上床，揮舞雞毛撢子：「妳從早上就開始發騷發浪，我怎麼可能信妳的鬼話？我讓妳發騷！」我直接抽向她，她立刻逃，我抽在她手臂上。

「啊！」

啪！

「啊啊啊！」

啪啪啪！

「讓妳這小騷貨對我朋友發浪！今天我就要好好治治妳的騷病！」

「啊！姊姊別打了！」

「小小姑娘白長那麼漂亮不學好！」

「姊姊我錯了，我錯了！」

我打，她逃，我追。她逃出了屋子，逃出了院子，遠遠站著。殷剎也追了出來，她卻是朝殷剎怨恨地瞪了一眼，咬咬牙轉身就跑入了山林。

我手拿雞毛撣子揮舞：「下次別再讓我看到妳！不管妳是什麼精怪都給我滾遠點——」這女孩兒不對勁，明明是我打她，她卻怨恨地看殷剎，難道是殷剎不肯就範讓她很惱恨？

「精怪？」殷剎在我身旁目露疑惑。

我站在淡金色的晨光下：「老人說這山上有精怪，那女孩兒長那麼漂亮，又突然出現在山林裡，很不正常，沒準兒她是想勾引你然後採陽補陰呢。」

「還有精怪這種事？」殷剎不信地搖搖頭：「我不信，她肯定是細作。」

我瞥眸看他：「你既然不信精怪，那為什麼信天煞孤星那樣的話？」

他怔住了，我笑著看看他，搖搖頭轉身揮舞雞毛撣子：「好好幹活，不然也一樣抽你！」

「咳。」身後是他一聲輕咳，然後，他從我身側不緊不慢地走過，臉上帶著淺淺的微笑。女孩兒跑了不久，石頭提著菜籃上山，裡面裝滿了我山上沒有的蔬菜，還有我喜歡的肉。

「你有沒有看見一個漂亮女孩兒跑下山？」我問他。

他搖搖頭，笑看我：「我們鎮上漂亮女孩兒不就只有妳嘛。」

我笑了，石頭果然只說實話，嘿嘿。

正巧殷剎從房裡出來，石頭立時驚訝：「殷將軍！你……怎麼穿我的衣服？」殷剎目露尷尬，但石頭絲毫沒露出尷尬的神情，反是高興地上前拉住殷剎的手臂：「你還在太好了，跟我一起幫小妹的房子補補吧。」石頭就是這麼沒心沒肺，純真善良。

嫁給石頭也不錯，至少省心，他會全聽你的，會是一個難得而聽話的好丈夫。

殷剎還沒回神，就被石頭拉去補房子。他扭頭看我，我對他燦燦而笑。不要總是推開別人，石頭真的是一個好相處的人。

他看著我在晨光中的笑容，也淡淡地笑了。他的臉上終於沒有了那寒人的死氣，柔和的晨光給他整個人染上了絲絲暖意。

在殷剎和石頭幫我修補小屋時，小竹慢吞吞地爬回來了，顯得有點垂頭喪氣，經過我身邊時不看我，耷拉著腦袋從我面前遊過，我叫牠也不搭理。然後牠爬上了房梁，看一眼正忙著補房子的石頭和殷剎，哀怨委屈地垂下臉掛在了房梁上，顯得無精打采。

小竹怎麼了？

肉。

不過，看著房梁上的兩人一蛇，我忽然覺得生活很美好。

「殷將軍，你們行軍打仗還招人嗎？你看我行嗎？」石頭在房梁上挺起胸膛，展示自己的肌肉。

殷剎面無表情地看他一眼，低頭拔出我房上的雜草：「好好活著，戰場不是玩的地方。」

「不是不是，殷將軍，我是認真的，我覺得要像你這樣才配得上小妹，所以我也要做個將軍！」石頭靦腆地笑了起來，殷剎微微發怔，一旁的石頭又開始說了起來：「殷將軍，你打仗一定讀了不少書吧，我到現在認識的字還全是小妹教的……」

我拿起藥筐，搖頭嘆氣，石頭一定會說個沒完沒了的。屋簷上全是他一個人的話音：「小妹總說要出去看看外面的世界，可我什麼都不懂。鎮長說你們城裡人心眼多，他不怕小妹被人騙，怕我被人騙，害了小妹。你昨晚住小妹這兒，說明小妹把你當朋友了，你可一定要多教教我……啊，對了，殷將軍，不如你空的時候帶我們進城看看吧……」

「咳，好。」殷剎應了一聲。

「那我們什麼時……」

「石頭。」殷剎忽然打斷了石頭的話。

我轉身看他們，石頭正看著殷剎：「哎。」

殷剎看看他，目光朝我看來：「我陪刑姑娘去採藥，你修房。」殷剎轉回臉看石頭，眸光裡還帶著一縷深沉，像是防備石頭不同意。

石頭看著他，憨實地笑了：「好，好，有你保護小妹更好。」

殷剎一怔，像是完全沒想到石頭會是這樣的反應。他站起身，還特意再看石頭一眼：「我真的陪她去了。」

「去吧去吧。」石頭揮揮手，繼續拔草。

殷剎微露一絲驚訝地笑了笑，躍下房梁到我身邊，我笑看他：「怎樣？我說石頭很單純吧。」

他沉默地垂下臉：「嗯。」然後直接伸手從我身上取下藥筐，背在了自己的後背上。

「殷將軍——」在我們走出院子時，石頭站在房梁上喊，殷剎微頓腳步又露出深沉的神色，轉身看石頭，石頭笑看他：「你都住小妹這兒了，下次別那麼見外，和我一樣叫小妹就成——」

殷剎徹底怔立在房門前，那神情像是在驚訝這世上怎會有如此沒心沒肺之人。只有小竹掛在房梁上直搖頭。

走在山間陡峭的小路上，殷剎一直是不解的神情：「石頭真的喜歡妳嗎？」

「當然。」我仔細看路邊，尋找草藥：「他以娶我為夢想。」

「那他怎麼不介意我和妳一起，甚至是住在妳家？哪個男人會有這樣的胸襟？」他沉沉悶悶地說。

我攤攤手：「但石頭就是這樣的，感覺即使我嫁給他再有七、八個男人，他也不會介意。」

我壞笑起來。要是有這麼多奴隸，七天都用不過來。

「妳想要七、八個男人？」果然，殷剎幾乎是厲喝起來。

我瞥眸白他一眼：「你們男人不也是三妻四妾嗎，為什麼我們女人不可以？」

他被我說得一怔。

「你們就是男尊女卑，女人就是給男人生孩子的工具，從不尊重……哼！」我扭頭走人。

殷剎匆匆追上我，卻是一路不說話，一定在為我逆天的言論而驚訝吧。

採藥時，我撿到了我的內衣，是昨晚給那個神祕綠衣女孩兒穿的，果然是個精怪。殷剎看見也終於相信了我的話，因為沒有一個女人會光著身子下山。而且，我們是上山採藥，這衣服脫在這裡，除非是她想裸著跳崖。

回去跟石頭說了綠衣女孩兒的事，石頭聽得像個孩子一樣大驚小怪。殷剎在一旁靜靜看著石頭，那目光像是在審視石頭，做什麼決定。

我沒有再留殷剎，殷剎自己也說要下山。山上確實不方便，他又是將軍，是和談的使臣，也不適合住山上。正好有石頭陪他下山，我可以安心。

和殷剎在一起的這兩天，我感覺自己的世界又變大了。我喜歡他，我希望能常常見到他，他讓我心疼，而且，我還沒治好他天煞孤星的命。

❖

第二天，是我下山出診的日子。我換上一套深色的布衣，長髮乾乾淨淨盤起，用深藍色的頭巾包起，這樣看病時頭髮不會搗亂。

我背上自己的藥包下山，臨走前囑咐小竹看家，但牠還是掛在房梁上發呆。如果不是牠的眼睛在動，我還以為掛在房梁上的是牠的皮。

對了，蛇會蛻皮，難道是最近要蛻皮了，所以牠這麼無精打采？

山下的小鎮今天格外熱鬧，說是蜀國的大使早上來了，正在鎮長府衙裡和殷剎和談，這讓整個小鎮的人都份外激動，全跑去鎮長府衙外圍觀。

整個鎮子也就百來個人，全跑去府衙，街上倒是空了。不過有兩國的士兵站一條街，面對面，也很壯觀，感覺像是皇上來了。我走在他們中間，還真有種像是被夾道歡迎的感覺。

不久之後，我看到了被士兵隔在府衙兩邊的百姓，石頭也在。正想找石頭，陳副將忽然跑向我：「刑姑娘來啦？是找將軍嗎？快請進請進！」說著，他就把我往府衙裡帶了。

嗯？我不是來看殷剎的，不過～～既然你請我進去了，那我就不客氣啦～～看熱鬧也要坐頭排不是？

「是小妹！小妹進去了！」

「小妹好厲害！」

「是啊，連殷將軍都上山探她，我們的小妹出名了！」

鎮上人就是這麼淳樸，即使殷剎在我那裡過夜，也沒人說三道四。

「小妹！幫我要個殷將軍的題字！」

「還有我！我！」

看，大家還讓我幫忙要簽名呢。

「好，好。」我朝大家揮手，在大家激動的目光中進入府衙。

平日沒什麼人的府衙，今天由兩國士兵站兩旁，陳副將把我往後院帶。前方出現了幾位副將，正在聊天，是那天和殷將軍一起上山的。

「刑姑娘的氣質很特別。」一個人說。

「不錯不錯。」其他人紛紛點頭。

陳副將忽然停下腳步，小心看我，卻也不提醒他兄弟們。

「見過刑姑娘之後，感覺城裡再漂亮的小姐也是庸脂俗粉。」

「對！這第一眼看刑姑娘也不覺得她有多傾國傾城，但就是越看越好看。」

「還是因為刑姑娘氣質特別，所以將軍才喜歡！」

「跟將軍那麼久，哪次見過他在姑娘家裡留夜？」

「看來我們要有將軍夫人了～～～」

「真的嗎？」我好玩地跑向他們，登時，所有人的臉都紅了，驚呆看我：「刑、刑姑娘！」

陳副將捂著嘴偷笑地上前，立刻被所有人狠狠瞪視。

我笑呵呵看他們：「你們真的覺得我可以做將軍夫人？」

「呃……」此刻，他們反而不好意思說了。

我壞笑揚唇，立刻雙手環胸下巴高昂：「還不給本將軍夫人沏茶去。」

所有人一怔，下一刻，他們立刻行禮：「是！」

哈！好爽！

逗他們真好玩。

像是為了逃離尷尬，所有人都去了，只剩下陳副將把我帶入府衙的偏廳，然後站在廳裡留也不是，走也不是。

我看看他尷尬的樣子笑了，揮揮手：「行了行了，陳副將你也忙去吧，不用告訴你們家將軍我來了，讓他分心，這裡我比你們更熟。」

陳副將像是解脫般鬆了口氣，匆匆走了。

我看看陳副將的背影壞壞一笑，背起藥包走出偏廳，往大廳的方向走。那裡是裝修得最好的地方，所以肯定是和談的地方。

正走著，迎面走來兩人，我細細一看，笑了，迎上前笑道：「君少將軍，好久不見！」

立時，來人停住了腳步。

左邊是君少將軍的父親，身上依然是他的鎧甲，而右邊正是君少將軍。君少將軍今天穿得正式而整潔，乾乾淨淨的蜀國官袍，頭上一個翠玉銀冠讓他更添一分君子的儒雅，少了一分沙場的血腥。

君子和君大叔疑惑地看著我，我咧嘴一笑：「怎麼？這麼快就不認識我了？」

「這位姑娘是……」君大叔開始細細打量我。在他說到姑娘時，君子臉色立時大變，驚訝之中帶一絲驚豔地看我：「是妳！真的是妳！」他忽然激動起來，驚喜地一把握住我的手腕，立時讓君大叔吃驚地大呼：「君兒！男女有別！」

君子慌忙鬆開我的手，驚喜地看我：「沒想到妳原來是這個樣子。」

我壞壞地揚唇：「兵荒馬亂，當然要做些偽裝啦～～」

君大叔沉下了臉，威嚴地看君子：「君兒，你認識這位姑娘？」君大叔的神情像是君子怎麼可以在外面認識不三不四的女孩。

君子含笑點頭，看向君大叔：「爹，你認不出她不奇怪，那時她穿得像個少年，就是給爺爺治病的那個少年。」

登時，君大叔目瞪口呆：「你、你說什麼？給爺爺治病的是她……是這位姑娘！女人怎麼能做大夫？怎麼會看病？」

君子在他父親的話中微微擰眉，向我目露歉意。

「哼。」我輕笑，隨手從包裡拿出我的工具包在君大叔面前一甩，立時寒光閃閃：「現在，你認識了吧，君、大、叔。」

君大叔徹底怔立在院子裡，宛如女人做大夫是天下最不可思議的事情，女人只能在家裡生生孩子、養養孩子。

我收起讓我引以為傲的工具包，看向君子：「老將軍還好嗎？」

他微笑看我：「一切都很好，只是有時還會覺得胸悶。」

我側臉想了想，看他：「回頭我給他開一張方子，但最重要的還是心態，勸他別再惦記什麼名利了。而且，我不認為喜歡屠城的將領能夠名垂千史。他那麼迫切地想立戰功，還是因為老爺子年紀大了、寂寞了，你給他找點事做吧。」

「給我爺爺找點事做？」君子露出莫名的神態：「什麼事？」

我打量打量他，壞壞一笑：「比如給你找找媳婦兒啊。」

君子一怔，眼神閃爍了一下垂落目光，雙頰開始浮起紅暈：「我……」

「這主意不錯！」君大叔終於在一邊回神，重重地說，像是份外同意：「君兒你確實年紀不小了，爺爺也想四世同堂，抱上你的孫子。」

君子的臉越發紅了。

「小妹？」殷剎的聲音忽然從君子他們身後而來，君子和君大叔聞聲轉身。當他們轉身之時，殷剎青色的身影從他們之間漸漸浮現。

深青夾雜紫色刺繡的長袍，精緻而威嚴；錦緞的材質絲光溢彩，華貴而莊重。即使不是皇族，也無法掩蓋他身上那種恰似王者的氣度。

頭上是一枚紫金雕花簪，厚重的顏色與紫金的高貴融合在一起，更添一分沉穩與肅穆，讓面無表情的殷剎站在陽光之下，也散發出絲絲讓人莫敢靠近的肅殺感。

他看見我時，目露一絲溫柔，隨即看到君子，眼神再次冷沉起來。他沒有表情地走到我面前：「你怎麼來了？」

「湊巧。」我笑看他，隱隱感覺他好像有點不開心。

他伸手把我帶到一邊，看一眼君子，再看我：「不要跟君子走得太近。」他說，目光閃爍了一下微垂眼瞼，像是有些心虛不敢看我：「他畢竟是蜀國人。」

我看看他，再看看君子，君子對我頷首一笑，溫文有禮。我再想想殷剎剛才的話，和看到我和君子在一起時眼中忽然恢復的寒意，立刻心底冒出壞水，揚唇壞壞斜睨他：「我說……你該不會是在吃醋吧。」

他瞬間看向我，黑黑的眸中是我壞壞的笑臉，我挑挑眉，撞他一下：「陳副將他們現在都叫我將軍夫人呢～～～哈哈哈——」我肆無忌憚地大笑起來，逗殷剎太好玩了，他臉都綠了。

寒氣瞬間包裹他的全身，雙拳擰緊時，殺氣已經布滿他的雙眸。正巧陳副將他們匆匆趕來，殷剎登時瞪向他們，嚇得他們一個個站住身體，在大太陽下下意識後退了一步，緊張地看著殷剎。

「這群白痴！」殷剎強壓眼中的殺氣。

我捂嘴壞笑了一會兒，看向他：「好了，不開玩笑了，我覺得你說得對，確實不該跟蜀國的人多接觸，我先走了。」說完，我準備離去。他忽然伸出手輕攔：「等等。」

我疑惑地看他，他深思片刻，目光轉為柔和：「既然來了，跟我們去無極城逛逛吧。」

我驚喜看他，立刻問：「能帶石頭嗎？」

他的臉頓時沉下：「不行。」

看著他忽然陰沉的臉，我暗暗地笑了。

殷剎帶我去無極城並非今日他有空，而是他以崑崙國大使的身分接待蜀國大使君子，小小鎮上哪有什麼像樣的酒樓？在和談結束後，殷剎會在無極城裡宴請君子，我只是很幸運地被順便帶去了。

我跟隨在殷剎身邊，殷剎請君子前行。君子看向我時，殷剎總會用他的身體把我擋住，我是女孩子，殷剎那高大的身形很容易把我擋住。

門外馬車已經準備，奢華的馬車我們整個小鎮的人還是第一次見到！把鎮子上的小孩樂壞了。

士兵守衛在馬車邊，為君子打開門。殷剎請君子上車，面無表情：「請。」

君子看看我，彬彬有禮：「還是姑娘先請。」

「她叫刑妹——」鎮上的鄉親們高喊一聲，像是幫我介紹。君子溫文而笑，儒雅的神態讓鎮上的姑娘們紛紛傾倒，今天可以說比過年還熱鬧。

君子溫和微笑地看我：「原來姑娘叫刑妹。」

我也笑看他：「君少將是蜀國大使，是崑崙的客人，自然客人先……」忽然，我的身體被人一把抱起，直接放落在車上，登時，周圍一陣口哨。

「噓——噓——」

我呆呆看殷剎，殷剎冷冷道：「讓妳先上就先上，你不介意吧。」他面無表情地看君子。

君子頷首一笑，搖搖頭：「不介意。」隨即提袍上車。

進車後，我也是坐在殷剎身邊，和君子面對面，大馬車跑了起來，兩邊響起鄉親們的起鬨聲。

「喔～～～喔～～～～～」

「小妹——小妹——」車窗外傳來石頭的喊聲，我立刻探身出去，他正追著馬車跑，朝我揮手：「小妹——到了無極城給自己買支好看的簪子，算我的～～～」

我笑了：「知道啦——我不會客氣的——」

石頭站住腳步，目送我靦腆地笑了起來。

我轉回身，開心地笑著，石頭對我真好，讓我感覺自己不嫁給他都不好意思了。

嗒嗒嗒嗒！馬車越來越快。

車廂裡的寒意卻是莫名地增加。我斜睨殷剎，他陰沉著臉，不說話。

我看向君子：「君少將，殷將軍不愛說話，請你別誤會，他對我也是這樣的。」

殷剎在我身邊一怔，微微側臉看向我。

對面的君子溫和微笑：「謝謝刑姑娘告知，不然君子真的以為是自己惹殷將軍生厭。」

「不會，他如果討厭你就不會跟你同坐一輛車了。」我隨手拍拍殷剎的胳膊，對君子眨眨眼，刻意小聲道：「我都不明白為什麼讓他做大使，是不是有人故意想挑起兩國戰爭？」

「呵……」君子垂眸而笑。

「咳！」殷剎突然在我身邊重重咳嗽，我揚笑壞壞地看著他：「既然你都讓我上車了，可不能後悔~~~」

殷剎微微擰眉，目光中帶出一分擔心，像是擔心我要做什麼出格的事來。

我看看他，再看看君子：「我現在以你們兩個恩人的名義，希望你們今天放下大使這個嚴肅沉重的身分，以普通人的身分相處怎樣？同意嗎？同意就把手放上來。」我主動伸出右手，殷剎和君子一怔，突然，殷剎立刻伸手放落在我的手背，我暗暗地笑了。我就知道他肯定會伸手的，不然……君子的手會落在我的手上。

哼哼！殷剎，我開始有那麼一點懂你了。

我看向發怔的君子：「君少將？」

他回神笑了：「同意。」他伸手放落殷剎的手背上。我壞笑看殷剎，他眸光一緊，深深地看我一眼，像是在說妳故意的。

不錯，我就是故意的。

我們三人紛紛收回手，我看向殷剎：「接下來你是帶君子參觀無極城嗎？」

「嗯。」殷剎悶悶地應了一聲。

「是商區嗎？」

「嗯。」

「太好了！我也可以跟去嗎？」

「嗯。」

我隨即看正在看我的君子：「你同意我跟去嗎？」

「當然。」他微笑地說，隨即轉眼看殷剎，笑了：「殷將軍真的不愛說話呀。」

殷剎擰擰眉，這次連嗯都懶得說了。

我眸光轉了轉，壞壞一笑，看殷剎：「殷剎，既然你不愛開口以防君子誤會，我替你跟他說話怎樣？」

「不用！」立刻，他說。

「呵。」君子立時笑了，他看殷剎和我的目光中，多了一分深意。

殷剎似是察覺君子眸光的變化，擰擰眉，沉沉臉，薄唇開啟：「無極城不會讓君少將軍失望，那裡很繁華，今夜已為君少將軍有所安排……」

我越聽越激動，忍不住問：「是傳說中的青樓嗎？」

「咳咳咳。」車廂裡兩個男人同時咳嗽起來，尷尬地側開咳得發紅的臉。

我奇怪地看他們：「你們有什麼不好意思的，鎮長大人說過，大人們談事都去青樓，因為那裡的姑娘會唱歌跳舞，彈琴下棋，而且又個個漂亮，晚上還會服侍大人們，我想著是不是能去做做生意……」

「小妹！」殷剎肅然厲喝，生氣看我：「我說過，不准妳跟青樓的人做生意！」

「做生意？刑姑娘跟青樓的人做什麼生意？」君子好奇的問，立刻，殷剎冷冷看君子：「不要問她！」

我嘿嘿一笑：「治隱疾啊。」

君子的臉騰地紅了。殷剎大嘆一聲，整張臉越發地陰沉。

我一個經常給死人收屍的人，怎會在意這種小節？他們這些高高在上的貴人，又怎知我們草民賺錢的不易？

我繼續氣定神閒地說道：「你們不懂，治隱疾非常掙錢，不在於藥，而在於封口費。去青樓的男人非富即貴，極為要臉，又怎能讓別人知道自己得了隱疾？」

「妳是個姑娘！」殷剎再次大聲地說。

我白他一眼：「我可以扮男裝啊，之前扮男裝你們誰認出來了？」

殷剎一時語塞，君子認真看我：「但刑姑娘治這種病還是不妥。」

「我得掙錢，得養家。」我也認真看君子。

君子笑了：「女子何須掙錢？在下覺得刑姑娘一定能嫁個好人家，何須姑娘自己辛苦？」

「呵呵。」我乾笑，笑得君子目露不解，殷剎也轉眸朝我看來，我輕嘆一聲，看殷剎：「知道我為什麼沒去過無極城嗎？」

殷剎看我的目光漸漸浮出深思。

我淡淡落眸：「因為我是罪臣之子，根據律法，九代不能離開邊關鎮，我這輩子……也註定不能嫁給好人家……」

整個車廂，沉默了。

君子靜靜看我的目光中，露出了絲絲的憐惜與心疼。殷剎怔怔地坐在我的身旁，眸光閃動不已，宛如他的心被人重重一擊。

我低下臉，抓緊背包的帶子：「我只能嫁給鎮上的人，如果沒有豐厚的嫁妝，可能都沒人要了。本來按照律法，我的脖子是要刺上代表罪臣的刺青的，但鎮長大人善良，他是看著我出生的，下不了手，所以沒有給我刺上。呵……天高皇帝遠，他也算是違了一次國法。這輩子，除非有大官的准許，比如像今天……」我抬臉笑看殷剎，再看向君子：「真的是託了君少將你的福，我才能走出小鎮，不然，就要等皇帝的赦令。但像我們這種歷史久遠的罪臣之子，要是無人提及，皇上也不會知道了，所以我是等不到赦令的，石頭也是。」我再次看向殷剎：「石頭想跟你參軍，也是為了能離開小鎮，你明白了吧。」

殷剎目光複雜而疼惜地看著我，變得越發得沉默。

我低落臉淡淡而笑：「我現在在無極城也小有名氣，便是替逝者修容，他們會把逝者送來，我上妝後他們再運回去，可不是天天有死人的，所以掙錢也不容易，哎……」我抬手握住殷剎的手臂：「我不是故意想訛你的，但靠我自己，也不知道什麼時候能買齊嫁妝了，對不起了。現在我們是朋友，那個心願就當我沒說過，我怎麼好意思讓你給我買嫁妝呢。」殷剎的手臂一緊，朝我深深看來，我想了想，壞壞地看向君子：「欸～～～～君少將，老將軍貌似還欠著我錢呢，你這次帶來了嗎～～～」我的雙眼已經開始放金光。

君子在我壞壞的笑容中，垂眸一笑，抬眸再次朝我看來，向我攤攤手：「刑姑娘，我們蜀國的銀票，妳也不能用啊。」

我立刻沉臉，雙手環胸昂起下巴：「你這是想賴帳嗎！」

君子笑了笑，卻是看向殷剎，神情變得格外認真：「不知可否請刑姑娘去我們蜀國遊覽？」

「不行。」殷剎直接回絕。君子一愣，似是明白了什麼，心領神會般地笑了。

我眯眼狠狠看殷剎，這小子擋我財路！

殷剎似是當作沒看見我盯他，指向窗外：「這裡便是無極城了。」

我一聽到了無極城，立刻探出腦袋，看著嚮往已久的巍峨城池，心裡是滿滿的激動。

君子的爹並沒跟來，馬車的前方和後方都有士兵守護，前面士兵開道，百姓開始退到兩邊，似是知道是蜀國大使來了，還熱烈歡迎。

當君子在窗邊和百姓們揮手時，他英俊的容貌和溫和的微笑立時又俘虜了不少人群中的女人。殷剎如果能像君子那樣多笑笑，一定也會很受歡迎。

殷剎像是為了不讓我跟君子說話，竟是主動給君子介紹起無極城的茶館、酒樓、古玩店……雖然像是沒話找話，但至少讓不喜歡開口說話的殷剎開了口。

忽然，一抹鋒利的寒光劃過我的眼睛，我立刻喊：「停車停車。」

馬車隨即停下，我從殷剎和君子之間跑出跳下了馬車，兩邊的百姓還在圍觀，當殷剎和君子從馬車中下來時，立刻引起了驚叫。

「殷將軍——」

「啊～～～蜀國大使好英俊啊～～～」

我直奔寒光之處，是一家古玩店。門口放了一個小攤，上面擺放了一些古董，其中有把小刀在日光下格外地雪亮。

我拿起小刀細細端詳。古玩店老闆立刻跑了出來：「殷將軍，小人見過殷將軍！」

殷剎擺擺手，和君子一起走到我身旁，老闆立刻恭敬站在一旁。

小刀薄如蟬翼，只有手指一般地長短，捏在手中非常稱手。我拔下自己一根頭髮，刀刃向上，頭髮緩緩放落，頭髮在觸及小刀時立時斷作兩段，我立刻大讚：「好刀！」

「姑娘好眼力。」老闆也伸手誇讚：「此刀相傳……」

「給錢。」我直接打斷老闆的話拿著刀轉身走了，老闆僵立在自己店前，殷剎隨手掏錢。

我把新買的刀小心翼翼地放入自己的包中，繼續往前，殷剎和君子也轉為步行。

前方士兵開道，像是我才是今天的尊客。

君子走到我身旁，好奇看我：「刑姑娘買那刀何用？」

殷剎也在一旁靜靜看我，我忍不住炫耀起來：「我發現腸癰可治。」

「姑娘能治腸癰？」在君子驚呼的同時，殷剎也詫然看著我。

我唇角揚起：「雖然腸癰在初期可用針灸減緩，突然發作的卻是不治之症。但是，我有一次在解剖屍體時……」

「解剖？」君子再次驚呼，面色微微發白。

我尷尬了一下：「這段略，我發現腸癰的病因來自腸子的末端，我稱它為闌尾。闌尾發紅時，還可治，闌尾長膿時，人必死。不過如果將其快速割除，人能活，可刀法要快、準、狠，不得有半絲馬虎，否則人會流血過多而死。我一直在找一把稱手的小刀，今天找到了。若是你哪天肚子痛是腸癰，可要找我啊！」我自信地拍拍胸脯。

然而君子的神色卻是漸漸僵硬。

「刑姑娘……治癒過嗎？」君子試探地問。

我輕嘆一聲：「正想找人試試呢。」

「呵呵。」君子僵硬地笑了笑：「在下會保重身體，爭取不找姑娘。」在君子說完時，殷剎卻是發出一聲輕輕的笑聲：「哼……」他微垂臉龐，唇角帶笑，這偷偷的笑總算破開他今天的冰霜，變得生動起來。

沒走多久，我又聞到了藥味，直奔藥房！

藥材來自天南地北，小小蛇山不足以滿足，我進入無極城的大藥房如入寶庫，真想全部打包帶走。

到晌午時，馬車上裝滿了我的大包小包各種藥材。只顧自己買東西，完全忘記陪我買東西的，是兩國大使。

「刑姑娘不是說要買嫁妝？怎麼買了一堆藥材。」君子笑看馬車上的藥材。

我愣了愣：「是啊，我都忘了。小鎮沒有好東西，我都沒進店的習慣。」我往後一看，已經錯過了無數女子的店鋪。

「想要什麼？」殷剎直接問，語氣宛若妳想要整個無極城，我也給妳。

我卻是煩躁起來：「你如果問我要什麼藥材，什麼藥具我倒是說得出，問我這個……」我犯難地站住腳步，滿目的店鋪忽然變得讓人暈眩起來。我眨眨眼，布店、首飾店、衣裳店、乾果店、喜鋪……琳琅滿目的店忽然讓我一時無所適從。

「跟我來吧。」還是殷剎直接拉起我的胳膊，把我帶進了一家首飾店，店老闆立刻出門相迎：「將軍！您要點什麼？」

殷剎進店看了看，開始點：「這個、這個、這個……」

「好好好。」老闆樂開了花。

我傻傻地站著，君子也從我身邊上前，站在殷剎身邊一起幫我選起陪嫁的首飾。看著他們站在一起的背影，曾是敵人的他們，今天卻在為我選首飾之時，變得格外融洽。

殷剎拿起一支髮簪給君子看，君子微笑點頭。

君子拿起一對龍鳳鐲給殷剎看，殷剎目露贊同。

其實，我想說，我不需要了。可是，看到他們能化敵為友，此刻如此和諧地站在一起，我實在不忍心打斷。尤其是兩位英姿颯爽的將軍、兩個同樣俊美的男人，只是看著他們緊挨在一起的背影，便會感覺心中滿是暖意，整個世界也因為他們二人惺惺相惜的神態而灑滿陽光。

希望兩國的危機能因為他們共同的能力，和他們之間的友誼而得到化解。

第九章　錯過不再來

晚上，他們果然去了無極城最大的青樓花月樓！

我就知道，哼！

但是，兩個混蛋沒有帶我去，殷剎更是讓陳副將強行把我送回他在無極城的大宅。

我心情很鬱悶，殷剎不讓我去做生意。雖然殷剎的將軍府很大、很美，但我沒心思觀賞。

丫鬟給我送來漂亮的新裙子，還服侍我沐浴更衣。

我躺在浴桶裡，擰緊眉，尋思怎麼能在無極城拓展自己的生意。殷剎走後，沒人能帶我出鎮，我得讓無極城的人到鎮上來找我治病。而且，無極城畢竟是繁華的大城，是不會接受一個女子行醫的，想來想去，我還是只能治治別人不願治的病。

換上色彩格外豔麗的新裙，鮮豔的顏色是我從未穿過的，淡雅的藍色和黃色恰到好處地結合在一起，宛如把一朵黃色花蕊的藍花穿在了身上，很漂亮，我很喜歡。

我甩起裙襬，裙襬立刻飛揚起來如同藍色的牡丹在月光下綻放。

我停下了身形，長髮散落臉龐，我拿起背包坐在院中的石桌旁，取出今天剛剛新買的小刀百看不厭，即便身後的屋裡是滿屋子奢華嫁妝，依然不及我手中這心頭所愛。

面前的石桌上正好是一盤橘子，我開始用小刀練手。森然的月光下，我手中的小刀寒光閃閃。

不知練了多久，陳副將匆匆跑來：「刑姑娘、刑姑娘，將軍他們回來了！」

我仰起臉時，手中小刀的寒光反射在我的臉上。不知是因為我換了裙衫，還是我手拿凶器，陳副將怔立在原處，呆呆地看著我。

「回來了？」我嫣然一笑：「我找他去。」我立刻起身，扔下一桌子被我割成碎渣的橘子皮去找殷剎。

遠遠的，看見花園小徑中走來殷剎與君子，我站到了小徑中央，雙手環胸，挑眉看他們一點點走近，準備興師問罪。

「你們可算回來了！」

他們在我的話音中一起抬眸朝我看來，壞笑浮上我的唇角，他們就此怔立在月光之下，百花之中。

我瞥眸看他們一眼，揚起下巴：「你們倒是逍遙快活，把我一個人丟在這裡。」

「小妹，我們沒有！」

「刑姑娘，我們沒有！」

兩個男人同時辯解起來，面色微紅。他們一怔，看向彼此，君子不由輕笑搖頭，殷剎也轉開臉握拳輕咳：「咳！」

看到他們如此，我轉身朝他們笑了：「這樣不是很好？看到你們這樣，我終於可以放心了。」

他們又是同時一怔，紛紛朝我看來，深深的目光，染上月光的皎潔。

我笑了笑，轉身揮手：「不打擾你們休息了，明天見。哼～～～哼～～～」我一邊哼著小曲，一邊踏月而歸。

我再次坐回小院的桌旁，橘子皮已經被打掃乾淨，只剩一盤橘子。我拿起悠閒地吃了起來，月光之下緩緩走來殷剎淡淡的身影。

他提袍坐到我的身旁，靜靜地垂臉不語。

「來了為什麼不說話？」我把橘子放到他面前，在他拿起時我立刻湊到他身邊深深嗅聞，他全身立時繃緊，拿著橘子一動不動。

「酒味、胭脂味～哼，你還說沒有！」我白他一眼收回身形，他立時朝我看來，急急說道：「我沒有！」

「沒有怎麼會渾身胭脂味！」我不開心地看他：「你們男人都一樣，果然還是石頭最老實！」

他的臉立刻陰沉，甩開臉：「妳的石頭就算來了，也會全身胭脂味！」

「不會的！」

「肯定！」

「肯定不會！」

「妳怎麼知道？」他轉回臉陰沉看我。我瞇眼看他：「他心裡只有我！」

「我心裡……！」他忽的收住口，目光直直落在我的臉上。

我看著他，一直看著他，心跳開始加速，腦中忽然混亂起來，視線無法繼續觸及他深邃的目光，總覺得被他看著看著會呼吸停滯。

我轉臉時看到了屋中的嫁妝，壞水立刻冒出心頭，我轉回臉壞笑看他：「既然今天你給我買了那麼多嫁妝，我無以為報，只有以身相許了！」我重重向他抱拳，他一怔，眨眨眼卻是轉開了臉不再看我，眼神閃爍不定。

我咬唇壞笑看他，站起身，他在我起身時，呼吸似是凝滯起來。我緩緩走到他身邊，俯落身體在他臉邊，長髮也隨即滑落我的臉龐落上他的肩膀：「你……不喜歡我提石頭，又不喜歡我跟君子說話，是不是……喜歡我？」

他猛地起身，快速的身形差點撞到我的下巴，我立刻後退，沒有站穩而險些摔倒。倏然，一條有力的手臂攬住了我的腰，將我拉回。我和他的胸膛相貼，瞬間感覺到他胸膛下猛烈的心跳，那劇烈的心跳讓我也心跳開始加速，我沒有想到，會變成現在的狀況。

他緊緊地攬住我的腰，我低下發熱的臉，隱隱感覺他的視線正深深注視著我，我該怎麼辦？我該怎麼下台……

可為什麼……我心裡忽然產生了一絲……小小的期待……

他的胸膛開始大力地起伏，宛如在深深呼吸，灼灼的熱意噴吐在我的頭頂，我還從未如此靠近一個男人。

「我看你……大概也沒人要了。」我想找些話來打破此刻讓人快要窒息的安靜，好讓我那不正常的心跳恢復正常：「我命硬，就算做做好事要了你吧。」我伸出雙手抱住了他。抱住他身體時，我自己也開始發愣。我為什麼要抱他？難道我也喜歡他？

我伏在他溫暖的胸膛上，笑了。我一直想有一段兩情相悅的感情，今天……似乎找到了……

「那些嫁妝……我就當聘禮收了……」我壞笑地說。

忽的，他的手從我腰間離開，我一怔。接著，他伸手輕輕推開了我，抽走了他的溫暖。殷剎在我身前轉身時，把深夜的寒意留給了我。

「對不起……小妹，我想妳可能想多了，殷某對妳……」

我的心猛地一絲抽痛，我後退一步，顫顫地笑了：「玩笑而已，你不必當真。」

他的背影在夜色中一緊，月光漸漸被青雲覆蓋，讓他深色的身影越發隱入黑暗，孤寂開始從他身上漸漸染上周圍的空氣。

我退回石桌旁坐下，失神俯看地面上他淡淡的影子：「是我今日太過興奮了，第一次離開邊關鎮，來到無極城，還有兩位將軍陪伴，替我選取嫁妝，哪個女孩兒有如此幸運？我真是太得意了，口無遮攔，亂開玩笑，讓你尷尬了……」

「無事……我先走了。」他淡淡說完，頭也不回地沒入夜色之中。

我閉眸之時，淚水從眼角滴落，我真是可笑，自以為是地覺得自己猜中了。到最後，一切只是我自己在自作多情，自己丟人。

我捂住臉，深吸一口氣，擦了擦眼淚起身，看向屋內的大小錦盒，擰了擰眉，恢復平靜。我背上背包進入屋內，從一堆首飾中挑出一支最便宜的銀簪，然後放落銀子。

我找到筆墨，給殷剎留信：

你我已爲好友，實不好意思收下如此貴重之禮，已選出一支銀簪，作石頭聘禮之用，銀子請務必收下，不然石頭也會責怪於我。望多多來探，我與石頭還有小竹會熱情招待。

小妹留

我脫下裙衫，換回自己的衣服，轉身離開。

心裡沉重得難以呼吸，我不生殷剎的氣，也不會怪他……畢竟是我自作多情，怎能怪他人？

提著大包小包的藥材，找到馬棚，找了一匹溫順的馬，把東西一樣樣放上。

「刑姑娘？」意外聽到了君子的聲音，我轉身，見他正站在圓形的院門中，月光灑落在拱門上，讓他如同畫中人，虛幻如畫。

我看著他笑了笑，轉回臉繼續整理藥材包：「君少將軍怎麼到這裡來？」

身後是他輕輕的腳步聲和一絲尷尬的話音：「說出來姑娘莫笑，君某……迷路了。」

我一愣，轉臉看他，只見君子已站在了我的身旁，尷尬地微笑著。他俯看我身上的衣衫：「刑姑娘……」

「叫我小妹好了。」

「好。小妹怎麼換了衣服？那件裙子很適合妳，妳穿著……很漂亮。」他溫和地注視我，月光讓他的目光越發溫柔。

我淡淡地笑了笑：「我是山裡人，屬於大山，那種裙子幹活不方便，穿過就可以了。」

「可是殷兄希望姑娘能多留幾日。」君子切切地說，腳步也像是不由自主地向我跨近一步。

我拉出了白馬，強忍心底的苦澀，重重一嘆：「不留了，他擋我財路。而且，你們城裡人太複雜，也不知道到底是不是真的想讓我留下，可能只是客氣，我也看不出人家到底喜不喜歡我，萬一我自作多情只會大家彼此尷尬，還是識相點，別再打擾人家的好。」

「呼……」白馬搖了搖頭，像是不肯走。

君子伸手拉住了白馬的韁繩：「刑姑娘……」

「別攔我！」我失控地大喊，他怔立在馬邊，靜謐開始包裹我和他，還有我們之間的白馬。

我低頭擰了擰眉，捏了捏韁繩，毫不猶豫地翻身上馬，俯看君子：「別告訴殷剎我走了，你出崑崙還要經過我的小鎮，我們那時再見。」我拉起白馬的韁繩，他點點頭鬆開了韁繩，我騎著白馬緩緩離開。

管馬的後門侍衛見到是我，給我打開了門，身下的白馬踏出門檻的那一刻，我一甩鞭，策馬離開了這座奢華得讓我胸口發悶的將軍府。

我無法再留在這裡一刻，讓自己對著那滿屋子的禮物難堪。

我爹說過，男人只捨得給自己喜歡的人花錢買貴重禮物，他騙人。雖然石頭是這樣，但殷剎不是，因為他們是有錢人，他們似乎無所謂。

嗒嗒嗒嗒！寂靜的街道裡，只有我的馬蹄聲。跑到城門時，城樓的守衛認出我和殷剎同來，也給我放行，我出城直接往邊關鎮跑。

不喜歡我，為什麼要特地上山來看我？

如果只是感謝，沒必要如此遷就我，做我的奴隸。

他是堂堂的大將軍，怎會在一個女人面前屈尊降貴？做一個聽我使喚的僕人？

不喜歡我，為什麼總是在我談及石頭時生氣？石頭和我青梅竹馬，是我的好友，與他更是不相識，他哪來的不悅？

不喜歡我，為什麼不讓我與君子交談？如果說因為君子是蜀國人，但今日他是以和談大使身分前來，理應以禮相待。

不喜歡我，為什麼在我說不用他買嫁妝報答我時，還給我買那麼多貴重的禮物？既然不喜歡我，還給我買了嫁妝，就該高高興興地祝福我和石頭。

我看不懂、猜不透，不敢再自作多情，再厚著臉皮問你是不是喜歡我，像是……像是我急著把自己嫁出去。

嗒嗒嗒！身後傳來馬蹄聲，我的心不由收緊，因為自己的預感而發沉。不是他，不會是他，不要是他！

一陣冰寒的人風飛速掠過身邊，揚起我的髮絲，陰沉的黑影在我面前猛地掉頭，立刻馬兒的嘶鳴撕破了夜的寧靜。

「噫～～～～～」黑夜之下，他騎著黑色的駿馬攔在了我的身前，噴吐著氣息的黑色駿馬和他身上黑色的披風，讓他像是從冥界衝出來的死神，追魂索命。

我在馬上每一絲呼吸都變得滯悶，困難，揪痛自己的太陽穴。

他也在他的黑馬上不發一言，只在陰寒的夜色中，深深盯視我。

靜謐讓我無法再呼吸下去，我深吸一口氣揚起淡淡的笑看他：「我認識回家的路，不用送了。」

他的眸光裡掠過一絲揪痛，他緩緩低下臉：「為什麼要走？」

「呵。」我努力不讓自己笑得勉強，笑得苦澀：「你擋我財路，明天你也是陪君子，我一個人在將軍府多無聊？」

他依然一言不發，靜謐地站在黑夜之中，他攔在我的身前，不說話，不留我，也不放我走。時間靜得宛若快要停滯，只有絲絲的夜風在我們之間悄悄而過。

我擰擰眉，低下臉，拉緊了韁繩：「如果沒有話說，我走了。」我拉起韁繩，緩緩從他的馬邊而過。忽然，黑色的披風甩起，一隻手從下面而出，啪的抓住了我的手，冰涼的手心像是死神抓住了我的靈魂。

「不准走！」

「憑什麼？」我終於忍不住質問，胸口壓抑太久的混亂感覺讓我快要失控。我轉臉看他：「你喜歡我嗎？」

他轉開臉，讓自己的神情沒入黑暗之中，可是，他抓住我的手卻沒有放開。

「你說了，你不喜歡我，所以我覺得自己沒有理由再留在將軍府讓你的部下誤會。儘管我不在乎，但也要為我未來的丈夫在乎一下，我是要嫁人的！」他在我大聲的話音中怔住了身體，抓住我的手越來越緊。我的心開始扯痛：「我們山裡人不講什麼男女有別，來者是客，你就算在我那裡留夜，也不會有閒言碎語。但你們城裡不一樣，我留一夜，第二天謠言便會漫天傳開。我終究是罪臣之女，不想玷汙將軍你的清譽。」

「我不在乎！」他赫然轉回臉灼灼看我，我在他深邃而焦灼的目光中，心再次下沉：「那你心裡到底是怎麼想的？」

我深深地看他，他的視線卻是閃避起來，他的逃避讓我的心更是浮上絲絲寒意。我深吸一口氣，直直看他：「如果你是因為什麼天煞孤星的命運而有意躲我，你可以繼續抓著我的手，不要放我離開，我刑妹，就是你殷剎的了。」

他抓住我的手一緊，慢慢轉回了臉，灼灼的目光投落在我的臉上，我從他黑色的眼中，明明看到了他對我獨占的欲望。

「如果不是，請你放開我，我要回家嫁人了。」我直直盯視他深深看我的眼睛，那雙深邃的眼睛裡捲起了洶湧的情愫，那些情愫混亂而糾結。我的心，也在那些糾葛的情愫中，漸漸下沉。

慢慢的，他鬆開了抓住我的手。我垂下臉，看著那隻手一點一點離開我的手背，不由苦澀而笑：「呵……將軍敢面對百萬敵軍，卻不敢面對我，面對自己的命運。」我搖了搖頭：「後會有期，來鎮上你依然是我朋友。」

我抬起臉時，忽然黑色的披風甩過我的面前，緩緩蓋落在我的身上，也讓我置身於他的雙臂之間、他的世界之中，四周滿是他的氣息、他的溫暖、他的胸膛。我失神地坐在自己的馬上。

他的雙手將披風蓋落我的肩膀後，久久沒有離開。忽然，他收緊了手臂，將我圈抱在他的胸前，我聽著他深深的呼吸，那沉沉的呼吸聲像是每一次呼吸都扯痛了他的心。

他是喜歡我的，我能感覺到。他把所有人遠遠推開，獨獨我，他想要拉近身邊，這不是喜歡是什麼？

然而他卻沒有勇氣要我，這樣的男人，我刑妹也不會要。

久久的，他終於放開我，輕輕地拉好披風，繫緊披風的繫帶，然後垂下臉，雙手離我而去：

「小心。」低低的聲音從他口中傳出，輕薄地宛如快要被夜風吹散。

我看他一眼，低落臉龐：「嗯……駕！」馬蹄聲再次而起。殷剎，是你放手的。我想要的，我會自己爭取，但我萬萬沒想到你會如此懼怕命運。

我所欣賞的果決、果敢、冷酷、不畏任何事物，甚至讓人敬畏如同死神的殷剎，去哪兒了？

當晨光破雲時，我看到了自己的小鎮、自己的家，還有……蜷縮在城門邊的石頭……

他……難道是在等我回家？

我輕輕下馬，走向他。他在陰冷的晨霧中縮了縮身體，抬頭打哈欠時看見了我，立刻精神百倍地起身，跑到我身前靦腆地笑了笑，垂臉道：「妳……回來啦。」

他果然是在等我。他給我帶來的感動讓我的心變得溫暖，驅散了清晨的寒意。

「你在等我？」我感動地看著他，他的睫毛上還沾著小小的晨霧的露珠。我瞭解他，他一定是在這裡等了我一夜。

「嗯。」他點點頭，抬臉之時是滿眼的安心：「看到妳回來，我就放心了。妳……」他變得欲言又止，垂下臉小心看我兩眼：「沒在殷將軍那裡過夜？」他問完再次偷偷看我。

我深吸一口氣揚起下巴：「當然，你這個白痴該不會在這裡等我一夜吧。」

「嘿嘿。」他憨實地笑了：「我不放心妳，但我又不能離開這裡，鎮長還說妳一定不會回來，讓我別等了。」

「那你還等？」我忍不住點上他的腦門：「真是顆實心的石頭，笨死了。」

「嘿嘿。」他靦腆地笑了，笑容在陽光中特別暖心。他似是想起什麼，拉起白馬的韁繩，拍拍馬背：「妳快上去，我送妳回家，趕了一夜妳一定很累。」

我情不自禁地忍不住問他：「那你等我一夜不累嗎？」

「不累不累。」他笑看我：「看見妳就不累了。」

不知為何，我看著他臉上的笑容，鼻子開始泛酸，複雜而難言的感動讓我心情無法平復。我翻身上馬，他開始牽著馬把我拉回小鎮。

我回頭看越來越遠的小鎮出口，我是真的無法離開這個小鎮了，心中萬般惆悵。我想離開這裡，不是因為我心浮躁，嚮往奢華，而是不希望我的孩子繼續背負罪臣之名，他該出去看看的，離開這裡去尋找更好的生活。

哎……似乎有點想遠了，我現在還沒嫁人呢。

我摸了摸頭上的銀簪，低頭看前面牽馬的石頭，他雖然不是白馬王子，但是他願意一輩子給我牽馬。

「石頭，你喜歡我，是不是？」我問。

他腳步頓了頓，害羞地撓撓頭繼續向前：「小妹，妳這不是明知故問嗎……」

「那你為什麼不娶我？」我再問，問得很輕鬆，像是平時閒談。

「哎……」他百般失落地嘆了口氣：「我哪兒配得上妳啊？妳認的字比我多，懂得也比我多，還會醫術，長得又漂亮。我爺爺因為謀反，我是重犯，不能出鎮，也沒活幹，拿什麼養妳？小妹。」

他停下腳步轉身，抬頭溫柔地看著我：「只要妳快樂，我就已經心滿意足了。我看得出來，那個殷剎將軍喜歡妳，妳嫁給他就不愁吃不愁穿了，我會替妳高興的。」

淚水，再也忍不住地從我眼中落下，立時，他慌亂起來：「小妹！小妹！妳怎麼哭了？妳別哭啊……到底怎麼了？是不是我說錯什麼了？」他急得雙眼也開始濕潤：「我真沒用，妳別哭了，哭得我也好傷心。」他因我的淚而心疼。

我匆匆擦去眼淚，微笑看他：「你忘了，我也是罪臣之子，我們才是天造地設的一對。」

他怔怔看我，我含淚而笑：「以後我養你，你在家裡好好種地。」

晨光倏然灑落在我們的身上，暖暖的。他的眼睛在晨光中睜到了最大，染上美麗的金色光芒。

這就是我們山裡人，通透而簡單。喜歡就是喜歡，不喜歡就是不喜歡，為什麼不娶也會告訴我原因。不像外面人，讓你猜，不停地猜，猜得心累，猜得心痛。

我要謝謝殷剎。他沒出現之前，我還對一見鍾情那種神奇的感情有所期待。但在他出現之後，我才發覺最愛我的人，一直默默地陪伴在我身邊。

雖然，石頭的愛情很平淡、很簡單，僅僅是對我好，像涓涓溪流，永不停歇地在我身邊。可身為一個女人，不正是想要一個對她無私地好的男人嗎？

愛情是多種多樣的，但無論是哪種，都值得讓人珍惜和擁有。

❖

我和石頭，準備成婚了。

整個小鎮的人，為我們高興，認為是石頭終於修成正道，精誠所至，金石為開。

但是在我眼中，是順理成章的事。

因為，小鎮總共不過百來個人，我跟他因為同是罪臣之子，我們從小一起，惺惺相惜，相互照顧。他是孤兒，我是孤女；他幫我修屋，我幫他補衣。我忽然發現，我們從很早很早開始，便已經在一起了。

婚禮決定在鎮上的小酒樓裡舉行，因為石頭家太破了。

石頭的家還不如我的小屋，與其說是家，不如說是幾個草棚，連堵像樣的牆都沒有。他雖然是皇族，卻一天沒享過皇族的命，甚至沒有自己是皇族的概念。

他是重犯之後，比我更加不自由，不能離開小鎮去找活，小鎮上又能有什麼活？所以，他沒活可幹，只能在自己家裡種點番薯青菜自給自足，善良的鎮長大人給了他兩隻雞，那兩隻雞生了小雞和雞蛋，他才可以用雞蛋來換取別的東西，勉強添置家用。

而他這十八年積攢的全部銀子，也不過五兩，還放在我這兒讓我買支好看的髮簪。這支髮簪成了他唯一的聘禮。

鎮上都是窮人，所以很少成婚時會有什麼鳳冠霞帔，或是像樣的喜服。一般男子用紅布綁頭髮，胸前一朵大紅花，女子也是一塊紅頭帕各自將就了。

我雖然是鎮上的神醫，但鎮上的人看病能有什麼錢？所以也沒什麼積蓄，但我有母親給我留下的一件喜服，這是太奶奶留下來的。

迎親的那天，我們騎著我從殷剎府裡借來的白馬，這在鎮上已是最奢華、最有面子的了。誰家有白馬？連鎮長都沒有，馬匹特貴，一般人家娶親只用驢，還是從別的鎮上借來的。

在石頭的家裡，我給他換上我父親留下的喜服，大小正好，紅色的布料依然如新，母親保存得一直很好。我拉挺他的衣襬，他一直看著我，眼中卻是淚光閃閃。

「怎麼了？」我問。

他匆匆擦了擦眼淚，微微哽咽：「這場夢很美。」

我立刻沉臉，一把掐上他的胳膊，他痛得立刻大叫：「哇！哇！」

「是夢嗎？是夢嗎？」我再掐，他立刻躲：「不是、不是了！」

「哼！」我雙手環胸。大白天的居然說是夢，白日夢嗎？

他揉著胳膊嘶嘶抽氣：「對了，我還有個傳家寶！」說著，他有些激動地拉開那張只是用幾塊板搭起來的床，然後挖開牆角，從裡面掏出了一個精緻的盒子。

我好奇張望，他居然還藏了寶貝？

然後，他打開盒子，裡面是一塊異常精美的白玉！我登時看傻了眼，不愧是皇族，總有好東西留下來。

他開開心心地拿出，掛在了自己的腰間，然後挺胸看我：「怎麼樣？是不是很貴氣！」

我呆呆看著他。不知為何，當他掛上那塊玉佩後，整個人忽然煥發出一種特殊的神彩，像是有奇異的霞光包裹他的全身。

「我來給妳挽髮。」他說著，把我按坐在桌邊，輕柔地拾起我的長髮，輕輕地一點一點梳落。

門外陽光燦爛，白馬輕輕喘氣，鳥兒飛過枝頭，孩子們站在床邊偷偷觀瞧。

長髮在石頭溫柔溫暖的指間挽起，他的手伸過我的臉龐。不知為何，那隻原本粗糙的手卻在紅袖的映襯中格外白皙如玉，我一時看到出神……今日的石頭怪怪的。

他拿起了銀簪，輕輕地插入我的髮髻，伸手將我扶起，看向我時靦腆地笑了。他執起我的手，和我一起走出了門。

「喔～新娘子出來囉～～～」孩子們歡呼起來，邊關鎮的大家也在外面開心地笑著。

石頭扶我上白馬，朝大家喊道：「大家快去酒館吃飯～」

「好！」大家歡呼起來。

「恭喜恭喜！」

「祝你們百年好合！」

「石頭啊，趕緊的，生個大胖小子！」

石頭的臉登時紅了，抓抓頭：「這事兒……聽小妹的。」

「怎麼還叫小妹，該叫娘子～」

石頭的臉更紅了：「娘，娘娘……」

「娘子！」大家笑話地看他：「傻石頭，激動地都結巴了。」

「嘿嘿。」石頭又憨憨地笑了，回頭朝我看來，我也有些害羞地笑了，拿起紅帕蓋上了自己的頭。本以為和石頭成婚，我的心情是會像和家人在一起時一般平常平靜，沒想到卻變得激動和興奮，心跳還是不受控制地變得混亂。

鎮長大人為我們主婚，他和鄉親們都很善良，對我們很好，今天的酒宴是大家一起湊的。他們就是我和石頭的家人，我們的爹、娘、哥、嫂。所以在拜天地時，我們拜的是大家。

一個下午，大家在酒館裡歡鬧，紛紛敬石頭酒，被我攔住，因為石頭要跟我回山上的小屋了，他醉了，誰送我回去？

所以，我替石頭喝了。石頭發了急，紛紛求大家放過我們。但是，我高興。很快的，我有點醉了，大家壞笑地看石頭：「快把你家娘子送回去吧，天黑了山路就不好走了。」

「對對對，小妹醉了，你趕緊回去吧。」

我醉醺醺的身體被人抱起，立刻引來起鬨聲：「哦～～～哦～～～～」

我靠在石頭肩膀上，朝他們揮手：「你們……等著！下次……再喝！」

「小妹！今晚千萬別放過你家石頭呀～～」女人們也開始不害臊地起鬨：「要不要我們教妳啊～～～」

「去去去，一邊去，有什麼是我搞不定的！」我揮了揮手，靠在石頭頸邊，明顯感覺到他脈搏都開始加速了。他把我放上白馬，我趴在白馬上。石頭不放心，騎到我身後扶住我身體。

「喔～～～喔～～～～」身後是大家興奮的高喊聲。

「有病……」我趴在白馬上說：「都有病！老娘結婚，他們興奮個鬼！」我朝身後指。

「娘娘小心！」石頭匆匆把我的手放回。

我胡亂指：「娘你個頭！我是你娘子！你娘早死了！」

「娘……娘子……」他喚我的聲音，顯得特別委屈，像是被我逼了一般。

我一路上醉醺醺，但記憶清晰。在夕陽落下時，石頭把我送回了小屋。抱我下馬放入房內的喜床上，床柱上纏著紅綢，窗戶上貼著大喜的窗花。石頭把我放下後，我勾住了他的脖子，他的臉登時紅了。

「石頭～石頭～～笨石頭～～～」我笑著點上他的鼻尖，他雙目圓睜地看我，抱著我的手格外僵硬，像是放也不是，不放也不是，他的目光著急起來。忽然，從我們上方掛落了綠色的一條繩子。我壞壞一笑，放開石頭，直接拉住牠狠狠一拽，砰！牠掉落在床上，我翻身直接把牠壓住，抱住牠的頭蹭：「小竹～～你來啦～～你好涼～～真舒服～～舒服～～～」

「嘶！嘶！」小竹拚命地拉扯自己的身體，但被我重重壓住，牠逃不了，感覺牠的身體都被我壓扁了！

「娘子，醒醒酒。」忽的，我的身體被人拉起，輕輕攬在懷裡，溫熱的茶水餵入口中。我靠在他肩膀上，暈暈乎乎慢慢醒酒，他撫上我的額頭。啪！綠影掠過我的眼前，是小竹打開了他的手。

他抱住我的身體僵硬了一會兒，緩緩起身離開，我獨自坐在床上緩勁。

月色漸漸籠罩小屋，我慢慢緩了過來，看看屋內不見石頭，只見小竹盤在我的身旁。我看向牠，牠也抬臉看向我。我微笑地摸了摸牠，牠緩緩放落頭在自己的身體，顯得很舒服。

我起身走出房門，見石頭坐在院子裡的石凳上發呆，我壞壞地笑了笑，輕輕走到他身後圈住了他的脖子：「不伺候老婆大人就寢，在這裡發什麼呆？」

石頭一怔，伸手握住了我的手：「我、我只是還沒做好準備。」

「什麼？」我抽回手站在他身後冷冷俯視他：「我們都成婚了，你居然還沒做好準備做我的丈夫，找死啊！」我敲上他的頭：「笨石頭，笨石頭，把你敲敲醒！」

「啊啊啊啊！」他抱住頭：「別敲了！」他赫然起身，轉身之時眸光在月光中變得格外閃亮。他複雜而猶豫地看著我，我疑惑地看他眼中不斷游移的眼神，撫上他的臉：「石頭，你今天到底怎麼了？是不是……忽然成親了，怪怪的？」

他眨眨眼，像是想起什麼連連點頭，靦腆地笑了：「我……我……」他低落了目光，面色在月光中浮出了粉紅般的紅暈。我一時看愣，石頭今天的皮膚怪怪的，像是變了個人一樣，特別地好。

他有些煩躁地撓撓頭：「我不知道接下去該怎麼辦？」他目光閃爍而糾葛地看向我，像是有什麼事讓他憂急、讓他不安、讓他拿不定主意。他的臉也越來越紅，偷偷看我一眼，低下了臉，咬緊了嫣紅的下唇。

我在他羞窘的神情中赫然意識到了什麼，心跳也開始加快起來，雙手揪緊自己的衣帶側落臉：「還能……有什麼……總要……一起……睡的……」

「可是……如果做了……等妳醒了，一定會打死我的……」他也揪緊自己的玉佩。

我臉紅地白他一眼：「笨石頭，我們是夫妻了，這種事難道還要我主動？」

「說得……也是……」他忽然一把握住我的雙手：「那……那妳可不能打死我！」說罷，他忽然俯下臉，吻向我的唇，我怔怔看他，臉登時燙如火燒。

他忽的頓住身形，目光轉向一側，我也看過去，卻看見小竹盤在石桌上正冷冷地看石頭。石頭目光閃爍了一下，憨實靦腆地笑了笑：「別看，我會不好意思的。」

小竹的眸光瞇得更緊，像是在警告石頭什麼。

石頭看看牠，猶豫了一下，忽的擰眉轉回臉扣住我的下巴，直接吻在我的唇上。我驚然看他，他的雙唇在我的目光中也輕輕顫了一下，不再閃爍猶豫的目光裡是顫顫的水光。我從沒見過這樣漂亮透徹的眼睛，像是一汪清澈的井水嵌入他的眼眶中。我認識石頭那麼久，從未發現他的眼睛如此迷人。水汪汪的眼睛看著我時漸漸的迷離，長長的睫毛在月光中輕顫，他緩緩地，閉上了眼睛，我感覺軟軟的舌正輕輕舔上我的唇。

我的呼吸猛地凝滯，失措之餘，我也有些緊張地緊繃身體，正慌亂之時，忽然手臂被人用力扣住，下一刻，他直接把我從石頭的身前拽離！

我腳步趔趄地撞向拽我之人。他扶穩我時，我滿眼是熟悉的深色衣衫和他身上的寒氣。我的心瞬間沉落，莫名的怒火開始上升。

「殷將軍！」石頭吃驚地看拉住我的人。

「嘶！」小竹立時在石桌上豎起身體。

「跟我走！」低沉的聲音傳來時，他拉起我就走。石頭立刻跑到我們身前攔住他：「你不能帶她走！她、她、她是我娘子！」石頭收緊了雙眉，鄭重而勇敢地盯視殷剎。

我看著石頭不屈的神情，心底幸福地笑了。

「就憑你？」殷剎冷冷地看石頭，從腰間緩緩抽出了劍，一股濃濃的血腥味立時彌漫開來，那是他劍上亡魂帶出的血腥味！

石頭依然撐開雙臂，無畏地盯視殷剎：「我不會讓任何人把我娘子搶走的！」

「哼。」殷剎冷冷一笑：「她喜歡你嗎？」

石頭卻是變得語塞，在殷剎的目光中漸漸垂下了臉。看著他失落的神情，我這才恍然大悟，原來……他都知道。

我的呼吸開始沉重起來，我看著石頭毫不猶豫地大喊：「喜歡！很喜歡！」

石頭怔怔地抬頭朝我看來，小竹瞇起眼睛慢慢從石桌上滑落。

我用力甩開殷剎的手。

「喜歡？」殷剎再次扣住我的手臂，陰沉地厲喝：「看著我的眼睛！」

我沒有半絲猶豫地看向他的眼睛：「我喜歡！我對石頭的喜歡和對你的不同……不錯！我敢承認我自己也喜歡你，那你呢？」

他怔住了身體。我再次甩開他的手，大聲質問：「你現在來又是算什麼？你搶我會娶我嗎？」

他的眼神閃爍起來，舉劍的手緩緩放落，夜風拂過他的臉。石頭立刻到我身邊環住我的身體護住我，殷剎在月光中變得沉默。

遠遠的，趕來了君子，他慢慢停住腳步，靜靜地站在了籬笆門外，看著我們三人。

「喜歡……」忽然間，殷剎輕輕地開了口：「怎能不喜歡？」他猛地加重了語氣，朝我深深看來：「喜歡得朝思暮想，喜歡得不想放手！」他大聲地說出了口。

我心傷地看他：「但是，你放手了，你錯過了……」

「沒有！我還可以得到妳！」他赫然舉劍刺向石頭。

「殷將軍冷靜！」君子匆匆跑了進來。殷剎的劍指在石頭的心口，臉上已經恢復他往日的冷酷無情，宛如和我在一起時那個會偶爾露出溫柔和微笑的殷剎，只是我一人的幻覺。

君子立刻扣住殷剎的手腕：「殷將軍！事已至此，我們應該尊重小妹的選擇，不可強求。」

殷剎瞇緊了眸光：「我已經錯了一次，我不想再錯第二次！」

「嗡——」忽然間，腦中一陣嗡鳴，像是這句話曾經在何處聽過，讓我的心底浮出絲絲的熟悉。

「他能給小妹什麼？你看看！」殷剎冷喝起來：「他什麼都不能給！」

君子環視整個小屋，也目露凝重。

殷剎朝我伸手，我往後退了一步。他眸光一緊，毫不猶豫地伸手牢牢握住我的手。這一次，他的手像是鐐銬一般緊，讓我無法掙脫。

「娘子！」石頭急急來拉我，被殷剎一劍揮開。嘶啦！石頭喜服的胸口瞬間被利劍劃開。

「石頭！」我擔心地看石頭，殷剎用力把我拽回他的身邊，牢牢抓住，陰冷地看石頭：「不准你叫她娘子！你能給她什麼？」

石頭憤怒地瞪視殷剎：「我是比不上你，你是大將軍，有錢有勢，但我從沒讓小妹傷心，從沒讓她哭過！」

殷剎在石頭憤怒的話音中怔立。

石頭像是有些失控地激動起來，我第一次看到那麼老實的石頭變得這麼生氣，從小到大和他一起，他從未對任何人紅過臉，一直和善和氣，老實憨厚。

石頭憤怒地盯視殷剎：「小妹那天跟你走了！大家都說小妹不會回來，跟你做將軍夫人去了！但你放棄了她，害她傷心、害她難過！現在你還有什麼資格回來？」

我怔怔地看著石頭，木訥不善言辭的石頭，何時變得如此振振有詞？為什麼我覺得現在的石頭，不像是和我從小一起長大的石頭？

石頭，你到底是誰？

「娘子，我們別理他！」石頭伸手直接拉住我的手，要把我拉回。但殷剎拉住我的手依然沒有放開，陰沉的寒意開始包裹他的全身，他抓住我的手也越來越緊。

「你放手！」石頭生氣地推殷剎：「你已經錯過了這一世！」

「不！我還有機會！」殷剎狠狠盯視石頭。石頭憤怒的胸膛劇烈起伏，忽然挺胸站在殷剎的劍尖：「除非你殺了我！」

立時，殺意浮上殷剎的雙眸，我立刻推上他的胸膛厲喝：「你敢！」

殷剎握緊了劍，狠狠盯視石頭，石頭也直直瞪視殷剎，目光堅定而執著：「錯過了就錯過了，是你自己放手的，我不介意小妹是不是還喜歡你，如果你能讓她快樂幸福，我闕璿可以馬上消失！但是，你不能！你害怕自己的命運，你連自己都活在對天煞孤星命運的恐懼中，還怎麼給小妹幸福？」

登時，殷剎怔住了身體。

「闕璿！」君子的驚呼也從旁而來，石頭登時怔立在原地，閃爍的目光中浮出絲絲的慌亂，像是失語而開始忐忑。

我怔怔看石頭：「石頭……你……是怎麼知道的？我從沒對你說過，你到底是誰！」

「我，我……」石頭開始慌亂地看向一旁的小竹，小竹僵硬地眨眨眼睛，轉開了臉。

「小心！」忽然君子一把推開了石頭，登時，一支箭從黑暗中射來，緊跟著，一支支利箭嗖嗖地劃破了空氣，朝我們而來。

殷剎立時揮劍，和君子一起揮開頻頻而來的利箭，把我和石頭護在他們身後。

「小竹！」我看向小竹，牠立刻沒入黑暗。

利箭把我們逼退，殷剎始終緊緊握著我的手。看著他抓緊我的手，我的心感動著，但我知道自己該對誰負責。

錯過了就是錯過了，我不會讓自己也和殷剎一樣藕斷絲連，再去傷害無辜的石頭。雖然，今天的石頭怪怪的。

忽然，寒光閃過右側的黑暗，我立刻看去，右邊的樹上隱隱可見黑衣人，利箭正在月光中閃爍。嗖！利箭射出，直射殷剎。

「小心！」我推了殷剎一把。噗！利箭直直射入我的心口，我被有力的箭矢往後帶倒。

「小妹！」石頭驚詫地扶住我往後倒落的身體。殷剎忽然變得呆滯，只剩君子在月光中勉強劈開飛來的利箭。

「殷剎！殷剎！」君子著急地不斷呼喚殷剎，但他只是呆呆地、雙目空洞地看著我，看著我被血染紅的裙衫。

「殷剎！」君子大喊著，氣結地看殷剎。

忽然，殷剎朝我大步走來，把我從石頭身前直接抱走，大步進入屋內。

「殷剎！」石頭追來，被君子叫住：「石頭！快擋一下！」

石頭焦急地看我一眼，轉身隨手拿起門邊的掃帚和君子兩個人守住房門，他們的背影漸漸消失在我的眼前。

殷剎抱著我直入我的房間，把我放上床時抱緊我的身體，顫抖地呼吸，像是憤怒，又像是蘊藏別的心思：「對不起、對不起，我不該來找妳的，不該來的……」他哽咽地抱緊我的身體，右手輕顫地握住我心口上的箭，明明攥緊到快拔出這段箭矢，卻始終沒有拔出。

「所以……你說不喜歡我……果真還是因為怕給我帶來死亡？」

他沒有回答，卻是壓上我的頭頂深深呼吸：「答應我，不要死，不要死……我會走的，我會消失在妳眼前，答應我，不要死，不要死……」他像是祈禱一般，一遍又一遍地哽咽低喃，握住我箭的手不停地顫抖，無法拔出深入我肩膀的箭。

我痛得乏力：「你不拔箭……我怎麼活……」

他抵住我的額頭，顫顫地呼吸：「我不能……不能……」

「呵……」我吃力地笑了笑：「動作快……我感覺得到……箭沒扎到我的心臟……快……床頭的櫃子裡有止血傷藥，拔出後一定要快點撒上，我應該能活下來……」我抬手撫上他冰涼的，竟是淚濕的臉：「放心吧……我命硬……死不了……」

他在我的頭頂點了點頭，輕輕地把我放倒，從床頭的櫃子裡取出藥瓶和紗布，看向我，被淚水浸潤過的黑眸格外明亮：「我要開始了。」他痛苦自責地看我一眼，伸手撕開了我的衣領。嘶啦！胸口灌入涼氣，紅衣被徹底撕碎。

他的眸光在觸及我心口的鮮血時痛到開始顫動，他深吸一口氣，閉緊雙眸握住了我心口的箭，在他輕動時，我痛得擰眉：「唔！」

他立刻鬆開手睜眼看我，我擰緊眉：「別管我，快！」

他的眸光立時收緊，忽然，他整個人俯落，長髮散落我臉邊時，他冰涼的薄唇也落在了我的唇上。當我驚然睜大眼睛呆滯時，他的舌輕鬆地撬開我的雙唇長驅直入，深深吸入我的雙唇和口內的呼吸，一種特殊的酥麻開始遍及全身，忽然胸口猛地一陣撕裂的痛，讓我瞬間回神。

「嗯——」他張開口更加壓住我的唇，把我的痛呼含入他的口中，我的淚水從眼角滾落，全身因為疼痛而輕顫，他卻是更深地吻入我的唇。那從身體深處而來的酥麻很快中和了傷口的痛，心口一陣清涼，是他在撒落傷藥，忽的，紗布按落我的傷口，他冰涼的手也按在了我柔軟的聳立上。

他依然吻著我的唇，捲起我的舌壓住，再吸入口中共舞。他緩緩離開我的唇，雙唇碰觸到空氣時並未感覺到涼意，反而在發麻、發熱。

他深深地注視著我，撫上我因為疼痛而汗濕的臉：「對不起……」

我抬手無力地打上他的臉，他無言地低落臉，我生氣地看他：「說什麼天煞孤星的命，全是藉口！」

他驚訝地看向我，我鄭重地狠狠看他：「愛一個人，就要義無反顧，就要勇往直前，石頭說得對，你連自己都懼怕命運，又怎麼給我幸福？如果你說今天我的劫難是你帶來的，我也可以說是因為我成婚刺激了你，把你引來的，我們到底誰害了誰？」

他怔住了神情，眸中浮出百般的糾葛情愫。

「命運不是我們該懼怕的東西，如果一直畏懼它，我們只會錯過一個又一個，本該屬於我們的機會。讓命運見鬼去吧，我們才是自己的主人。」

他伏在我的上方久久注視我，像是要把我深深地刻入他的心底，永世不忘。

我避開他深情摯愛的視線：「但這一世，我們真的錯過了……若是有來世，你還會放手嗎？」

我轉回臉看他，他的眸中漸漸浮現淚光。他顫顫地握住了我的手，染血的手指插入我的指尖，緩緩放到他的唇下，輕輕啜吻：「不會了……我不會再放手，不會再錯了……」

殷剎的一滴淚，就這麼滴落在我的手背上……

忽然，我的手背暈開了一圈波紋，宛如成了鏡花水月。

陡然間，周圍的一切都像褪色般，化作了黑白墨色，然後漸漸化去、消散。我和殷剎面對面站立在這個風化的不停旋轉的世界中，久久對視。

黑色的華衣開始包裹他的全身，他帶著人色的臉漸漸被青白覆蓋，陰沉與死亡的寒氣再次回到他身上。不變的，是他青黑色眸中的深情和哀傷。

黑裙漸漸浮現我的身體，我的目光漸漸轉冷。真是直到夢醒之時，才知相愛之人廝守不易。扇中的殷剎有無數機會可以把我留在身邊，可最後還是錯過一世。

這一世，同樣也讓我找回了被我自己封印已久的曾經的自己，那個甚至還沒有為聖陽而改變的我。

陰氣漸漸圍繞我們周圍，旋轉的世界也開始慢慢停下，我和殷剎已經面對面站立在冥界，君子的扇外。君子、闕璿和小竹紛紛站在我身旁。

我冷冷注視著殷剎：「我們錯過了一世，但我信你了，你對我是真情。」

他的眸中也漸漸收起對我的深情，現出他冥王的平靜：「不，是兩世。」

我不由一怔，再次與他久久對視。

兩世……

他……那時就愛我，和聖陽一樣愛著我……

「娘娘原來是這樣的！」小竹在我和殷剎對視中驚呼著：「善良、熱情，但還是很壞。」

「不錯，這就是原來的娘娘。」闕璿點點頭：「雖然我在神界只是一塊基石，但娘娘常從我身上走過，我記得很清楚，娘娘那時的臉上只有笑容，很美……」

「是，這就是原來的娘娘，還很溫柔。曾經的御人大人也很喜歡娘娘來他的神宮，喜歡叫她小妹，因為上古神裡沒有女神。」君子的話音帶著絲絲懷念。

「哼。」我不由冷笑：「熱情？哼，在神界熱情只會被當作別有用心！」

君子一時變得沉默。

「善良？」我真的好想笑：「善良在神界只會讓別人更加肆無忌憚地傷害你！魅姬已經死了！現在我是刑姬，要拆光滿天諸神神骨的刑姬！」我瞥眸狠狠看向殷剎。

殷剎平靜的目光裡，浮出了絲絲內疚與懊悔：「是我們的錯，是我們毀了妳，毀了曾經善良溫柔的魅姬，我們的小妹。」

我眯起眸光，輕輕冷笑，拂袖轉身瞥眸邪邪看殷剎：「你的心願，我已經達成。我的心願，你能幫我達成嗎？」

「娘娘！」小竹、君子和闕璿忽然齊齊呼我，目露焦急。

殷剎依然平靜地站立我的身前，撐開雙手：「我，心甘情願。」

「好啊！」我轉身抓向他時，君子、闕璿和小竹卻是齊齊站到殷剎的面前，攔住了我。

「娘娘，殷剎大人對妳的心是真的！」小竹著急地說。

我瞇眸冷冷看他們三人：「哼，有意思，你們居然袒護他。」我瞥眸看小竹：「你既然喜歡他，為什麼一直咬他？」

小竹神情僵硬了一下，立時單膝跪地：「小竹一開始是不喜歡殷剎大人，化作女孩勾引他也是想試探他。即使現在，小竹還是不喜歡他。但是，娘娘，我們大敵當前，小竹相信，殷剎大人是願為娘娘赴湯蹈火的，與其……與其娘娘殺了他，不如讓他為娘娘戰鬥到死吧！娘娘還可以多利用利用他！」小竹始終垂臉，不敢抬臉看我。

殷剎眸中的平靜被小竹打破，他吃驚地看著跪在他身前的小竹，小竹在扇中可是幾乎要把他咬死！

「娘娘，小竹說得對。」君子也在我身前單膝跪地，讓殷剎更為驚詫。君子的神情比小竹淡定從容許多，抬臉正色看我：「我們三人的神力也不及殷剎大人，他是上古真神之一。既然殷剎大人心向娘娘，不如娘娘就收他為己用，讓他助娘娘一起對付廣玥。」

我低眸俯看君子和小竹。兩人滿口利用，卻是在力保殷剎。說什麼讓我好好利用殷剎，全是說來讓我聽的！

「請娘娘給殷剎大人一次機會吧！」闕璿竟是也跪了下來，我和殷剎同時怔住了。我們不約而同地看向彼此，再各自避開，我怎麼也沒想到，闕璿也會替殷剎求情。

「闕璿。」我沉沉看他：「知道為何這一世獨獨讓你一直在我身邊？」

闕璿白淨如玉的臉上露出絲絲的靦腆：「知道，娘娘想讓闕璿知人性人情，闕璿該死，闕璿不由自主地喜歡上了……娘娘……」他低聲嘟囔，粉色浮上他的臉龐和直垂的髮絲。

我單手背在身後，也有些不自在，揚起臉看向別處：「若非殷剎干涉，你我已成夫妻，你也護他？」我轉回臉看長髮已經完全透出粉色的他。

他低臉久久未言，君子和小竹紛紛看向他，他緩緩抬起臉，臉上已恢復他平日的沉靜。他鎮定地凝視我：「娘娘，殷剎大人雖然不能給娘娘一世幸福快樂，但這一世，他一定能守護娘娘平平安安。闕璿和君子、小竹的想法是一樣的，請娘娘留下殷剎大人吧，只有他才能更好地守護娘娘，和廣玥對抗！」他認真地、鄭重地看著我，絲絲如同白玉拉成的髮絲也在他堅定的神情中，閃現格外眩目的光芒。

一旦一個人，堅定地堅持自己的理念時，他會散發出一種特殊的神采，闕璿此刻身上所煥發的，便是這種神采！

他已經擁有一顆真正的人心，而不再是人形石頭心。

我看他片刻，揚唇一笑：「闕璿，你出師了，你終於不再是塊石頭了。」

闕璿一怔，君子和小竹恭喜地看他，拉他一起站起身退到一邊。

我瞥眸冷冷看殷剎：「你的神骨，就欠著吧！」在殷剎目露吃驚時，冥界的天空忽然炸開異常刺目的白光。我沒有看那白光，只看著殷剎，而他也正直直地盯視我。

我揚唇邪笑：「好，我就給你個機會，替我去死。」

他異常冷靜地看我，讓他沒有表情的臉更添一分寒意。他即使對我滿腹深情，也依然冷寒，怎能不讓人敬畏？

「沒問題……但在這之前，我不想再錯過任何機會！」說罷，他突然朝我邁進一步，直接拽起我的手吻落我的唇，同心的心印登時在我們的唇間閃現，沉入我的心中。

我怔怔看他。他灼灼看我：「無論妳有多少男人，我一定要在妳的心裡留一個位置！」

我瞇起眸光盯視他堅定而深沉的目光，視野之中，上方的天空已經捲起了巨大的漩渦，現在可沒時間跟他矯情，我立刻朝上看去。殷剎放開我，也仰起臉：「廣玥帶眾神而來，妳走吧。」

「哼。」我冷笑：「我就為了等他。你不是說想替我死嗎？區區幾個神就能把你難住？」

他面無表情的臉上浮起絲絲冷酷無情的寒意：「妳想弒神解恨……好，我給妳打頭陣！」說完，他黑色身影立刻騰起黑雲而起，雙頭的骷髏鐮刀浮現在他身後，頭也不回地直接朝那閃光的漩渦而去！

「娘娘！」小竹、君子和闕璿異口同聲地喚我。我看向他們，再看了一眼殷剎飛離的背影，正色看他們：「闕璿，你跟我走。」

闕璿一怔，我伸出右手。他困惑地看君子和小竹一眼，隨即化作玉闕在我手中，我把他掛於腰間。

然後，我看小竹和君子：「你們這次無需用十分力，保存實力，我會再給你們命令。」

他們也目露疑惑，我想了想，看向君子：「君子，跪下。」

君子的神情恢復鎮定，掀袍單膝跪落我的面前，我伸手抬起他的下巴時，俯身吻落他的眉心，屬於我的神印在他眉心間的神印閃爍了一下，漸漸沒入。君子怔怔看我，我緩緩起身，他卻是目露憂急地站起：「娘娘是要和我們分開嗎？」

我瞥眸看他，不愧是君子，心思細密。曾經，他求我授印，我卻沒有這麼做，是因為他們就在我身邊。故今日我授印於他，他已有所察覺。

我沒有回答，直接飛起：「隨我來吧！」

君子和小竹對視一眼，毫不猶豫地隨我而來。

廣玥，你是不是已經很想我了呢？哼哼哼哼，哈哈哈哈——

第十章　跟你走

白光從巨大的漩渦中不斷而出，隱隱可見一個又一個人影。

殷剎立於漩渦之前，巨大的氣流和白光一起從漩渦中衝出。

我帶著君子和小竹落於他的身旁，他巋然不動地懸立空中，黑色的頭巾在氣流中飛揚。

漩渦漸漸在空中消散，霞光布滿整個陰沉的冥界天空。即使我此刻在高空，也能感覺到冥界的幽魂們所散發出的恐懼和不安氣息。

我唇角已經漸漸揚起，霞光漸漸淡去之時，是漫天諸神！

廣玥立於前方，銀色的華袍讓他如月光一般聖潔高傲。他雙手插於袍袖中依然半垂眼簾看我，眉心銀色的神印正在閃耀。

他的身後，我看到了吃不飽，他穿著八翼的皮妖妖嬈嬈，但他沒有看我，而是瞇眸盯視我身後的小竹和君子。

然後，我看到了紫垣，紫垣與我目光相觸時，隱忍住眸中的焦急，擰眉沉沉看我。

我的目光只在他身上停落片刻，便掃視他的身旁。在神界主要司職的神族大致上都來了，火神、水神、風神、雨神……浩浩蕩蕩立於廣玥的身後，宛如他才是天地六界的主神！

諸神一個個目露驚訝地看我。三千年不見，這群東西活得不耐煩了！敢跟我對抗？

我瞥回眸邪邪而笑看廣玥：「廣玥，你真是想我啊，這麼迫不及待來接我了？」

他不動聲色，依然冷冷淡淡看我：「妳現在還有機會。」

「哈！」我仰天大笑，眸光掃過他們所有人：「你們好大的膽子！居然敢來捉本娘娘！」我緩緩伸出右手，黑氣已經繚繞指尖，神印布滿我的右手。

眾神的眸光閃爍起來。

我陰邪地咧開嘴笑了：「你們是來給我……拆神骨的嗎？」話音落下之時，我甩手甩出了震天錘握在手中，朝他們興奮地飛去！

「小妹！」殷剎立時追來。在他喚我小妹時，我看到廣玥的雙眸立時睜開，異常陰冷地看著殷剎。倏然，他的袍袖甩手而出，銀白如同月光的袍袖在空氣中無限拉長，一條又一條飛過我和殷剎的面前。

「小心！」殷剎護住我。忽然，一條綢布穿刺入我和殷剎之間，把我和殷剎分開。緊跟著，更多的白綢竟是圍住了殷剎，而不是我。

我立時看見廣玥和殷剎立於層層綢布之中，白綢已經形成一個巨大的球把我隔離在外，越來越小的縫隙中，是廣玥陰冷的雙眸。他冷冷看我一眼，手中漸漸閃現銀光，我眯起了眸光……廣玥的目標，原來是殷剎？

「廣玥，你是我的！」我伸手要去撕那白綢時，倏然無數條神光從天而降。

「娘娘！」君子和小竹立刻到我身旁，君子巨大的扇面打開，擋住了那些飛速而來的神光。但還是有幾束穿透了他的扇面，他不支後退。

那些人才是真神，君子畢竟曾經只是一件神器。雖然現在他手中的扇子已與他真身分離，穿透扇面不會傷及君子，但那扇中也是我經歷一世的地方，我不允許任何人破壞！

神光穿透君子的扇面擦過了君子的肩膀，立時衣破肉焦。小竹見狀立時化出原形，率先衝出了扇後。成神後的他，身形更是巨大如龍，滿身的皮膚不再被普通的神器所傷！

我盯視君子被燒焦的肩膀，殺氣開始包裹全身，居然敢傷我的人，真是活得不耐煩了，找拆！

我登時化作黑霧，衝出君子的護盾，正好迎上火神勾爤，我邪邪地笑了，從黑霧中化出真身，對迎面而來的他邪魅而笑：「小爤，你真的捨得打我嗎？」

勾爤看著我的笑臉，痴痴怔立。我飛近他的身前，執起他一束如同火焰的紅髮，俯身到他耳邊。他身後的諸神也一時呆立原處。

紫垣和吃不飽飛近我們，兩個人的神情竟是一樣緊繃。

我貼上勾爤的耳側：「你兒子……焜翃我很欣賞，我正在想著……是不是該讓他繼承你的神位呢！」

勾爤像是猛地驚醒，想後退時，我的手已經直接插入他的身體，他在我的身前痙攣地跪落，扣住我在他體外的手腕痛苦地看向我：「娘娘……饒命……」

我陰冷地邪邪而笑：「饒命？就憑你剛才腦子裡想的事情，便不能饒你！」我一把拽出了自己的手，手心裡是他燃燒著火焰的神骨！

登時，他身後的諸神不由後退一分。

我抓著他的神骨仰天大笑：「哈哈哈哈——哈哈哈哈——很好——你們都很愛本娘娘，特地來給本娘娘送神骨——哈哈哈——好！本娘娘今天全收了！」我狠狠看向他們之時，伸手直接按落在勾慊的頭頂。

「啊————」他痛苦地大喊之時，紅色的神丹已從他體內被我直接吸出。我右手甩出震天錘，手指掠過眼前，震天錘的魂珠飛速旋轉，瞬間把勾慊的神魂納入珠中。

登時，諸神的神情瞬間緊繃，紛紛喚出神器和神獸，陷入戒備。

小竹從我身下而起，讓我立於他翠綠的身上，君子也落於我的身旁。我站在高空邪邪勾唇，甩出蛇鞭朝諸神勾了勾手指：「你們誰先來？還是……想一起上啊？」

紫垣和吃不飽對視一眼，立刻朝我衝來。

「我要替主人報仇————」吃不飽用八翼雌雄莫辨的聲音嘶喊著，紫垣雙手拂過空氣，立時兩個星形的光球環繞他的身旁，是他的神器星光。

吃不飽朝我躍來，紫垣隨即跟上，星光朝我急速飛來，布滿尖刺的星光發射出無數尖刺，朝我和小竹、君子而來。小竹立刻飛起，帶我和君子閃過，直接衝向他們二人，紫垣和吃不飽立刻閃身讓開，我躍離小竹從紫垣與吃不飽之間飛過，瞥眸各看他們一眼，心語隨即而出：「小紫，還有誰是我們的人？」

紫垣和吃不飽像是用驚訝的神情看著我，耳中已是紫垣沉穩的聲音：「這裡只有水神是。」我瞥眸掃過遠處站立的水神，再看向吃不飽：「好好演戲！」

「嗯！」他收回目光，化作八翼朝小竹咬去！

紫垣要追我之時，也被君子攔住，我直接衝向後面諸神。

立時，神光紛紛朝我而來，我快速躲過之時，直接衝到水神奇湘的面前，他藍色如海的眼睛怔怔看我，看似是被嚇到。但我從他眼中，看到了和小紫初見我時的激動。

「奇湘！」風神化無焦急的喊聲傳來，他立時甩起手，環繞在他身後巨大的幾乎透明如同圓環的風輪立時飛速旋轉，甩出了風刀朝我而來。

奇湘見狀，竟是伸手朝我推來。我不能讓他暴露，不能再讓願意跟隨我的人死！我直接抓住他朝我推來的手，讓他像是趁機近身偷襲我，隨即化作巨大的黑龍，一爪抓住奇湘的身體，然後向朝我飛來的風刀就是一聲大吼：「嗷——」

神力出口瞬間粉碎了化無的風刀，把他也給吹起。

我看向腳中的奇湘，化無立刻又朝我飛來：「放開奇湘——」

我瞇了瞇眼睛。化無跟奇湘的交情看似很好。

我隨手扔掉了奇湘，把他扔向小竹他們的方向，讓他們去拖住奇湘，然後朝化無和他身旁的諸神撲去。

「嗷——」神光怒號出口，掃向所有人，他們紛紛用神器阻擋。

張開黑色的骨翅扇出猛烈的風，讓諸神在空中無法站穩。

「大家小心——」諸神在狂風中開始凌亂。

「魅姬的力量到底來自什麼——怎麼如此強大——」

「所以當初聖陽大人才要把這邪神封印——」

我心中的憤怒頓時徹底燃燒，化出真身甩起蛇鞭的同時，月輪飛速而出。

啪啪啪啪啪！蛇鞭化作狂風暴雨般落在那些還沒回神的諸神身上，抽得他們的神獸嗷嗷直叫。

「啊！」

「啊！」

「啊！」

一聲聲痛呼在我周圍接連響起，我越抽越快，幾乎化入無形。月輪掃過他們，他們匆忙用神器抵擋致命之傷；當他們忙著抵擋月輪之時，我的蛇鞭也隨即而到。諸神圍在我的身邊，被我一一抽遍！

「大家快用陣——」有人大喊。

立時，他們忍住我蛇鞭的疼痛紛紛雙手相對，神力凝聚他們掌心，他們開始任由我抽打他們身體，身邊的神器自行抵擋月輪的攻擊，陣光開始在他們掌心閃耀。

「哈！」他們異口同聲大喝之時，掌心拉開，雙臂展開，再彼此手心相對，立時神力相連，困神陣開始朝我封印而來。

困神大陣需要十人以上才能發動，是為困住強大的魔神所用。

我揚唇陰冷一笑，看著一束又一束神光連接成線，月輪緩緩回到我的面前，化作震天錘握在我手中。

神光開始朝我一點一點逼近，化作牢籠將我困在其中。

「終於把她抓住了！快告訴廣玥大人！」有人長舒一口氣，身上是一道道鞭傷。

「哼，居然敢弒神！魅姬，這次必讓妳魂飛煙滅！」

「你們真是把她說得太厲害了！現在不也被我們困住了！」

「你們小心一點！」化無厲喝看眾人：「如果她不厲害，怎麼殺得了帝琊大人和御人大人？你們別忘了，還有月神、花神和瑤神，就連嗤霆大人的神丹都被她挖走了！」

眾人在化無的話中又開始面色緊張起來，紛紛戒備地看我。

化無看向不遠處和君子、小竹纏鬥的奇湘：「我去救奇湘，你們可不能鬆懈！」說完，化無朝奇湘的方向飛去。

我瞥眸邪笑看眾人，神力的光翅在身後徐徐燃燒。

諸神也目光謹慎地盯視我。我掃過一張張成熟的、熟悉的臉，嘴角慢慢咧開：「痛嗎？」

他們彼此看著，摸上自己的鞭傷嘶嘶抽氣。

我繼續陰邪地笑看他們：「本娘娘最討厭薄情的男人。勾燫戲玩妖族龍女白熹，生下一子後為掩蓋私生子的祕密，將龍女白熹騙出，關於蜀山鎮妖閣中。所以……如果你們之中不是這種男人，本娘娘可以饒你們一命～～」

諸神目光交錯，已露乏力之色，他們或是冷笑，或是輕蔑，或是陰沉，或是依然有些畏懼地看向我。

「魅姬！妳這個邪神，正邪不兩立！妳就等著廣玥大人制裁妳吧！」

「是嗎～～」我抬起右手，神力繚繞指尖：「只怕……你們的廣玥大人～～未必捨得殺我～～哈哈哈——」我在法陣中旋轉躍起，黑色的衣裙飛揚甩開，越來越大，化作霧充盈整個法陣。

諸神開始緊張起來，騎在神獸上抓緊各自的神器。

我化作黑蟒在黑霧中盤繞，輕輕嘶喊：「你們知道……當初聖陽為什麼要封印我嗎……」

「因、因為妳是邪神！」

「哈哈哈哈哈哈哈哈哈——」我盤起身體大笑：「不……是因為聖陽他們六人的力量，不及我一人——」

「妳胡說！」

「大言不慚！聖陽大人他們是創世真神，怎麼可能神力不及妳？」

「我胡說？哼哼哼哼……他們看到了未來……看到他們死在我的手中……所以……他們想殺我，可是，他們卻只能封印我……你們知道……這……又是為什麼……」我的嘴角陰邪地咧開，巨蟒的臉從黑霧中浮現，掃視已有懼色之人。

諸神的目光立時交錯起來，有人目露惶色。

「難道……真的殺不死她？」他們惶惶地看著彼此。

「只有真神是殺不死的，所以聖陽大人他們只能封印她！」

「你們在胡說什麼？魅姬是真神？」

「哈哈哈——」我直起蛇身大笑，看著困神陣上因為諸神心中畏懼而減弱的一處：「不錯，我是真神！所以，我……是殺不死的——」大吼出口時，我張開嘴，神力包裹尖利牙齒朝那處弱點一口咬去。神力的碰撞瞬間咬碎了困神陣，諸神神力破碎，登時被神陣炸開的氣流震開。

鮮血溢滿了我的嘴，滿嘴的血腥卻讓我更加興奮！他們沒有想到，我已經不怕痛、不怕死、不怕身體在戰鬥中破碎！因為，本娘娘是瘋的——

神光重創了我的嘴。沒關係，這點傷不算什麼，重要的是我從困神陣出來了。打從我自由的那一刻開始，我就告訴自己不會再被任何人困住！就算粉身碎骨，我也要掙脫任何束縛，獲得自由！

我直接朝被震飛的諸神飛去，黑色如霧的身體穿過他們每個人的身體，正好一圈！

我盤旋而上，從黑霧中衝出，再次恢復人形高高立於眾人之上。神力的光翅在身後閃耀，當我撐開雙臂時，右手神骨，左手神丹，紛紛撒落。

「哈哈哈哈——哈哈哈——」鮮血從我嘴角流下，看著身下的諸神被震天錘一一吸入，登時身心俱爽！

我深吸一口氣，仰天緩緩吐出：「哈……………」口中的血漸漸凝住，我舔舔唇，將血漬舔回唇中。

震天錘回到我的身邊，神骨和神丹在我身邊環繞，我俯看下方，化無嘴角帶血地呆立。君子、小竹、吃不飽、紫垣和奇湘也看似帶著傷朝我看來。

我冷冷看呆呆看我的化無一眼，緩緩朝廣玥的神器方圓而去。和諸神一戰，耗去我全身大半神力，即使冥界陰氣無盡，也來不及恢復可以和廣玥匹敵的神力。

諸神始終要拆的，今天來，就今天拆！我刑姬從沒打算要詐，只想用這簡單粗暴的方式回報這些對我無情之人！

對你們用腦子？哼，本娘娘不屑！本娘娘就想狠狠揍你們一頓方能解恨！

我收起一根根神骨和一顆顆神丹，抬起手，月輪化作長長的黑色尖錐握於手中。收了那麼多神魂，不知道能不能破了廣玥的方圓？

廣玥的神器最煩人！就算神力無限也未必能破，這就是神器的厲害之處。

「帝琊、御人，你們看好了，我要殺廣玥了。」我握住尖錐，尖錐裡立刻傳來帝琊興奮的嘶喊：「快──我快等不及了──」

我勾唇一笑：「放心，很快就讓你爽了！」我立刻朝那白色的巨球擲去，尖錐立時纏繞上諸神的神光，幾乎劃破空間的力量，直直刺向那白色巨球！

倏然，一條銀白色的綢帶竄出，朝震天錘急速飛去。我立刻甩出蛇鞭纏上了那條綢帶，立刻又一條竄出。我飛身而下，小竹和君子要朝我飛來，化無立刻攔住他們，吃不飽和紫垣看化無一眼，同樣不得不攔住小竹他們。

我在白色的綢帶間飛旋，帶著神光的綢帶擦過我的腰間而過，帶來神光的灼熱，我立刻甩出衣袖也化作黑色的綢帶和它們緊緊纏繞。立時漫天糾纏的黑白綢帶，像是將整個冥界的天空割裂。

我一把拽緊白綢，大喝：「帝琊！快！」

震天錘化作的尖錐立時全身閃現帝琊的神光，衝開氣流直直刺入方圓。圓形的神器最難破，而且一般是防禦所用，不得不佩服廣玥能造出這種既能攻又能守的鬼東西。

尖錐刺上方圓的一處，立時神光炸開。我甩脫這些煩人的綢布，也朝震天錘衝去，一掌打在尖錐的末端，立時感覺到強大的阻擋神力。

「給我進去！」全身的神力加大了尖錐的力量，尖銳的尖錐終於刺入圓體之中，破開了一個口子。神光炸開之時，廣玥的手伸入殷剎體內的畫面也映入我的眼中！

廣玥，你居然敢拆屬於我的剎的神骨？

廣玥的身上也帶著傷。他冷淡的目光朝我瞥來，一手抓住狼狽不堪的剎的肩膀，另一隻手閃現銀光神紋，當著我的面直直朝殷剎的體內伸去！

我立刻化作黑霧，急速飛旋到剎的身後，從黑霧中化出人形的同時也把手伸入剎的體內，抓住了廣玥在剎體內的手，頓時感覺到他的神脈正在加速。

廣玥嘴角帶血的臉緩緩從剎的身前抬起，穿過剎的肩膀直直看向我，銀瞳之中，是冰冷如同利箭的眸光，直射我的心魂。我分明感覺到那不是殺意，更沒有恨意，而是一種執著！我看不懂他的執著，他到底在執著什麼？

我緊緊握住他的手，在剎的背後同樣冷冷看他：「剎的神骨是我的！我不允許別人拆！」

「小妹……」剎虛弱地呼喚著我，身體如果不是廣玥正牢牢抓住他的肩膀，顯然已經無法站起。他乏力地揚起臉，長長吐出一口宛如最後一口生氣的氣息：「啊……廣玥的身上……有陽的力量……」

廣玥的眸光立時收緊，他在剎體內被我抓住的手猛然捏緊，我的心立時提起。神光驟然從剎的口中衝出，伴隨著剎痛苦的大喊：「啊——」

我瞬間感覺到了一片片神骨的碎片擦過我的手背，我手中廣玥的手也緩緩鬆開。廣玥朝我投來清冷無情的目光，我一把捏緊了他的手，心已經來不及為剎的神骨碎裂而顫抖。我狠狠地盯視廣玥：「剎的命是我的！」

「是嗎？」廣玥從我手中緩緩抽離自己的手，抽出了剎的身體，趔趄地後退一步，扶住胸口冷冷淡淡看我：「我幫妳收了。」

剎的身體在失去支撐時無力墜落，我立刻伸手插過他的兩腋抱住了他身體，他靠在我的胸前，身體越發冰冷：「這一世……似乎……又錯過了……」緩緩地，他低落了臉龐，青色的臉漸漸被灰白覆蓋。

「殷剎大人！」小竹和君子驚呼而來。

我心底的怒火開始燃燒，黑暗再次襲來，我捏緊右手強忍自己的憤怒，努力壓制心底的魔性。我告訴過自己，不能再讓跟隨我的人而死！

六神之中，聖陽造神，殷剎造魂。殷剎的神力只在聖陽之下，就算廣玥神器再多，殷剎也斷不會死在他手中！

而殷剎的那句話，已經道出了事實。

廣玥如果沒有陽的神力，怎麼可能殺得了剎？

「娘娘！千萬不能入魔！」小竹擔心地大喊。

我抱住剎，慢慢抬起臉看向廣玥，邪邪地咧開嘴角：「我的東西——就是我的東西——我不允許別人來毀滅！只能是我——」

「所以呢？」廣玥冷冷淡淡看我，冰冷的白金般雙眸中沒有任何一絲感情。化無、奇湘、紫垣和吃不飽緩緩飛到他身後。

我伸出右手，邪邪而笑：「哼……暗光！」

立時，廣玥的眸光浮出驚詫，冷淡無情的眸中也浮出了咄咄的灼意。

沒有人知道我暗光的作用，因為暗光和他們所有人的神器都不同，不是他們自己所造的，而是與我一起降臨世間。

在神界的時候，廣玥便一直對我的暗光很感興趣。那時，他還是我的廣玥哥哥，我對他毫無戒心，他想研究我的暗光，我便給他。因為那時的我，也不知道暗光到底有些什麼作用。

可他研究了很久，依舊沒能找出暗光的作用。

黑色的神紋開始覆蓋我的右手，手心向後，我的手指伸抓入空間，一點一點慢慢撕開，玄黑色、梭形的暗光從撕裂的空間裡浮出。巨大的暗光全身閃現神祕陰寒的黑光，高高矗立在我身旁，氣流飛揚，拂起我滿頭長髮。

廣玥仰起臉灼灼盯視著暗光，他身後的紫垣、化無和奇湘，還有小竹和君子也看著暗光目瞪口呆。除了吃不飽，他們都是第一次看到我真正的神器，不是從焜翃那裡搶來的震天錘，而是隨我一起降世的暗光！

暗光身上帶著特殊的魔力，巨大而神祕，它全身玄黑地立在天地之間，讓人自然而然地望而生畏，甚至是神界上古六神也不例外！就連他們站在暗光面前，也會不由自主地肅穆起來，目露凝重和一絲不安。

這是暗光給他們帶來的不安，因為他們不知道暗光的作用，因為不知而心生忐忑，他們能感覺到它巨大的神力，因為他們始終無法打開它，即便是他們手中的神器。

暗紅的神紋流過暗光巨大的身體，我伸手摸上它玄黑泛光的外殼，立時，一圈一圈水暈在我手心蕩開。我對廣玥邪邪地咧開嘴角：「很多事，是我慢慢獲得神力後才想起的。所以我終於知道暗光的作用了……」

廣玥冰寒的目光落在我的身上，緊緊盯視我陰邪的笑容。

我抓起殷剎的衣領，將他整個人提起，在廣玥的目光中移到了暗光之前。當殷剎的後背觸及暗光的外殼時，水紋再次蕩開，然後我鬆開了手，殷剎的身體被暗光吸附在表面上。下一刻，暗光開始將他的身體一點一點吞沒。

廣玥吃驚地看著這一切，他們六人都以為暗光的外殼堅不可破，是一件防禦型的神器。所以之前在與帝琊的戰鬥中，他才會問我暗光在哪兒。但他們都錯了。暗光到底是什麼，他們很快就會知道了。

殷剎已經被暗光吞沒了全身，只剩下那張灰白的臉。我轉身撫上殷剎冰涼的臉，靜靜看他：「你與我一世情緣，我雖恨你，對你的情卻也留在了心底……」

他有些泛白的睫毛顫了顫，灰白的臉開始被暗光一點點吞沒，直到消失。只剩下暗光黑亮的外殼，和上面映出的我模糊的臉。

我轉回身瞥眸看廣玥，邪邪地揚起嘴角：「你我現在神力都已耗盡。我跟你走，但你得放我的人走。」

廣玥身後的紫垣、吃不飽和奇湘立時露出驚訝神情，不約而同地上前一步。化無的目光頓時凝滯，看奇湘的身影一眼，開始不安與忐忑。

「娘娘！」小竹著急地向我邁進，卻被君子攔住。他焦急地看君子，君子冷靜地搖搖頭。

廣玥深吸一口氣，似是恢復了少許神力，冷冷淡淡看我：「還要留下妳的暗光。」

「好。」我挑釁地看他：「你能打開它嗎？」

廣玥依然神情冷淡：「我為何要打開它？我只需讓他以我為主人。」

「哼。」我輕嘲一笑，繼續盯視他冷淡的眸光：「小竹，君子，走！」

「娘娘！」小竹焦急大喊。

「走！」我厲喝，瞥眸冷視。

小竹咬咬唇，立時化作巨蟒馱起君子飛離，我心語而出：「去妖界！」

小竹回頭含淚看我一眼，扭回頭直衝高空，消失在天際。

我轉回眸邪邪看廣玥，伸開了雙臂：「現在……我是你的了。」

廣玥的眸光依然冷淡，彷彿這是他早已預料到的事情。他向我飛近，懸立在我面前，俯臉注視我片刻，伸出右手輕點我的眉心，屬於他的白金色神印在我眉心閃現，我頓時全身脫力墜落。

他立刻伸出手，抱住我的身體，橫抱在他的胸前，冷淡的目光落在我的臉上。我看著他冷淡的目光，緩緩陷入沉睡，被黑暗徹底覆蓋之前，卻是看到他眸中劃過的、一抹幾乎不可察覺的安心。

✣

啪！全身被置入溫熱的水中。溫暖的水、輕柔的水、熟悉的水，我緩緩睜開了眼睛，眼前是晃動的柔和的水光。

我從水中緩緩浮起，站立，滿頭的長髮在身邊閃爍聖光的水中飄蕩。我邪邪地笑了。

我又回來了，神界。

「妳還記得嗎？這裡是妳降世的地方。」廣玥冷冷淡淡的聲音從身後而來。

我微微側臉看向身後，嘴角邪邪地揚起：「當然記得……記得很清楚……哼……」

聖池裡是廣玥隨著水紋波動的身體。

廣玥，終於……只剩下……我們兩人了……

哼哼哼哼……哈哈哈哈——

番外　如果魅姬是男人

仙雲繚繞，神宮奢華。

魅慵懶地躺在仙榻上，衣衫敞開。他喜歡隨興隨意，即便是衣物也會讓他有一種束縛感，所以他總是喜歡寬鬆的衣衫。

黑色的絲袍只在腰間用金絲繫住，也是鬆鬆垮垮的。

胸膛的絲袍散開，滑落他一側肩膀，露出了他性感的肩膀和誘人的肩窩。黑色的長髮披落，將他胸口的玉珠遮蓋得若隱若現，那粉色的玉珠如同玉潤的桃花，又如雨後新荷般粉嫩鮮亮。

鬆散的衣領內露出的半抹白皙肌膚反是更加撩人，讓人血脈沸騰，只想狠狠扯開他的衣服，讓那身誘人肌膚徹底暴露的渴望。

他微微曲起腿，立時，黑色的絲袍從他的膝蓋上滑落，落在了他的腿根，遮蓋住男人的誘人區域，衣袍的滑落瞬間露出了那修長如玉的大腿。即便是最美的女人也無法擁有他線條完美的腿。

雙腳赤裸，裸足上一個翠玉腳環，在那一片白玉肌膚上格外惹眼，也讓他更加誘人。

鳳麟緩緩飛落他的身邊，看到魅撩人的模樣，不由得皺眉：「師傅，請穿好衣服。」

魅慵懶側身，長髮立時滑落地面，魅惑的雙眸勾人心魄，多一分則媚，少一分則邪。他是天宮魅惑的存在，無人可以抵擋的美豔魅惑，卻也無人能靠近他一分，因為他是七神之首，擁有無上神力。

他瞥眸看向鳳麟，紅豔的唇角已然勾起：「麟兒過來，師傅腳痠了，給師傅捏捏腳。」

鳳麟眉腳抽搐。每一天，他的師傅，一個男人，都在上演勾引他的戲碼。

他努力平心靜氣，走到仙榻邊抬起魅姬的腳，輕輕揉捏。

「嗯……很舒服……」哽啞的聲音讓人心中酥麻。

鳳麟全身微微一緊，努力保持冷靜。

忽的，一隻腳鑽入他的袍衫下，順著他的腿緩緩撫向腿根。

啪！鳳麟立刻扣住那隻搔撓他的腳，忍了忍，立時翻身撐在那個妖媚的人的上方。

鳳麟的黑髮垂落，落在魅微微敞開的胸膛上，如同黑黑的小蛇繞過那迷人的玉珠。

「你……勾引我。」鳳麟灼灼地盯視魅雌雄莫辨的臉龐。

魅唇角勾起，挑起鳳麟的一束髮絲，迷離醉人地看著他：「為師餓了……」

「好，徒兒這就滿足你！」鳳麟立時扣住魅的下巴，瞬間吻住了他的唇。牙齒幾乎碰撞在一起，蜜液在唇中融合。

魅是妖媚的，他唇中的蜜液也無比地甘甜美味，如同瓊漿讓人欲罷不能。

鳳麟的舌滑入魅的口中，掃遍他的唇內，用自己的蜜液給他的雙唇染上鮮亮的唇色，他緩緩離開，紅唇之間拉出了一抹情色的銀絲。

「呼，呼。」鳳麟喘息地看著那張已經染上紅霞的臉。他正微微瞇起雙眸，紅唇開合，下巴微微揚起，身體已經慢慢弓起，祈求他的品嘗。

他撩人的姿態徹底點燃了鳳麟的慾火，他右手緩緩撫上那條修長滑膩的腿，順著小腿緩緩而上，一點一點撫上魅的大腿，滑入他的腿根，開始揉捏那裡嬌嫩的嫩肉。

「嗯……嗯……」一聲聲沙啞的呻吟從魅的口中而出。他伸出手輕輕劃過鳳麟的後背，鳳麟身上的衣衫已經瞬間消失，一絲不掛。

他撫上了鳳麟的後腰，輕輕揉捏之時，鳳麟的身體一時失力，從他的上方落下，鳳麟順勢再次吻住了魅半張的紅唇，裡面微微捲起的粉舌像是正在發出品嘗它的邀請。

「嗯……嗯……」魅的身體在鳳麟的身下微微弓起，輕觸鳳麟的胸膛，肌膚的摩擦，瞬間讓鳳麟失去了理智。

鳳麟的吻開始變得粗暴，他用力地啃咬柔嫩的雙唇，順著魅修長的頸項一口一口咬下，狠狠地啃咬他精巧的頸窩，雙手也近乎粗暴地撫摸他的皮膚，他的一切。

他伸出了舌頭，重重舔落魅的身體，含入那顆已經挺立的乳珠，輾轉纏綿，吮吸吞吐，直到身下的人徹底弓起身體，貼上他滾燙的下身，渴求進入。

他再次吻落，舔過他的小腹，忽然，魅按住了他的後腦，讓他一口吞入……

❖

鳳麟猛地驚醒，冷汗涔涔。

眼前是神宮花園，魅姬慵懶地側臥花間。

魅姬瞥眸看鳳麟潮紅的臉，揚唇而笑：「麟兒，又做春夢？」

鳳麟的臉立時漲紅，側開臉：「徒兒夢見師傅變成了男人。」

「哦？」魅姬邪邪一笑，抬手勾挑鳳麟下巴：「那師傅是在上面？還是在下面？」

鳳麟的臉更加漲紅，撇開臉：「不記得了。」

「哼……」魅姬收回手揚唇而笑：「我若是男人，也不會被那幾個混蛋押在崑崙山下三千年。當初只因六界諸神得不到我魅姬一夜，而誣我誘惑諸神、淫亂神界……哼！」

魅姬慵懶地轉身，單手支起臉龐：「你倒是提醒我了，我當年若是男人，也沒這一劫，定然上遍六界男女，『睡』服漫天諸神，哈哈哈哈——哈哈哈——」

鳳麟抽了抽眉腳，忽然轉身扣住魅姬的下巴狠狠吻了下去，一個如同在夢境中一般粗暴的吻：「我不會允許的！」

師傅是女子他也看不住，更別說是男子。若師傅是男子，他真的無法想像六界諸神皆被她睡的景象。

所以，師傅還是女的好，即便誘人，但無人能近。

國家圖書館出版品預行編目資料

六界妖后 / 張廉作. -- 初版. -- 臺北市：臺灣角川, 2017.04-
冊； 公分. -- (Kadokawa fantastic novels DX)
ISBN 978-986-473-596-9(第2冊：平裝). --
ISBN 978-986-473-714-7(第3冊：平裝). --
ISBN 978-986-473-863-2(第4冊：平裝)

857.7 106002337

Kadokawa Fantastic Novels DX

六界妖后4

2017年9月27日 初版第1刷發行

作者：張廉
插畫：Izumi

發行人：成田聖
總監：黃珮君
總編輯：蔡佩芬
編輯：邱瓈萱
美術設計：李思穎
印務：李明修（主任）、黎宇凡、潘尚琪

發行所：台灣角川股份有限公司
地址：105台北市光復北路11巷44號5樓
電話：（02）2747-2433
傳真：（02）2747-2558
網址：http://www.kadokawa.com.tw
劃撥帳戶：台灣角川股份有限公司
劃撥帳號：19487412
法律顧問：寰瀛法律事務所
製版：尚騰印刷事業有限公司
ISBN：978-986-473-863-2

香港代理：香港角川有限公司
地址：香港新界葵涌興芳路223號新都會廣場第2座17樓 1701-02A室
電話：（852）3653-2888